ON AIR

안녕하세요, 이동현입니다

ON AIR: 안녕하세요, 이동현입니다

제1쇄 펴낸 날 2026년 2월 13일

지은이 이동현
펴낸이 박선영
주 간 김계동
디자인 전수연

펴낸곳 명인문화사
등 록 제2005-77호(2005.11.10)
주 소 서울시 송파구 백제고분로 36가길 15 미주빌딩 202호
이메일 myunginbooks@hanmail.net
전 화 02)416-3059
팩 스 02)417-3095

ISBN 979-11-6193-164-7
가 격 25,000원

ON AIR
안녕하세요, 이동현입니다

이동현 지음

명인문화사

정치를 업으로 삼은 사람들은 많지만, 정치가 왜 필요한지 온몸으로 증명하며 살아온 사람은 드물다. 서울시의원으로서, 또 국회 보좌관으로서 가까이에서 지켜본 이동현은 분명 후자에 속하는 사람이다.

이 책은 화려한 정치적 구호나 거창한 이념을 외치지 않는다. 대신 저자는 자신이 겪어온 삶의 굴곡과 일찍이 마주해야 했던 현실의 벽, 그리고 그것을 딛고 일어선 용기를 담담히 모두와 나누고자 한다.

지하 단칸방에서의 기억, 어린 자신을 보듬어준 어른들, 그리고 자신과 같이 어려운 환경을 겪은 이들에 대한 따스한 시선. 이는 자연인 이동현이 지닌 고유한 성품일 뿐만 아니라, 그가 정치인으로서 갖춘 가장 큰 자질이기도 하다.

이동현의 문장은 상당히 구체적이고 세밀하다. 어린 이동현에게 가정환경과 그로 인한 편견은 가슴 깊이 남은 상처였고, 그 순간들은 드라마처럼 뇌리에 박혔기 때문이다. 하지만 자신의 상처를 솔직하게 들춰낼 수 있다는 것은 곧 그 상처의 극복을 의미하며, 인격적 성숙을 증명한다. 이는 이동현이 얼마나 단단하고 용기 있는 사람인지를 보여주는 대목이다.

고교 시절 학생회장이 되고 싶었지만, 학교 운영위원장을 맡아줄 어머니의 부재를 이유로 단념해야 했던 순간. 어린 그가 마주했을 현실의 벽과 편견은 같은 아픔을 겪지 않은 사람으로서는 감히 위로할 수 없는 일이다. 그러나 글을 읽다 보면, 어느새 그 아픔을 딛고 완연한 어른으로 우뚝 선 이동현을 마주하게 된다. 그렇게 만난 인간 이동현은 꽤나 매력 있다.

책에 담긴 그의 지난 시간은 치열함 그 자체다. 오랜 기간 방치된 지역의 현안을 해결하기 위해 서울시와 동료 의원들을 끈질기게 설득했고, 결국 주민이 뜻하는 바를 이뤄냈다. 한강변 공원 조성, 도로 확장 사업 등 지역사업의 달성을 위해 진심을 다했던 일화들은, 최연소 지역구 광역의원이라 한정 짓기에 그가 남긴 성과가 실로 탁월했음을 여실히 드러낸다.

이처럼 『ON AIR: 안녕하세요, 이동현입니다』는 편견이란 현실의 벽을 뛰어넘는 '용기'와 아픔을 공감하는 따뜻한 '감수성', 문제를 기어이 해결해 내는 집요한 '유능함'을 동시에 보여준다. 이 책에는 그가 왜 그토록 치열하게 살아왔는지, 그리고 앞으로 어떤 세상을 만들고 싶은지에 대한 해답이 담겨 있다.

상처를 별로 승화시킨 사람, 이동현. 그의 진심이 꾹꾹 눌러 담긴 이 기록이 독자 여러분에게도 깊은 울림과 희망으로 다가갈 것이라 확신한다. 척박한 땅에서도 기어이 꽃을 피워내는 그의 다음 계절을 기대하며, 기쁜 마음으로 일독을 권한다.

제21·22대 국회의원

박성준

추천의 글

〈어머니가 계시지 않는다는 이유만으로 … 〉

2008년 겨울, 이맘때였을 겁니다. 그해 봄 국회의원 선거가
있었거든요. 지역구 활동에 바쁠 때였지요. 금남시장 근처
성동갑 지역 사무실에 머무르고 있었습니다. 어느 날 약간은
통통해서 복스러워 보이는, 그야말로 까까머리에 해당하는
머리를 짧게 깎은 고등학생이 문을 두드렸습니다. 면담을 청
하더군요.

"장충고등학교 학생 이동현입니다 … 학생회장 선거에
출마하게 되었습니다. 가족관계를 조사하더군요. …
어머니가 계시지 않는다는 이유만으로 출마 자체가 봉
쇄되었습니다. 어떻게 해야 하나요?"

한참을 고민했지요. 불공정에 대해서는 당연히 울분이 치솟았지만, 정치인이 어디까지 개입할 수 있는지 늘 중요한 고민이거든요. 그렇다고 그대로 되돌려 보낼 수도 없잖아요. 오죽하면 어린 학생이 지역 국회의원을 찾았겠습니까.

"제가 학교로 전화를 하는 게 어떨까요?"

한참 동안 대화가 끊겼습니다. 오랫동안 고개를 숙이고 있던 학생이 고개를 꼿꼿이 세우고는 마치 저를 꾸짖듯 한마디 남기는 것이었습니다.

"의원님, 제가 정치를 하겠습니다. 정치를 통해서 이 문제를 해결하겠습니다."

1974년 3월 전라남도 해남군 화산초등학교에서 있었던 일입니다. 5학년 반장 선거에 출마해서 당선됐습니다. 저와 한 살 차이인 형은 전교학생회장이 되었고요. 당시는 학교 형편이 어려웠던 시절이라 반장이 되면 교실 커튼이나 청소 도구, 그리고 선생님에 대한 선물 등 몇 가지를 마련해서 '희사'라는 이름으로 기부해야만 했습니다.
담임 선생님이 빠르게 판단하셨습니다.

'집안 형편이 안 되겠구나.'

선출된 다음 날, 등교했더니 반장이 해야 할 '차렷, 경례'를 다른 친구에게 시키는 겁니다. 면 소재지에 있는 농약 판매상 아들이었습니다. 억울했지만 뭐라고 항변할 길을 찾지 못했습니다.

집에 와서 부모님께 억울함을 토로했더니 한 걸음도 걷지 못하시는 장애인이셨던 저의 작은 아버지(나중에 양아버지가 되신 분)께서 초등학교를 방문하셔서 강력하게 항의하는 방식으로 제 자리로 되돌려 주신 적이 있습니다.

누가 더 공정합니까?
누가 더 올바른 해결책을 찾았던 겁니까?

당연히 느끼시겠지요.

그 이후, 저는 잊고 살았습니다만 이동현 학생에게 '매달 한 번씩 찾아와라. 그리고 대화를 나누자. 대신 책을 읽고 오렴. 내가 매달 책을 한 권씩 선물할게'라고 제안했습니다. 그런 방식으로라도 달래고, 위로하고 싶었겠지요. 깊은 슬픔과 공감이기도 했을 거고요.

맨 첫 번째 책으로 헬레나 노르베리 호지의 『오래된 미래』를 건넸습니다. 그렇게 해서 한 달에 한 번씩 정기적으로 만나 책을 이야기하고, 세상을 논하고, 정치를 이야기했고, 때로는 차를 마시며, 때로는 팥죽을 나눠 먹으며, 서로가 서로에게 배우며 성장해 왔습니다.

2012년 저의 세 번째 선거 때는 이동현 학생이 민주당에 입당하여 선거 지원 유세를 하기도 했습니다. 제19대 국회 등원 이후에는 입법 보조원으로 등록하고 여의도까지 따라와 저를 도와주었습니다. 청소년특위 위원장을 맡아 주었고, 대학생 위원장을 책임져 주었습니다.

그 이후 이동현이 걸어온 길은 『ON AIR: 안녕하세요, 이동현입니다』를 통해 함께 따라가시게 될 것입니다. 그의 비전은 마치 눈덩이 구르듯 커져 갔고, 의지는 대리석처럼 단단해졌습니다. 정치적 경험은 서울시민, 성동구민, 중구민들과 대화와 연찬을 통해 단련되었고, 서울시의원과 국회 보좌관을 거치며 더욱 정교하게 다듬어졌습니다.

전적으로 응원합니다. 그리고 믿습니다. 어린 시절의 부조리와 불공정에 대한 비판적 성찰에서 비롯된 의지가 더 나은 세상을 위해 빛을 보는 다음 이야기를 바라며 그 의지가 독자 여러분께도 골고루 은혜처럼 나누어지기를 희망합니다.

제17·19대 국회의원
최 재 천

추천의 글

『ON AIR: 안녕하세요, 이동현입니다』 출간을 진심으로 축하드립니다. 무엇보다 제목이 먼저 눈에 들어옵니다. 방송의 시작을 알리는 이 사인은, 동시에 한 젊은 정치인의 이야기가 이제 세상과 마주하기 시작했다는 신호처럼 읽힙니다.

목차를 살펴보면 그래서 이 책은 화려한 성취나 주장을 앞세우기보다, 한 사람이 어떤 환경에서 성장해 왔고 그 과정에서 어떤 생각을 하게 되었는지를 기록한 것으로 보입니다. 개인의 삶을 돌아보며, 경험이 선택과 문제의식에 어떤 영향을 주었는지를 차례로 풀어내려는 시도가 엿보입니다.

이 가운데 지하 단칸방에서의 기억과 일찍 책임을 떠안아야 했던 시간, 그리고 삶의 방향에 영향을 준 만남들이 차례로 언급됩니다. 이러한 이야기들을 통하여 이 책은 개인의

회고에 머무르기보다, 사람이 어떻게 도시를 바라보게 되는 지로 자연스럽게 시선을 넓혀갈 것으로 기대합니다. 서울 중구라는 공간이 그 과정에서 자연스럽게 등장하며, 저자의 삶과 문제의식이 형성된 배경으로 자리한다는 점도 눈여겨볼 만한 대목입니다.

『ON AIR: 안녕하세요, 이동현입니다』의 저자인 이동현 전 시의원은 자신의 책을 두고 '비슷한 시간을 지나왔거나 지금 그 시간을 살고 있는 이들에게 자신의 경험을 통해 작은 희망과 용기를 주고 싶다'고 했습니다. 그 말처럼 이 책이 누군가의 삶을 설명하는 데 그치기보다는, 각자가 자신의 시간을 돌아보고 앞으로의 방향을 생각해 보는 데 참고가 되는 기록으로 읽히기를 바랍니다. 다시 한번, 『ON AIR: 안녕하세요, 이동현입니다』의 출간을 축하드립니다.

제37·38·39대 서울특별시 성동구청장

정원오

추천의 글

제자 동현이가 '정치가 이동현'이 되었습니다. 이제 작가로서 책을 출간한다니, 열심히 산다는 말로는 부족하고 치열하게 사는 제자가 보입니다. 초등학교 담임교사인 저에겐 여전히 아프지 말고 잘 커 가길 바라게 되는 학생의 모습이지만, 언제 이렇게 성장했는지 고맙고 기대되는 제자이기도 합니다.

　제 첫 제자 동현이는 이런 아이였습니다. 통지표 마지막 부분엔 행동발달상황이란 항목이 있는데, 한 아이를 1년간 가르치면서 최대한 보편적이고 공정한 시선으로 관찰한 내용을 기록하는 부분이죠.

　　기본 학습 습관이 잘 형성되어 있어 학습력이 우수함. 성실하고 차분한 태도로 학습 활동에 임하고, 조별 활동에서도 조원들을 배려할 줄 알고 목표를 위해

의견을 조율하는 능력이 우수함. 친구들의 이야기를
경청할 줄 알고, 봉사활동에 성실히 참여하는 모범적
인 학생임.

　진부한 단어들이지만, 동현이를 설명하는 명확한 단어들
이기도 합니다. 하지만, 그 항목에는 쓸 수 없는 내용들이
있습니다. 이 책에서 서술하고 있는 삶의 배경 말이죠.
　교사는 학생의 변하지 않는 옷에서 환경을 알게 됩니다.
철 지나도록 안 바뀌는 의복이 아이를 주눅 들게 하고, 말과
행동에 제약을 주기도 하죠. 동현이는 대통령이 되겠다고 했
습니다. 아이들은 그 말을 믿어주었습니다. 친구들은 동현이
가 어떤 말을 했어도 같은 반응을 했을 겁니다. 환경이 어떻
든, 동현이는 신중하게 말하고 그걸 지키는 아이였으니까요.
　저자 이동현은 '어려운 시기를 겪어서 정치를 잘 할 거다.'
라기 보다, 잘 듣고 밝은 면을 먼저 찾을 줄 알기 때문에 정
치를 잘해 나갈 겁니다. 그는 정치를 ON AIR로 말합니다.
정치는 낮은 목소리에 주파수를 맞추고, 그들의 이야기가 세
상에 '온 에어(ON AIR)' 되어 울려 퍼지게 하는 증폭기 역할
이라고 합니다. 동현이가 하려는 일이 바로 그 가장 낮은 곳
의 주파수를 찾아내는 것이겠지요. 그가 낮은 곳을 어려서부
터 경험해서 잘 찾는 것이 아니라, 그 과정에서 잘 들어주고

공감하는 마음이 무엇보다 중하다는 걸 깨우쳤기 때문일 겁니다. 자기 말이 많은 라디오 DJ가 아니라, 애청자와 공감할 줄 아는 사람 말입니다.

한 아이가 청소년 시기를 지나 어른이 된다는 건 따갑고 거친 과정입니다. 이 책에는 지하 단칸방의 어둠을 뚫고 나온 한 사람의 정직한 성장 기록이 담겨 있습니다. 어려운 환경이 사람을 무너뜨리는 것이 아니라, 오히려 더 깊은 속을 가진 어른으로 성장시킬 수 있음을 동현이는 삶으로 증명해 보였습니다. 성실함으로 다져진 그의 삶이, 이 책을 읽는 모든 분에게 따뜻한 위로와 든든한 힘이 되어줄 것이라 확신합니다.

제자 동현이가 꿈꾸는 '더 나은 내일'을 독자 여러분도 함께 응원해 주시길 부탁드립니다. 이 책을 읽으신 후, 이동현이라는 사람이 한 번쯤 궁금하고, 그리고 만나보고 싶은 사람으로 기억되길 바랍니다.

초등학교 은사
문승준

추천의 글

교직을 천직으로 알고 살았지만 해가 거듭될수록 아이들과의 관계에서 자신감을 잃어가던 시절이 있었다. 언론에서 김대중, 노무현 정부의 체벌, 통제 같은 권위주의 교육 해체와 학생 자율성 존중이 오히려 '교실 붕괴'를 가져왔다며 살벌하게 떠들던 때이기도 하다. 당시 나는 수업이든 학급 경영이든 "또 실패구나!"하는 낭패감이 들지 않을 정도만 되어도 성공이라는 생각으로 정책이나 제도, 사회, 문화의 변화를 탓하며 무력감에 빠져들곤 했다. 그 무렵, 세월의 무뎌진 날을 다시 세우고, 새내기 교사 때의 열정을 회복시켜 준 한 아이가 있었는데 그게 바로 중학교 신입생으로 만난 우리 반 이동현이다.

동현이는 그때도 얇고 연한 안경테에 풋풋한 엷은 미소가 인상적이었다. 무엇보다 처음 만나 한두 달 시간이 지나고 새로운 공간과 사람, 환경에 어느 정도 익숙해지다 보면 조심하거나 경계하는 눈빛이 사라지고 어느새 본색을 드러내는 것이 그 또래 남자아이들의 특징인데 동현이는 그러지 않았다. 그냥 애어른이라고 표현하기엔 부족하다. 어려운 환경에서 자라다 보니 일찍부터 철이 들어 그런 것이겠거니 하고 치부해버리기엔 여기는 부정적 의미가 숨어있기 때문이다. 아무튼 어른스러움과 성숙함이 눈에 띄게 드러나면서도 구김살 없는 해맑은 표정으로 내게 삶을 대하는 태도를 조용히 가르쳐 준 그런 아이였다.

당시엔 학급별, 두레별로 천연 염색이나 농촌 체험, 봉사활동 같은 테마가 있는 체험학습이나 역할 분담 활동 같은 것들을 많이 했는데 아무리 교사의 의욕이 앞서도 아이들의 자율성과 호응이 뒷받침되지 않으면 안 하느니만 못한 결과를 낳았다. 하지만 동현이는 그때마다 청소활동, 체험활동, 역할 나누기 활동 등 모든 활동에 가장 한결같은 태도와 성실함으로 친구들을 이끌고 도우며 내 시름을 덜어주던 정말 속 깊고 고마운 아이였다. 그때 알았다. 사회가 변하고, 아이들이 변한 것 같지만, 알고 보면 교사인 내가 변한 것이라고! 상황이 나를 만드는 것이 아니라, 내 안의 빛이 세상을 밝힐 수 있는 것이라고!

한때 혁신 교육이나 마을 교육 공동체 프로그램의 중요성을 강조하기 위해 자주 사용하던 말이 있다. "한 아이를 키우려면 온 마을이 필요하다"는 아프리카 속담이다. 내가 아는 한 이 격언의 의미와 필요성을 일찍이 몸소 체험하고, 실천해 왔으며, 더 넓은 정치와 행정의 영역에서 앞으로도 계획을 세워 더 든든하게 실행해 나갈 사람이 있다면 그는 이동현이다.

지금까지 걸어온 물리적 거리는 길지 않지만, 그가 살아온 삶의 길을 돌아보면 밀도 높은 궤적과 풍경을 읽을 수 있다. 자신이 지고 온 삶의 무게를 알기에 주위에 공감하며, 겸손하게 또 누군가의 곁을 지키는 일에 앞장서 나설 것이다. 이 책에 그 길과 계획이 담겨 있다.

어느 날 아침 조회 때 비 그친 남산 쪽 하늘에 뜬 무지개를 보고 창가로 달려든 아이들의 "와!"하는 함성이 다시 들려온다. 마치 이동현이라는 정치인의 꿈을 응원하는 것처럼 …

중학교 은사(전 대경중학교 교사)
황기현

어떤 학생이 있었습니다.

제가 고등학교 3학년 담임으로 만났던 아이입니다. 그 학생은 또래에 비해 유난히 정중한 말투를 썼습니다. 말은 느렸고, 행동은 늘 조심스러웠습니다. 어른스러워 보였지만, 그보다 먼저 느껴졌던 것은 지나치게 단정한 태도였습니다.

아버지는 다리를 다치신 뒤 현장을 떠나 여러 일을 전전하고 계셨고, 형은 이미 집을 떠나 대학 생활을 하고 있었습니다. 집안의 일상은 할머니의 손에 많이 의지하고 있었지만, 그것만으로 늘 충분할 수는 없었습니다. 이른바 편부 가정이었고, 생활보호대상자였습니다. 어느 날 지각을 했지만 보호자와는 연락이 닿지 않았고, 뒤늦게 교실에 들어온 학생은 길게 설명하지 않았습니다. 그저 "죄송합니다"라는 말만

반복했습니다. 그 말은 무책임해서가 아니라, 오히려 많은 사정을 스스로 삼킨 끝에 나온 말처럼 들렸습니다. 아버지와 할머니 모두 새벽에 출근한 뒤라, 아이는 늘 스스로를 챙겨야 하는 상황이라는 것을 나중에 알게 되었습니다.

입학사정관 제도가 막 자리 잡기 시작하던 시기였습니다. 생활기록부의 내용이 학생의 진로에 영향을 주기 시작하면서, 기록은 종종 과장되거나 확인되지 않은 채 채워지기도 했습니다. 교사라면 그 진위를 대체로 짐작할 수 있었습니다. 그럼에도 '학생을 위한다'는 명분 아래, 확인서에 적힌 내용을 그대로 옮겨 적는 일이 흔했습니다. 그런데 이 학생은 달랐습니다. 봉사활동과 관련해 여러 자료를 제출하였고, 그 자료들에서는 학생이 실제로 수행해 온 활동의 과정과 맥락이 분명히 드러났습니다. 전국 규모의 봉사 관련 표창과 청소년 모의 정부 활동에서 받은 임명장 또한 확인 가능한 사실이었습니다. 학생은 이에 대해 말을 보태기보다, 묻는 말에 필요한 만큼만 답했습니다.

졸업 후 재수를 한다며 추천서를 부탁해 왔을 때도 그 태도는 변함이 없었습니다. 한결같이 정중하고 단정하였습니다. 이후로 한동안 소식을 듣지 못하다가 서울시의원 선거에 출마했다는 이야기를 들었고, 곧 당선 소식이 전해졌습니다. 당선 인사 벽보를 보며, 그저 좋은 일만 있기를 바랐던 기억이 납니다. 이후에는 지역 국회의원 보좌관으로 학교를 찾았습니다. 짧은 인사를 나누었을 뿐, 긴 이야기를 나누지는 않았습니다.

얼마 전 책을 출판하게 되었다며 추천사를 부탁받았습니다. 솔직히 말하면, 제가 기억하고 있던 것은 여기까지였습니다. 그래서 책을 펼쳤습니다. 그랬더니 제가 단편적으로 기억하던 장면들이, 한 사람의 삶으로 차분히 이어지고 있었습니다. 이 책에서 조숙해 보였던 학생은 '어른스러웠던 아이'라기보다, 늘 거절을 먼저 떠올리며 말의 무게를 재던 아이로 다시 서 있습니다. 다리를 다친 아버지는 말보다 몸으로 삶을 증명해 온 사람이었고, 형은 집에 없는 어머니의 빈자리를 동생과 나누면서는 정작 울음을 숨기는 어른으로 그려집니다. 할머니는 두 손주를 거칠게 깨우던 강인한 사람이자, 월급날이면 김치 제육을 준비해 늙은 아들을 챙기던 어머니였습니다.

또한 이 책에는 제가 알지 못했던 인물들도 등장합니다. 청소년기와 청년기의 시간을 품어준 정치 선배들, 행정의 태도를 몸으로 보여준 사람들, 정치의 실무를 가르쳐 준 어른들. 그 관계들은 한 개인의 성장이 결코 혼자의 몫이 아니었음을 보여줍니다. 어쩌면 "엄마가 없어서 학생회장에 출마하기 어렵다"는 말을 부드럽게 전했던 교사가 저였을지도 모르겠습니다. 그만큼 시간이 지났고, 기억은 제멋대로입니다. 사람의 속내를 정확히 아는 일 또한 쉽지 않습니다. 삶의 사정은 비슷한 무게를 견뎌 본 사람만이 어림짐작할 수 있을 뿐입니다.

적어도 제 기억에 의하면, 책에 담긴 많은 장면은 실제의 사실입니다. 이 책은 중구의 한 아이가 중구를 대표하는 정치인으로 성장해 가는 이야기를 담고 있습니다. 이 기록이 한 사람의 성공담으로 읽히기보다는, 우리 사회가 아이를 어떻게 단련시켜 왔는지에 대한 기록으로 남기를 바랍니다. 한때는 제자였다가 이제는 행정가를 꿈꾸는 저자에게 당부의 말씀을 올립니다. 꿈나무 카드를 들고 편의점 계산대 앞에 섰던 아이의 행동이 무엇을 의미하는지 잊지 말고 그 의미를 돌아보며 대안을 찾는 초심을 지켜 주십시오. "삶이 밀려나지 않는 도시"를 만들어야 하는 이유 또한 잊지 말아 주십시오.

고등학교 은사(전 장충고등학교 교사)
안재성

2013년 가을, 행정학과 학생들을 대상으로 자기소개서 작성 워크숍을 진행한 적이 있다. 그날, 제자 이동현의 자기소개 서 첫 문장은 유독 강렬하게 마음에 남았다.

"정치인이 되겠습니다."

정치인이 되고 싶다거나, 정치인이 되기 위해 무엇을 해 보겠다는 다짐이 아니었다. 그는 단호하게, 그리고 망설임 없이 "되겠다"라고 썼다. 그 문장을 읽는 순간, 나는 그의 결 심이 단순한 꿈이 아니라 삶의 방향과 신념에서 비롯된 것임 을 직감할 수 있었다.

그의 자기소개서에는 왜 정치를 하고 싶은지, 그리고 어 떤 세상을 만들고 싶은지에 대한 이유가 그의 청소년기 경험

속에 진솔하게 담겨 있었다. 길다면 길고 짧다면 짧은 10여 년의 시간은, 그가 왜 결국 정치를 선택할 수밖에 없었는지, 또 그가 추구하는 정치의 지향이 무엇인지를 분명하게 보여 준다.

　이 책은 정치를 향한 한 소년 이동현의 떨림과 각오를 고스란히 담고 있다. 그리고 무엇보다, 그때의 가슴 뛰는 다짐이 시간이 지나도 변하지 않았음을 확인하게 해준다. 나는 이 책이 독자들에게도 한 정치인의 출발점과 신념을 진심으로 마주하는 계기가 되길 바란다.

대학교 은사(가톨릭대학교 행정학과 교수)
정종원

안녕하세요, 이동현입니다.

"이 책을 펼쳐 이 문장을 읽어주시는 모든 분들께,
마음 깊이 감사드립니다."

정치를 하는 사람이 책을 출간한다고 하면, 누군가에겐 너무
익숙한 장면처럼 보일지도 모릅니다. 그럼에도 이렇게 첫 장
을 넘겨 제 글을 읽어주신 분들께 먼저 감사 인사를 전하고
싶었습니다. 누군가의 하루 사이, 제 이야기가 잠시라도 머
무는 일은 결코 당연하지 않으니까요.

　저는 오래전부터 책을 쓰고 싶었습니다. 신상명세서 직업
란에 '정치인'이라고 적고 있지만, 제 마음속에는 늘 '작가'
라는 꿈이 조용히 자리해 있었습니다. 언젠가 정치인이라는
옷을 벗게 된다면, 퇴근길 라디오의 DJ나 작가로 살아보고
싶다는 작은 소망도 품고 있습니다. 둘 다 이루지 못한다면,

동네 어귀의 자그마한 서점 주인이 되어도 좋습니다. 글 실력은 부족하지만, 사람들의 이야기를 듣고 함께 고민하는 일은 누구보다 사랑합니다. 사소한 일상의 대화부터 삶과 지역을 바꾸는 민원까지… 어떤 이야기든 함께 마주 앉아 길을 찾아가는 시간이 저에겐 소중합니다. 언젠가 그 이야기를 모아 한 권의 책으로 남기고 싶습니다. 이야기는 결국 우리가 지나온 시간을 담는 또 하나의 역사니까요.

젊은 나이에 정치를 시작하고, 서울시의원과 국회의원 보좌관으로 일했다는 이유만으로 저를 '금수저 집안의 자식'이라 여긴 분들이 적지 않았습니다. 한국 사회에서는 집안의 뒷받침 없이 정치에 뛰어드는 경우가 드물기 때문일 것입니다. 하지만 제 삶은 그런 화려한 배경과는 거리가 멀었습니다. 눈칫밥이 일상이던 생활, 아버지와 할머니에게는 그저 꿈 많은 아들이자 손자였던 시절이 저의 시작이었습니다. 그래서일까요. 처음 정치를 시작할 때 무슨 계기로 시작했냐는 물음에 '주어진 환경 때문에 일찍 철이 든 아이가 없었으면 합니다.' 라고 대답하곤 했습니다.

이 책은 저를 소개하기 위한 책입니다. 제가 어떤 길을 걸어왔는지, 어떤 사람들을 만나 어떤 마음을 배웠는지, 그리고 어떻게 정치라는 세계에 마음을 두게 되었는지를 시간의 순서대로 담았습니다. 일종의 자기소개서일 수도 있습니다.

사실은 한 분 한 분 직접 만나 이야기 나누고 싶은 마음이지만, 그것 역시 일방적인 말하기가 될까 망설여졌습니다. 그래서 이렇게 글로 건네봅니다.

혹시 출근길에 잠시, 잠이 오지 않는 어느 밤에, 혹은 문득 제 이름이 떠오르는 순간에 이 책을 펼쳐주세요. 그 잠시 동안이나마 제가 다가가겠습니다.

2026년 2월

이동현 올림

차례

PART 1

나를 만든 자리

내 삶은 거창한 성공에서 시작되지 않았다.
어둑한 지하 단칸방의 공기, 아버지의 느린 걸음, 조용히 스며드는 상실.
그 모든 순간 속에서 나는 흔들리면서도 단단하게 성장해왔다.

지하 단칸방에서 배운 것

기억 속 내 어린 시절의 첫 장은 사건이 아니라, 공기였다. 아이에게 삶은 설명되는 것이 아니라 몸으로 스며드는 것이기 때문이다. 그래서인지 나는 지금도 그때를 생각하면, 무엇이 있었는지보다 어떤 느낌이었는지가 먼저 떠오른다. 눅눅한 공기, 낮은 천장, 그리고 항상 약간은 어두웠던 방 안의 분위기 같은 것들이다. 말로 설명할 수 없는 감각들이 기억의 가장 앞자리에 있다.

아홉 살 무렵, 우리 가족은 금호동의 지하 단칸방에서 살고 있었다. 창이 없는 방이었다. 그 사실이 이상하다고 느껴지지는 않았다. 그저 집이란 그런 것이라고 생각했다. 아이에게 집은 비교의 대상이 아니라 기준이 된다. 내가 알고 있던 세상의 기본값이 바로 그 방이었다. 천장 가까이, 어정쩡한 위치에 유리로 막힌 사각형 구멍이 하나 나 있었다. 여름이면 그 틈으로 축축한 흙냄새가 스며들었고, 겨울이면 차가운 공기가 먼지와 함께 떨어졌다. 에어컨도 아니고, 제대로 된 채광창도 아닌 그 구멍으로 밖이 어렴풋이 보였다.

위층 창고에 쌓여 있던 박스와 짐들이 낮에는 희미한 그림자를 만들었고, 밤에는 형태를 알 수 없는 검은 덩어리로 내려앉았다. 주인집의 짐이 쌓인 창고 아래, 그 그림자 속이 우리 집이었다. 밤이 되면 윗집 사람들이 오가며 내는 발자국 소리가 천장을 울렸다. 쿵, 쿵, 계단을 오르내리는 소리. 그 소리가 멎어야 비로소 밤이 깊어졌다는 걸 알 수 있었다. 나는 그 소리를 시계처럼 사용했다. 소리가 계속되면 아직 자도 되는 시간이 아니었고, 소리가 끊기면 이제 정말로 밤이었다. 세상은 늘 우리보다 먼저 움직였고, 우리는 그 움직임이 멈춘 뒤에야 조용해졌다.

지하방의 아침은 소리로 시작했다. 윗집에서 물을 쓰기 시작하면, 벽 안쪽에서 물이 흐르는 소리가 났다. 수도관을 타고 내려온 물소리는 벽을 긁듯 지나가다가 어느 순간 "쏴—" 하고 크게 터졌다. 그 소리가 나면, 위에서는 이미 하루가 시작됐다는 뜻이었다. 우리는 그 소리를 들으며 눈을 떴다. 바닥 장판은 군데군데 갈라져 있었다. 갈라진 틈 사이에는 검은 때가 굳어 있었고, 손톱으로 긁으면 아주 가느다란 가루가 일어났다.

나는 가끔 그 틈을 들여다봤다. 다만 그 틈 안쪽에는 더 깊은 어둠이 있었고, 그 어둠이 무섭기보다는 익숙했다. 우리 집의 바닥은 이렇게 생겼다는 걸 확인하는 일 같았다. 방 안에는 늘 여러 냄새가 섞여 있었다. 눅눅한 흙냄새, 곰팡내, 오래된 옷장 냄새, 그리고 아버지 작업복에 밴 쇠와 기름 냄새. 비 오는 날이면 그 냄새들이 더 짙어졌다. 옷은 잘 마르지 않았고, 덜 마른 옷이 살갗에 닿으면 기분이 나빴다. 하지만 그 기분이 왜 나쁜지는 말로 설명하지 못했다. 말해도 바뀌지 않는 것들이 있다는 사실을, 아홉 살의 나는 그 축축한 옷을 입으며 너무 일찍 알아버렸다.

화장실은 집 안에 없었다. 화장실에 가려면 슬리퍼를 신고 곰팡내가 스며 있는 복도를 걸어 끝까지 가야 했다. 겨울에는 추위를 피해 고양이가 복도 어딘가에 웅크리고 있었고, 여름에는 바닥에 물기가 오래 남아 있었다. 슬리퍼를 신기 전, 나는 늘 슬리퍼를 뒤집어 한 번 털고, 다시 뒤집어 바닥에 내려놓는 일을 반복했다. 그 안에는 종종 바퀴벌레가 있었다. 거의 매일 같이 마주치던 그 바퀴벌레는 어린 나에게

곤충이라기보다 그 공간의 규칙 같은 존재였다. 슬리퍼를 털기 전, 심장이 먼저 앞으로 쏠렸다가 움찔하며 뒤로 물러났다. 슬리퍼 끝에 미끄럽고, 물컹한 것이 스치며 '딱' 하고 닿는 순간, 나는 비명을 목구멍까지 끌어올렸다가 삼켰다. 이웃을 깨울까 봐 소리를 내지 못한 채, 발을 굴렀다. 그 반사적인 움직임은 지금까지도 남아 있다. 바퀴벌레를 마주치면, 생각보다 몸이 먼저 반응한다.

그 무렵 집에서는 바퀴벌레보다 더 자주 마주치던 변화가 있었다. 저녁이면 아버지가 평소보다 일찍 들어왔고, 작업복은 먼지가 덜 묻어 있었다. 공구 소리가 줄었고, 전화기는 울리지 않았다. 부엌에서 밥을 먹고 있으면, TV 뉴스를 보던 어머니가 한숨을 길게 내쉬었다. 형은 괜히 방문을 세게 닫았고, 집 안에는 말보다 소리가 더 많아졌다. 나는 그 이유를 몰랐지만, 뭔가 잘못되고 있다는 건 알 수 있었다. 바퀴벌레를 보고 움찔하던 그때의 몸처럼, 집 안의 공기도 갑자기 차갑게 느껴졌다.

1997년 말, 우리나라는 국가부도 위기에 놓였다. 외환보유액이 바닥을 드러냈고, 정부는 국제통화기금(IMF)에 구제금융을 요청했다. 그해 12월, IMF와의 협약이 체결되면서 한국 사회는 급격한 구조조정 국면으로 들어섰다. 금융기

관은 통폐합되었고, 기업들은 연쇄적으로 도산했다. 은행은 더 이상 안전한 존재가 아니었고, 평생직장이라는 말은 현실에서 빠르게 사라졌다. 1998년 한 해 동안 수십만 명이 일자리를 잃었다. 거리에는 많은 사람들이 나왔고, 매일 지나치던 놀이터에는 이미 아저씨들이 앉아 있었다. 실업률은 급등했고, 하루아침에 직장을 떠나야 하는 사람들이 거리로 쏟아져 나왔다. 일은 있었지만 대금은 끊겼고, 약속된 지급일은 의미를 잃었다. 선납품 후결제라는 오랜 신뢰의 문법은 더 이상 힘을 쓰지 못했다. 당연하게 여겨졌던 그 관행이 무너지면서, 우리 집의 공기도 함께 무거워졌다. 돈은 멈췄고, 빚은 남았다. 위기는 대기업과 금융권에서 시작되었지만, 가장 먼저 무너진 것은 중소 사업장이었다. 철공소, 공장, 하청업체, 기술자들의 일터가 하나둘 불을 껐다. 거래처가 사라지면, 그 뒤에 연결된 모든 현장은 함께 흔들렸다. 그때 나는 아직 IMF라는 말을 제대로 알지 못했다. 뉴스에서 흘러나오던 단어였고, 어른들이 낮은 목소리로 꺼내는 말이었다. 다만 분명했던 건, 그 말이 나오던 시기와 집 안의 공기가 달라지던 시기가 겹쳐 있었다는 사실이다. 형의 사춘기가 먼저 드러났고, 그 뒤에서 집은 조금씩 무너지고 있었다. 그리고 그 무게를 가장 먼저 온몸으로 받아내고 있던 사람은, 늘 말이 없이 조용히 지켜만 보던 아버지였다.

집이 왜 그렇게 되었는지에 대해, 나는 오랫동안 묻지 않았다. 묻지 않은 게 아니라, 묻는 법을 몰랐다고 하는 편이 더 맞겠다. 집이란 원래 그런 것이라고, 한 번 기울어지면 다시는 제자리로 돌아오지 않는 물건이라고 생각하며 자랐다. IMF라는 말은 뉴스 속에서 먼저 들렸고, 우리 집에서는 훨씬 나중에, 이미 모든 것이 지나간 뒤에야 의미를 갖기 시작했다. 내가 일곱이나 여덟 살이었을 때, 집은 이미 설명이 필요 없는 상태가 되어 있었다.

아버지의 이야기는 한참 뒤에야 이어졌다. 처음부터 끝까지 한 번에 들은 적은 없었다. 어떤 날은 앞부분만, 어떤 날은 중간쯤에서 멈췄고, 어떤 날은 아예 다른 이야기로 흘러갔다. 그래서 나는 아버지의 삶을 연대기처럼 알게 된 게 아니라, 흩어진 장면들로 기억하게 되었다.

아버지는 셔터를 만들었다. 사람들은 '철문 셔터'라고 불렀지만, 아버지는 늘 "샷다"라고 했다. 그 발음에는 이상하게도 힘이 실려 있었다. 쇠가 바닥에 닿을 때 나는 소리처럼, 짧고 둔탁했다. 작업복은 언제나 기름 냄새가 났고, 소매와 바지에는 불에 그을린 점들이 박혀 있었다. 가까이서 보면 그 점들은 일정하지 않았고, 손으로 문질러도 지워지지 않았다. 나는 어릴 때 그게 별처럼 보였다. 아버지의 옷에는 낮에도 밤이 남아 있는 것 같았다. 초록색 간판에 오리가 그려진 신한은행(구 조흥은행)의 바로바로 코너 셔터를 제작하던 사람이 바로 내 아버지였다. 서울 곳곳 ATM 코너의 문이 올라갔다 내려갈 때마다, 나는 아버지의 손이 전국을 오가는 것만 같아 괜히 뿌듯했었다.

일은 한동안 끊이지 않았다. 주문이 몰리면 철이 먼저 들어왔고, 사람도 늘었다. 공장은 밤에도 밝았다. 용접불빛이 벽에 튀고, 쇳가루가 공기 중에 떠다녔다. 그 속에서 시간은 잘 보이지 않았다. 일은 먼저였고, 돈은 나중이었다. 그 '나중'이 오지 않을 거라고는 아무도 생각하지 않았다. 은행이 망한다는 말은 그때까지 농담에 가까웠다. 그러던 어느 날, 모든 말들이 동시에 방향을 잃었다. 장부에 적힌 숫자들은 더 이상 약속이 아니었고, 이름 없는 짐처럼 남았다. 아버지는 그 숫자들과 함께 아래로 내려갔다. 어디까지가 바닥인지 알 수 없을 만큼, 내려가는 시간은 생각보다 길지 않았다. 나는 그 시기를 정확히 기억하지 못한다. 다만 집 안의 소리가 달라졌다는 건 분명히 기억한다. 문 여닫는 소리가 줄었고, 말이 짧아졌고, 밤이 길어졌다.

"올라가는 건 오래 걸리는데, 무너지는 건 두 개, 하나가 무너지면 같이 다 무너진다."

아버지의 그 말에는 원망도, 푸념도, 남 탓도 없었다. 그냥 사실을 말하듯 꺼낸 한숨이었다. 담배 연기 대신 내뿜는 깊은 숨 같았다. 언젠가부터 아버지는 집안에 있던 세간살림들을 하나씩 정리하기 시작했다. 쓸모없는 것부터 사라지는 게 아니었다. 오히려 가장 값이 나가는 것부터였다. 오래 쓰던 냉장고가 먼저 나갔고, TV가 바뀌었고, 어느 날은 장롱 문이 반쯤 열린 채로 멈춰 있었다.

"이건 가져갈 수 있을까."
"이건 그냥 두자."

말은 조심스러웠고, 결정은 빠르지 않았다. 한 번 내려진 결정은 다시 번복되지 않았다. 이미 집은 여러 번 나뉘어 정리되고 있었다. 물건으로 한 번, 말로 한 번, 침묵으로 한 번. 남은 건 공간뿐이었다. 결국에는 붙잡고 있던 이 비어가는 집마저 정리를 해야만 하는 상황이 왔다. 이 집을 붙잡고 있으면, 그다음에 올 일들을 막을 수 없다는 걸 아버지는 알고 있었다. 그래서 "팔자"라는 말 대신, "정리하자"라고 했다. 그 말은 포기처럼 들리지 않았다. 오히려 질서를 되찾겠다는 말처럼 낮고 단정했다.

이사를 앞두고 집 안을 돌아보던 날, 나는 처음으로 이

집이 생각보다 컸다는 걸 알았다. 짐이 빠져나간 자리마다 바닥이 드러났고, 벽에 남은 못 자국들이 눈에 들어왔다. 여기엔 액자가 있었고, 저기엔 달력이 걸려 있었고, 그 옆에는 연필로 형과 나란히 누가 더 컸을지를 내기하며 키를 재던 흔적이 남아 있었다. 아무도 말하지 않았지만, 우리는 모두 이 집은 더 이상 우리를 감당하지 못한다는 걸 알고 있었다. 불필요한 짐을 버리자 마치 빈 몸이 된 것 같았다. 우리 가족은 단칸방으로 옮겼다. 나는 울지도, 어디 가느냐고 묻지도 않았다. 텅 빈 집 문을 잠그고 내려오는 길목에서 나는 뒤돌아보지 않았다. 돌아보면, 아직 그 집이 우리를 부르고 있을 것만 같았다.

단칸방으로 이사를 한 후, 아버지는 공사장으로 일을 나가야만 했다. 아버지의 선택이라기보다는 가장 빨리, 가장 수월하게 일을 구할 수 있는 방법이었다. 단칸방에서의 생활은 이전보다 훨씬 단출했고, 말수도 함께 줄어들었다. 아버지는 아침마다 해가 뜨기 전 집을 나섰고, 형과 나는 서로 부딪히지 않으려고 몸을 더 작게 만들며 지냈다. 좁은 공간에선 숨소리까지 공유되는 듯했지만, 이상하게도 아버지의 하루는 우리 눈에 잘 닿지 않았다. 우리는 그저 아버지가 더 늦게, 더 지친 모습으로 돌아온다는 사실만 알았다. 그리고 어느 밤, 나는 그 지친 하루의 자취를 조용히 마주하게 되었다.

새벽 알람은 더 이상 필요하지 않았다. 잠이 깊어질 틈이 없었기 때문이다. 아직 해가 뜨지 않은 어두운 시간, 늘 일어나던 시간이 되면 눈이 먼저 떠졌다. 씻고, 말없이 밥을 먹고, 작업복을 입었다. 공장에 있을 때보다 옷은 더 거칠었고, 주머니는 가벼웠다.

아버지가 일을 마치고 돌아오면 아버지 옷은 늘 비슷한 냄새를 가져왔다. 젖은 흙냄새, 시멘트 가루가 섞인 공기, 철을 자를 때 나는 타는 냄새. 바람이 불면 먼지가 먼저 일었고, 그 먼지는 쉽게 가라앉지 않았다. 언젠가 들었던 아버지의 일터의 모습은 사람들의 말소리보다 철근이 바닥에 닿는 소리, 비계 위를 오르내리는 발소리, 위에서 아래로 던져지는 짧은 외침들만이 오갔다.

아버지 손바닥에는 금세 굳은살이 다시 생겼고, 손등에는 작은 상처들이 늘었다. 장갑은 자주 젖었고, 마를 틈 없이 다시 끼워졌다. 점심시간이 되어도 현장은 완전히 멈추지 않았다. 도시락을 먹으며 담배를 피우는 동안에도, 크레인은 천천히 돌아갔다. 아버지는 그 움직임을 보며, 몸을 아직 쓸 수 있다는 사실에 안도했을지도 모른다.

그날도 평소와 다르지 않게 아버지는 일터로 나갔다. 나중에 들은 이야기로는, 안전장치는 늘 그렇듯 형식적으로 걸려 있었고 비계도 조금씩 흔들렸다고 했다. 하지만 그런 일은 현장에서 흔한 일이었기에, 누구도 특별한 위험 신호로 받아들이지 않았다고 한다. 아버지는 평소처럼 위로 올라갔고, 아래에서는 누군가가 자재를 정리하고 있었다고 했다. 그다음은 모두가 한목소리로 "너무 빨랐다"고만 기억했다. 순간적으로 발이 미끄러졌는지, 중심을 잃었는지 정확히 본 사람은 없었지만, 아버지의 몸이 아래로 쏠린 장면만큼은 모두 똑같이 떠올렸다. 손이 허공을 한 번 더 더듬었던 것 같다는 증언도 있었고, 그다음은 곧바로 바닥이었다고 한다. 그리고 소리는 나중에야 들렸다고 했다. 몸이 먼저 떨어지고, 그 뒤에야 둔탁한 충격음이 현장에 퍼졌다는 것이다. 잠깐의 정적이 흐른 뒤 사람들이 우르르 몰려왔고, 누군가는 다급하게 소리를 질렀으며, 또 누군가는 서둘러 아버지의 헬멧을 벗겨 들여다보았다고 한다.

아버지는 그때까지도 다리가 왜 움직이지 않는지 바로 이해하지 못했다고 했다. 통증은 늦게 찾아왔고, 대신 무릎 아래에서 이상할 만큼 차가운 감각이 퍼져 나왔다고 기억했다. 병원에서 찍은 사진 속 아버지의 무릎뼈는 형태를 알아

볼 수 없을 정도로 부서져 있었고, 의사는 한참 동안 말없이 화면만 바라보다가 조용히 고개를 저었다. 결국, 다리는 철심으로 이어 붙여야 했다.

그날따라 아버지는 저녁 뉴스가 끝나도록 집에 오지 않았다. 이전부터 늦는 날이 아주 없던 건 아니었지만, 그날은 왠지 기분이 이상했다. 현관 쪽에서 아무 소리가 나지 않았다. 문이 열릴 때마다 울리던 경첩 소리도, 작업화를 벗어놓는 둔탁한 소리도 들리지 않았다. TV에서는 뉴스가 흘러가고 있었고, 화면 속 사람들은 평소처럼 말을 이어가고 있었다. 집 안의 시간만, 어디선가 걸려 멈춘 것처럼 느리게 흘렀다. 나는 방에서 숙제를 하다 말고 몇 번이나 현관 쪽을 바라봤다. 형은 말없이 TV만 봤고, 엄마는 단칸방 안에서 앉지도 않고 서성였다. 아버지가 들어오지 않은 채로 시간이 더 지나자, 집 안의 공기가 조금씩 바뀌었다. TV 소리가 괜히 커졌고, 그 소리마저 부담스러워 다시 줄였다. 어머니는 골목과 집을 서성이며 몇 번이나 전화기를 들었다 놓았다. 전화를 걸지 못하고 번호창만 바라보는 시간이 길어지자, 어머니의 숨소리도 점점 가빠지는 게 느껴졌다. 형은 괜히 책장을 넘겼다가 닫고, 나는 숙제를 하다 말고 연필을 내려놓은 채 현관 방향으로 자꾸 시선을 돌렸다. 엄마는 냄비 뚜껑을 열었다 닫았다 하던 손을 몇 번쯤 멈췄고, 밥은 이미 다 식어 있었다. 밥을 차릴지 말지, 기다릴지 말지 같은 결정들이 끝내 내려지지 않은 채로 저녁은 흘러갔다. 밥은 한참 전에 다 되었지만, 밥상을 차릴지 말지를 아무도 결정하지 못했다. 밥솥에 담긴 밥이 식어가는 동안, 집 안의 공기는 더 식어갔다. TV에서는 사람들의 활기찬 목소리가 계속 흘러나왔지만, 그 소리조차 우리 현실과는 다른 시간대에서 나오는 것처럼 멀게 느껴졌다.

엄마는 결국 나와 형을 불렀다. 목소리에 떨림이 있었다. 얼굴은 평소와 크게 다르지 않았지만, 눈을 자주 깜빡였다. 말을 꺼내기까지 시간이 조금 필요해 보였다. 그 침묵이 길지는 않았지만, 그 사이에 나는 이미 알 것 같은 기분이 들었다. 아직 아무 말도 듣지 않았는데, 몸이 먼저 긴장하고 있었다. 그 순간의 분위기, 말은 없지만 마음이 서늘해지는 느낌을 나는 지금도 기억한다. 어머니는 말을 꺼내기까지 몇 번이나 손가락을 맞잡았다 풀었다 했다.

"아버지가 오늘 일을 하다가… 다리를 좀 다치셨어."

'다쳤다'는 말은 조심스럽게 나왔다. 속삭임에 가까웠던 그 말을 하고 나서 엄마는 잠시 형과 나의 시선을 피했다. 그 짧은 순간이 이상하게 오래 느껴졌다. 나는 그 말을 곧바로 이해하지 못했다. 다쳤다는 말이 어느 정도를 뜻하는지 가늠하지 못한 채, 그냥 그 문장만 머릿속에서 몇 번이고 되풀이했다.

"지금 병원에 계신다."

그다음 문장은 조금 더 분명했다. 병원이라는 단어가 나오는 순간, 집 안의 소리들이 한꺼번에 멀어졌다. 냉장고 돌아가는 소리, 시계 초침 소리, TV에서 흘러나오던 앵커의 목소리가 동시에 뒤로 밀려났다. 나는 무언가를 물어봐야 할 것 같았지만, 어떤 질문을 해야 하는지 떠오르지 않았다. 괜찮으시냐고 묻기에는 너무 막연했고, 얼마나 다치셨냐고 묻기에는 겁이 났다. 그래서 아무 말도 하지 않았다. 고개만 끄덕였던 것 같다.

그날 밤은 길었다. 불을 일찍 껐는데도, 잠은 오지 않았다. 현관 쪽에서 나는 작은 소리에도 몸이 움찔했고, 문이 열리길 기대하면서도 동시에 두려웠다. 매일 밤 아버지의 옆에 누워 자던 나는 아버지가 없으니 허전함이 커져만 갔다. 어둠 속에서 시계 초침 소리는 유난히 크게 들렸고, 초침이 움직일 때마다 불안이 조금씩 더 쌓였다.

다음 날, 우리는 당시에 용산에 있던 중앙대학교 병원으로 갔다. 밤새 거의 잠을 못 자서 눈꺼풀이 무거웠지만, 몸은 이상하게 더 예민해져 있었다. 집을 나설 때 어머니는 평소보다 말이 적었고, 현관문을 닫는 손동작이 유난히 느리게 보였다. 어떤 말을 해야 할지 서로 알고 있으면서도, 아무도 입을 열지 않는 아침이었다.

병원에 가까워질수록 길가 풍경은 분주해졌지만, 내게는 마치 다른 세상의 장면처럼 멀게 느껴졌다. 버스 창밖으로 스쳐 지나가는 사람들, 출근길에 허겁지겁 뛰어가는 모습들이 보였지만, 그날의 나는 그저 '아버지가 누워 있다'는 사실만을 붙잡고 있었다. 병원 건물 앞에 서자 병원의 외벽과 유리창이 위로 길게 뻗어 있었다. 현관 자동문이 열리면서 차가운 바람과 함께 소독약 냄새가 먼저 밀려 들어왔다. 바닥은 반짝이도록 닦여 있었고, 사람들은 다들 익숙한 듯 빠르게 걸어 다녔다. 그 속에서 나는 어딘가 낯선 손님처럼 발걸음을 조심스레 옮겼다. 엘리베이터 안에서는 모두 말이 없었다. 층수를 알리는 전광판에 숫자가 하나씩 올라갈 때마다, 심장도 그 숫자에 맞춰 더 빨리 뛰는 것 같았다. 엘리베이터 문이 열리자, 복도 끝까지 비슷한 문들이 줄지어 서 있었다. 벽에 붙은 안내표지판에 '입원실'이라는 글자가 보였지만,

그 글자가 눈에 들어오는 순간 오히려 발이 더 떼어지지 않았다.

어머니가 먼저 걸음을 옮기고, 나는 그 뒤를 따라 천천히 걸었다. 복도 바닥에 비친 형광등 불빛이 내 발 아래에서 길게 늘어졌다 줄어들었다를 반복했다. 각 병실 문 안쪽에서 새어 나오는 기계음, 낮게 섞인 사람들의 목소리가 복도에 엷게 퍼져 있었다. 마침내 우리가 들어가야 할 입원실 문 앞에 섰다. 문 옆에는 낯선 이름들이 적힌 작은 명패가 붙어 있었고, 그중 하나가 아버지의 이름이었다. 그 글자를 보는 순간, 그제야 '정말로 다치셨다'는 사실이 또렷하게 현실로 다가왔다.

엄마가 조심스럽게 문손잡이를 잡았다. 문이 열리는 동안, 나는 숨을 한 번 깊게 들이마셨던 것 같다. 문틈 사이로 먼저 냄새가 들어왔다. 소독약과 약, 사람들의 몸에서 나는 묵은 냄새가 뒤섞인, 병원 특유의 냄새였다. 입원실 문을 열고 들어섰을 때, 침대에 누워 있는 아버지의 모습이 내 눈에 들어왔다. 하얀 시트 위에 누워 있는 아버지의 다리에는 붕대가 감겨 있었고, 침대 옆에는 링거대가 서 있었다. 그 장면이 한 번에 밀려오면서, 나는 그제야 밤새 붙들고 있던 숨을 놓은 사람처럼 가슴이 턱 막히는 느낌을 받았다. 콧속으로 훅 들어온 병실의 냄새와 함께, 아버지가 다리를 다쳐 누워 있다는 사실이 몸 전체로 내려앉았다.

아버지를 보는 순간 눈물이 먼저 쏟아졌다. 밤새 상상했던 모든 모습보다 현실의 아버지는 더 초라했고, 동시에 더 아버지 같았다. 얼굴은 창백했고, 말라 있는 입술 사이로 천천히 숨을 들이쉬는 소리가 들렸다. 아버지는 내가 우는 모습을 보자 놀란 듯 눈을 조금 크게 떴다가, 곧 익숙한 표정으로 돌아갔다. 누워 있는 자세 그대로, 아버지는 내 쪽으로 손을 조금 움직이려고 했지만 몸이 따라주지 않는 듯했다. 그래서인지, 손을 완전히 뻗지 못하고 베개 위에서 몇 번 움찔하는 정도로 멈추었다. 그 작은 몸짓이 왠지 더 마음을 아프게 했다. 아버지는 누운 채로 나를 보고 오히려 웃으려는 표정을 지었다.

"괜찮아. 왜 울어. 아빠 죽은 것도 아닌데."

말투는 여전히 평소 같았지만, 어딘가 힘이 빠져 있었다. 그 말은 나를 달래기 위해 꺼낸 말이었겠지만, 들리는 순간 오히려 더 울음이 복받쳐 올라왔다. 아버지의 말끝에는 떨림이 조금 묻어 있었고, 나를 안심시키려 억지로 지은 미소도 어딘가 힘이 없었다. 엄마는 조용히 침대 곁으로 다가가 이

불 모서리를 정리했고, 나는 침대 발치에서 손을 꼭 쥔 채 울음을 참으려 했지만, 숨을 내쉴 때마다 훌쩍임이 새어 나왔다. 희미한 불빛 아래서 들려온 아버지의 한마디는 길지 않았지만, 그 순간 방 안의 소리가 모두 멈춘 듯했다.

꽤 시간이 지나고, 현관문이 천천히 열렸다. 반쯤 열린 문 사이로 아버지는 한쪽 다리를 먼저 들여놓았다. 그리고 잠깐 멈췄다. 그 짧은 멈춤이 낯설었다. 예전의 아버지는 늘 성큼성큼 들어오던 사람이었다. 작업화를 벗으며 흙먼지를 털고, "다녀왔다"라는 말 대신 신발을 밀어 넣는 소리로 귀가를 알리던 사람이었다. 하지만 그날은 달랐다. 아버지는 마치 집 안의 높낮이를 다시 가늠하는 사람처럼 조심스럽게 몸을 움직였다. 문턱이 더 높아진 것도, 바닥이 기울어진 것도 아니었지만, 아버지의 발걸음은 어떤 보이지 않는 경계를 조심스레 넘는 듯했다.

아버지는 지팡이를 짚고 있었다. 병원에서 퇴원한 뒤 처음 보는 모습이었다. 지팡이 끝이 바닥에 닿을 때마다 작은 소리가 났고, 그 소리에 맞춰 몸이 아주 천천히 흔들렸다. 그 움직임이 낯설어 나는 어디를 봐야 할지 잠시 망설였다. 얼굴을 봐야 할지, 다쳤던 다리를 봐야 할지, 아니면 손에 쥔 지팡이를 봐야 할지. 결국 눈은 다시 그 다리로 돌아갔다. 변화는 명확했고, 외면한다고 사라지지 않았다. 아버지는 아무렇지 않게 웃으려 했다.

"별거 아니야."

하지만 어색하고, 멋쩍은 웃음은 끝까지 이어지지 않았다. 말이 입 밖으로 나오기 전에, 숨을 한 번 고르는 모습이 먼저였다. 그 숨 고르기가, 나에게는 그날의 모든 설명처럼 느껴졌다. 나는 아버지에게 가까이 다가가지도, 멀어지지도 못한 채 서 있었다. 괜히 도움이 될까 싶어 무엇인가를 찾으려다가도, 무엇을 해야 할지 몰라 손을 다시 내려놓았다. 괜히 물을 가져와야 할 것 같았고, 괜히 아무것도 하지 말아야 할 것 같기도 했다. 그 사이에서 몸만 어정쩡하게 서 있었다.

아버지가 앉았을 때, 다리는 자연스럽게 한쪽으로 뻗어졌다. 예전처럼 접히지 않는 각도였고, 오래 같은 자세로 있지 못해 몇 번씩 다리 위치를 바꾸었다. 지팡이는 의자 옆에 비스듬히 기대어 있었고, 그 사이사이에 아버지는 짧게 숨을 골랐다. 그 작은 움직임들이 계속 눈에 들어왔다. 나는 그 서툰 움직임을 보며, 다치기 전 건강했던 아버지의 모습을 자꾸만 겹쳐 보았다. 그러지 않으려고 기를 써보아도, 머릿속에서는 이미 예전의 아버지와 지금의 아버지가 아프게 대비되고 있었다.

그날 밤, 나는 잠들기 전까지도 그 다리를 떠올렸다. 딱딱한 깁스의 질감, 살짝 드러난 피부의 색, 걸음을 옮길 때마다 생기던 미세한 흔들림. 그것들은 머릿속에서 하나의 장면처럼 반복되었다. 누워서 눈을 감고 있는데도, 현관에 서 있던 아버지의 모습이 계속 떠올랐다.

아버지는 다시 막노동 현장으로 돌아갈 수 없었다. 대신 지인이 운영하던 집 근처의 작은 공장 같은 곳에서 가벼운 일을 도우셨다. 예전보다 수입은 훨씬 적었고, 일도 만족스럽지 않았겠지만, 아버지는 그 사실을 드러내지 않았다. 저녁 시간이 되면 예전보다 훨씬 일찍 귀가하셨고, 그때마다 나는 괜히 좋았다. 아버지가 빨리 온다는 것만으로 집 안의 공기가 조금 밝아지는 느낌이 들었다. 나중에서야 그 빠른 귀가가 여유의 결과가 아니라 아버지가 더 이상 현장에서 버틸 수 없어서 돌아오는 길이었다는 것을 알았다. 아버지는 오랜 시간 지팡이에 의지해 걸었지만, 스스로 회복해 보겠다며 재활훈련을 꾸준히 했다. 동네를 천천히 걷고, 계단을 한 칸씩 오르고, 다리에 힘이 들어가지 않을 때마다 다시 시작했다. 그렇게 시간이 꽤 흐른 뒤에야, 아버지는 지팡이를 완전히 내려놓았다.

뼈 대신 금속이 자리를 잡았고, 그 이후로 아버지의 걸음은 예전과 같지 않았다. 지팡이 없이 걷게 된 뒤에도, 겨울만 되면 아버지의 무릎은 먼저 계절을 알아챘다. 그 이후로 매해 12월에서 2월 사이, 겨울밤마다 아버지는 잠결에 다리를 부르르 떨었다. 이불 아래에서 바닥을 스치는 소리가 희미하게 들릴 때마다, 나는 그 계절이 다시 돌아왔다는 것을 알았다. 몸은 잊지 못하는 계절이 있다는 걸, 나는 그 떨림을 통해 알았다. 그리고 나는 그 다리를 볼 때마다, 다치기 전의 순간이 아니라, 집 안으로 들어오던 그날의 느린 발걸음을 먼저 떠올리게 되었다. 문턱 앞에서 잠깐 멈췄던 그 순간을. 그 멈춤이 우리 집의 시간에도 그대로 남아 있다는 사실을 나는 오랫동안 말없이 알고 있었다.

아버지의 사고와 함께 우리 집은 또 한 번 더 가파르게 무너졌다. 깁스는 제거했지만 지팡이에 의지해야 하는 시간이 길어지면서 아버지는 현장에 나갈 수 없었고, 수입은 거의 끊기다시피 했다. 생활비는 한 달 한 달이 버거웠고, 단칸방의 공기도 점점 더 무거워졌다. 그 무렵, 어머니는 집에 머무는 시간이 짧아졌다. 말수가 줄었고, 혼자 있는 시간이 많아졌다. 그 무렵부터 집 안의 공기는 눈에 보이지 않게 변해갔다.

어머니는 부엌에 서 있어도 마음이 그 자리에 없는 사람처럼, 자주 현관 쪽을 오래 바라보곤 했다. 방 안에 마주 앉아 있어도 대화는 금방 끊겼고, 숟가락이 그릇에 닿는 소리만 방 안에 희미하게 퍼졌다. 밤이면 불을 끄고도 한참을 뒤척이는 기척이 들렸고, 아침에는 내가 깨기 전 이미 어딘가에 다녀온 것 같은 움직임이 느껴졌다. 옷장을 여닫는 소리가 잦아졌고, 입지 않던 옷들이 잠깐씩 방 밖으로 나왔다 들어가곤 했다. 어떤 날은 갑자기 외출하고, 어떤 날은 하루종일 방바닥에 앉아 손톱만 만지작거렸다. 그 변화들이 정확히 무얼 의미하는지 나는 몰랐지만, 집 안의 무게가 어머니에게 더 크게 내려앉고 있다는 것만은 알 수 있었다.

말수는 줄었고, 한숨은 늘었다. 어머니의 걸음은 점점 가벼워지는 대신 방향이 일정하지 않게 흔들렸다. 방을 오가며 무언가를 찾는 것 같기도 하고, 찾지 못한 것 같기도 했다. 방을 오가는 그 몸짓은 무언가를 찾는 것 같기도, 이미 잃어버린 것을 확인하는 것 같기도 했다. 어른들의 세계가 통째로 흔들리고 있다는 걸 알 리 없던 내게, 그 위태로운 진동은 단지 '집이 고요해진다'는 낯선 감각으로만 전해졌다.

온 식구가 모여 살던 작은 단칸방 안 한쪽에는 화장대가하나 있었다. 화려하지도, 고급스럽지도 않았지만, 낡은 나뭇결이 드러난 그 화장대는 방의 한쪽 벽을 고집스럽게 지키고 있었다. 위에 올려진 작은 거울은 약간 기울어 있었고, 거울 가장자리에는 오래된 스티커 자국이 지워지지 않은 채 남아 있었다. 네모난 서랍들은 내 세계를 칸칸이 나누는 기준선이었다.

첫 번째 서랍은 내 서랍이었다. 서랍을 열 때마다 손잡이가 삐걱이는 소리가 났다. 틈틈이 모아둔 동전 몇백 원이 전부였다. 동전들이 부딪히며 내는 자잘한 소리는, 어린 나에게는 비밀 금고를 여는 소리처럼 들렸다. 그 소리는 작았지만, 분명히 '내 것'이었다.

어느 날, 그 서랍을 열었을 때, 늘 있던 동전 대신 낯선 무게의 지폐들이 들어 있었다. 빳빳하지도, 그렇다고 완전히 닳지도 않은 몇 장의 지폐. 몇천 원. 아홉 살짜리 아이 손에 쥐어지기엔 지나치게 큰돈이었다. 손가락 사이로 지폐를 넘길 때마다 종이의 거친 촉감이 손끝에 걸렸다. 기분이 좋았지만, 동시에 불안했다. 가슴이 두근거렸고, 손바닥에는 알 수 없는 땀이 맺혔다. 그때는 그 감정의 이름을 몰랐다. 다만 '이건 그냥 용돈이 아닐지도 모른다'는 생각이 들었다. 그날 저녁, 나는 어설픈 자랑처럼 아버지에게 말했다.

"아빠, 나 오늘 용돈 많이 받았어."

밥상 위에는 김이 거의 다 가신 국과 몇 가지 반찬이 놓여 있었다. 아버지는 숟가락을 들고 있던 손을 잠시 멈췄다. 놀라지도, 웃지도 않았다. 잠깐 내 얼굴을 보더니 고개를 한번 끄덕였을 뿐이었다. 그 짧은 끄덕임은 말보다 많은 것을 담고 있었다. 국물 속에 남아 있던 무 조각 몇 개가 그릇 바닥에서 또르르 굴러다녔다. 말은 끝내 나오지 못한 채 방 안의 공기 속에서 맴돌았다.

나는 그날 밤, 아버지가 장롱을 열어 보았을까를 자주 상상했다. 장롱 문이 열릴 때 풍겼을 것 같은 나무 냄새와 오래된 옷 냄새, 그리고 알 수 없는 텅 빈 냄새. 빈 옷걸이들 사이에 보이지 않는 결심 같은 것이 함께 걸려 있었을 것만 같았다.

며칠 후 외삼촌이 엄마와 함께 집에 왔다. 현관문이 열릴 때 차가운 공기가 먼저 들어왔고, 그 뒤를 따라 거친 숨소리가 방 안으로 밀려들었다.

"너, 여기서 안 살 거냐?"

다그치는 목소리였다. 말의 끝이 점점 높아지면서 공기를 밀어냈다. 나는 그 말뜻을 온전히 이해하지 못한 채, 할머니에게 그저 안겨만 있었다. 바닥 장판의 갈라진 부분만 멍하니 바라보았다. 울지도, 대답하지도 못했다. "엄마 우리랑안 살 거야?"라는 질문이 목구멍 어딘가에서만 맴돌았다. 그무력한 자세, 들킨 것처럼 어쩔 줄 몰라 하던 엄마의 어깨가지금도 선명하다. 그것이 내게 남아 있는 엄마의 마지막 풍경이다. 울며 매달리는 장면도, 극적인 이별의 포옹도 없었다. 오히려 말수가 줄어든 어른들과 말문이 막힌 아이 둘이,지하 단칸방 안에 각자의 침묵을 들고 서 있을 뿐이었다.

엄마가 집을 떠난 뒤, 집 안의 분위기는 생각보다 조용했다. 크게 우울해지지도, 갑자기 밝아지지도 않았다. 다만 말이 더 줄었다. 대신 TV 소리가 조금 커졌고, 식사 시간은 빨라지거나 늦어졌다. 아버지는 더욱 부지런히 나와 형을 더챙기려 했고, 그래서인지 집 안에는 일부러 만들어진 평온이있었다. 그 평온이 얼마나 얇은 막 위에 서 있는지, 우리는다 알고 있었다.

단칸방의 기억 중 하나는 냉장고 앞에 앉아 있던 아버지의 뒷모습이다. 좁은 부엌 끝에 서 있던 낡은 냉장고는 밤이되면 모터 돌아가는 소리를 더 크게 냈다. 아이들을 깨울까봐 형광등도 켜지 못한 채, 아버지는 휴대폰 불빛 하나로 밥에 물을 말아 드셨다. 낡은 애니콜 휴대폰의 미약한 빛이 밥

그릇 위에 떨어져 희미한 원을 그렸고, 흰 쌀알들은 물 위에서 어딘가로 흩어지지 못한 것들처럼 둥둥 떠 있었다.

숟가락이 그릇 바닥에 닿을 때마다 '딱' 하고 작은 소리가 났다. 나는 잠결에 눈을 떠 그 장면을 보았고, 눈이 마주칠까 봐 급히 몸을 돌려 이불 속으로 파고들었다. 이불 안은 금세 숨이 막힐 듯 더워졌고, 그 안에서 울음을 삼켰다. 베개 끝이 천천히 젖어 갔다. 아버지는 내 울음소리를 듣지 못했다. 아니, 어쩌면 들었을지도 모른다. 서로가 서로를 지켜주기 위해, 들은 척도 본 척도 하지 않았을 뿐이었다.

집 밖의 공기는 분명히 달라져 있었다. 어느 날부터인지 골목에서 마주치는 어른들의 시선이 이전보다 오래 머물렀고, 말을 걸 때는 속도를 한 박자 늦췄다. "밥은 먹었니?"라는 말이 자주 들렸지만, 그 말은 인사처럼 가볍게 지나가지 않았다. 질문이 끝나고 나면 늘 짧은 침묵이 따라왔고, 그 침묵 속에는 더 묻지 않겠다는 약속 같은 것이 들어 있었다. 나는 그 침묵이 불편해서 고개를 끄덕이거나 얼른 자리를 피하곤 했다. 골목에서 아이들끼리 다투는 소리가 나면, 어른들의 발걸음은 유독 우리 집 쪽으로 먼저 향했다. 소리가 크지 않아도, 누가 먼저 넘어지지 않았어도 그랬다. 다른 집들에는 늘 엄마가 있었고, 우리 집에는 없었다. 그 사실이 골목의 질서를 조금 바꿔놓은 것처럼 느껴졌다.

　나는 이제 우리 집에 엄마가 없다는 사실을 알고 있었지만, 그걸 곧바로 받아들이지는 못했다. 믿고 싶지 않았던 쪽에 가까웠다. 다만 믿지 않아도, 몸은 먼저 반응했다. 집 안에서 들리던 소리들이 달라졌고, 시간이 흐르는 방식도 조금 바뀌었다. 그래도 집 안의 분위기가 완전히 가라앉았던 건 아니었다. 아버지는 이전보다 더 자주 우리를 불렀고, 더 자주 밥을 챙겼다. 웃으려고 애쓰는 얼굴이 있었고, 괜찮다는 말을 굳이 꺼내지 않는 날들이 이어졌다. 그래서인지 나는 한동안 이 변화가 아주 큰일이라는 생각을 하지 않고 지낼 수 있었다. 하지만 동네의 분위기는 달랐다. 한 골목에서 오래 살던 시절이었고, 누가 어느 집에 사는지, 그 집에 무슨 일이 생겼는지는 저녁 9시 뉴스보다 빨리 퍼졌다. 어른들의 말투가 조금씩 달라졌고, 우리 집 앞을 지날 때의 걸음도 이전과 같지 않았다. 누군가는 더 친절해졌고, 누군가는 더 조심스러워졌다. 그 차이를 나는 정확히 구분하지는 못했지만, 분명히 느끼고는 있었다. 그 무렵의 내 모습은 내가 나 자신보다, 다른 어른들의 눈에 먼저 보였던 것 같다. 한참 시간이 지나 초등학교 생활기록부를 들여다보다가, 나는 그때의 나를 처음으로 문장으로 마주했다.

초등학교 2학년 특별활동 특기사항.
'학교에서 하는 활동에 흥미가 없으며 노력도 부족함.'

초등학교 전 과정을 통틀어 유일하게 남아 있는 부정적인 기록이었다. 그 문장을 읽으며, 나는 그 시절의 내가 무엇을 잃었는지보다, 무엇을 붙잡고 있었는지를 더 오래 생각하게 되었다.

그 무렵부터 나는 집 안에서 나는 소리들에 더 민감해졌다. 밖에서는 어른들의 발걸음이 빨라졌고, 안에서는 문이 닫히는 소리가 잦아졌다. 말이 줄어든 대신, 기척이 늘었다. 누가 어디에 있는지, 지금 집 안에 몇 명이 있는지를 소리로 가늠하게 되었다. 집이라는 공간이 갑자기 넓어진 것처럼 느껴질 때도 있었고, 반대로 숨이 막히도록 좁아질 때도 있었다. 그 변화의 한가운데에 늘 형이 있었다.

나보다 네 살 많은 형은, 엄마의 부재를 나보다 훨씬 또렷하게 기억하는 나이였다. 나는 초등학교 2학년, 형은 초등학교 6학년. 그 나이 차이는 사춘기의 무게 차이이기도 했다. 형은 예민했다. 조금만 건드려도 울고, 조금만 말이 거칠어지면 누구하고도 대화하려 들지 않았다. 문틀은 점점 긁혀 흠집이 생겼다. 나는 나대로 사춘기가 있었지만, 돌이켜보면 내 사춘기는 형의 사춘기 뒤에 가려져 있었다. 그래서 나는 더 자유롭게 화를 냈고, 더 자주 형에게 달려들었다. 아버지에게 대신 내지 못한 분노를, 형에게 떠넘긴 셈이다. 형의 티셔츠 깃을 움켜쥐고 서로 밀치던 순간, 마음 한구석에서는 늘 미안함과 서러움이 동시에 끓고 있었다.

좁은 동네 골목에서 두 남자아이가 큰 소리로 싸우면, 금세 앞집 아줌마들이 뛰어나왔다. 창문이 '쾅' 열리는 소리와 함께, "그만해!" 하고 쩌렁쩌렁한 목소리가 골목을 가득 채웠다. 말리면서도, 유난히 우리 집 쪽으로 먼저 달려왔다. 엄마가 집에 없다는 것을, 동네 모두가 알고 있었기 때문이다. 같은 골목의 다른 집들에서도 남매가 싸우고, 고성이 오갔지만, 그 집들엔 늘 엄마가 있었다. 그래서 어른들은 굳이 개입하지 않았다. "또 싸운다" 하며 창문만 닫고 말았다. 그러나 우리 집은 달랐다. 저 집은 어른이 없으니, 혹시 무슨 일이 날지 모른다는 불안이, 동네 사람들의 발걸음을 우리 쪽으로 자꾸 이끌었다. 그 발걸음 소리는 한편으로는 고마웠고, 한편으로는 내가 특별히 더 약한 존재라는 걸 확인시켜 주는 소리 같아 서늘했다.

형과 그렇게 부딪히던 시절에도, 집 안에는 말로 꺼내지 않는 또 다른 긴장이 있었다. 형제 사이의 다툼은 늘 눈앞에 있었지만, 그보다 더 큰 변화는 늘 조금 뒤에 있었다. 형과의 투닥거림이 끝나고 나면, 집은 잠깐 조용해졌고, 그 고요 속에서 아버지의 숨소리가 유난히 크게 들렸다. 저녁이 되어도 불이 늦게 켜지는 날들이 늘었고, 전화벨이 울리면 형과 나는 동시에 소리를 낮췄다. 누가 먼저 말하지 않아도, 그게 좋은 전화가 아니라는 걸 알 수 있었다.

어느새 초등학교 졸업식이 되었다. 나는 그날이 특별한 날이라는 걸 알고 있었지만, 그렇다고 누군가에게 꼭 알려야 할 일이라고는 생각하지 않았다. 아버지는 늘 바빴고, 바쁜 사람에게 날짜를 건네는 일은 이상하게도 먼저 포기하게 되는 선택지였다. 그래서 나는 졸업식 이야기를 꺼내지 않았다. 말하지 않았다는 사실을 후회하지도 않았다. 다만 혹시나 하는 마음만 남아 있었다.

교실에서 졸업장을 받는 순간까지, 나는 자꾸만 고개를 돌렸다. 앞을 보라는 선생님의 말이 들렸지만, 눈은 계속 문쪽으로 갔다. 누군가 늦게 들어오지는 않을지, 복도에서 발소리가 나지는 않을지, 괜히 한 번 더 살폈다. 문은 열리지 않았고, 발소리는 들리지 않았다. 박수 소리가 교실을 채웠지만, 그 소리는 유난히 멀게 들렸다. 졸업식이 끝나고 아이들은 하나둘 교실을 빠져나갔다. 복도는 갑자기 소란스러워졌고, 운동장 쪽에서는 카메라 셔터 소리가 연달아 터졌다. 나는 선생님의 부탁으로 교무실에 들렀다가, 졸업장을 한 손에 쥔 채 학교를 나섰다. 학교 앞에는 이미 많은 가족이 모여 있었다. 꽃다발을 든 부모들, 아이 어깨에 손을 얹은 어른들, 사진을 찍기 위해 아이를 이리저리 세우는 모습들이 눈에 들어왔다.

그 장면을 보는 순간, 나는 걸음을 멈췄다. 괜히 그 사이를 지나가고 싶지 않았다. 나는 사람들 무리를 피해 조금씩 가장자리로 밀려났다. 꽃다발과 카메라가 오가는 방향을 비켜 서다 보니, 발끝이 인도 끝을 넘고 있었다. 보행로는 넓었는데, 이상하게 그 한가운데를 걸을 수가 없었다. 시선이 모이는 자리보다, 비켜난 쪽이 더 편해 보였다. 나는 그렇게 걷다가 주차된 차들 옆으로 붙었다.

차와 차 사이, 벽과 차 사이의 틈은 생각보다 좁았다. 어른 한 사람이 지나기엔 애매했고, 아이 하나가 몸을 비틀어야 겨우 들어갈 정도였다. 나는 가방을 앞으로 끌어당기고, 어깨를 살짝 움츠렸다. 차 옆면에 비친 내 모습이 길게 늘어져 보였다. 햇빛은 차 지붕 위에서 끊겼고, 그 아래는 그늘이었다. 사람들 그림자가 인도 위를 빠르게 오갈 때, 그늘 속에서는 움직임이 느려지지 않는 것 같았다. 그곳에 있으면 잠시 보이지 않을 수 있을 것 같았다. 아무도 나를 부르지 않고, 아무도 묻지 않는 자리. 졸업식이라는 말이 닿지 않는 쪽. 나는 그 틈을 따라 몇 걸음 더 옮겼다. 발걸음을 조심했지만, 손에 들고 있던 졸업사진이 아래로 조금 기울어졌다.

그 순간이었다. 사진 모서리가 차 옆면에 닿았다. 금속에 종이가 스치는 소리가 아니라, 짧고 둔탁한 소리였다. 생각보다 크게 들렸다. 소리가 멎자마자 창문이 열렸다. 차 안쪽의 어둠이 잠깐 드러났다. 나는 그 자리에 멈춰 섰다. 도망갈 만큼 빠르지도, 변명할 만큼 준비되지도 않은 상태였다. 차에서 내린 남자는 나를 보지 않고 차를 먼저 살폈다. 옆면을 훑고, 손바닥으로 한 번 쓸어내렸다. 그가 고개를 들었을 때, 나는 이미 고개를 숙이고 있었다. 눈이 마주치지 않도록, 발 앞만 보았다. 그는 낮지 않은 목소리로 말했다. 왜 이렇게 좁은 데로 다니냐고, 길이 넓은데 왜 굳이 이쪽으로 오느냐고. 말은 연달아 나왔고, 중간에 숨을 고르는 틈이 없었다. 나는 대답하지 않았다. 아니, 대답할 말이 떠오르지 않았다. 손에 쥔 졸업장이 펄럭였고, 잠시 말이 끊겼다. 그는 다시 나를 쳐다보고는 물었다.

"졸업했니?"

나는 고개를 끄덕였다.

"그래, 축하한다."

그는 더 이상 아무 말도 하지 않았다. 그냥 돌아서서 차 창문을 닫았다. 나는 그 자리에 잠시 서 있다가, 다시 길을 걸었다. 그 짧은 대화는 오래 남았다. 혼났다는 기억보다, 축하를 받았다는 감각이 이상하게 따뜻하게 남아 있었다.

집으로 돌아가는 길, 골목 어귀에 들어섰을 때였다. 집에 가기 위해서는 대도미니슈퍼라는 작은 가게를 항상 지나야 했는데, 마침 가게 앞에 서 있던 주인 할아버지가 나를 보자마자 손짓했다. 마치 급히 알려야 할 일이 있는 사람처럼 고개를 끄덕이며 나를 가까이 불러 세웠다.

"너희 아버지 아까 학교 쪽으로 급하게 가던데 … 왜 너 혼자 오냐?"

할아버지 말투는 평소와 다르지 않았지만, 그 말이 내 귀에 닿는 순간, 머릿속 어디선가 작게 울리는 종소리처럼 무언가가 움직였다. 나는 잠깐 멈춰 섰다.

"네? 왜요?"

무엇을 의미하는지 곧장 이해하지 못했지만, 그 말이 어떤 방향을 가리키고 있다는 건 어렴풋하게 느껴졌다. 그래서 집으로 곧바로 올라가지 못하고, 슈퍼 앞 오래된 간이 테이블 옆에 서서 아버지의 휴대전화 번호를 눌렀다. 알록달록한 과자 봉지가 흔들리는 소리와 함께 전화 신호음이 길게 이어졌다. 몇 번의 신호 끝에 아버지가 전화를 받았다. 숨을 조금 들이마신 뒤, 짧고 낮은 목소리로 말했다.

"작은아들, 슈퍼에 있어? 일단 집으로 가 있어. 아빠 금방 갈게."

그 말만으로도 아버지의 움직임이 머릿속에서 하나의 장면처럼 그려졌다. 새벽에 현장에 다녀와 서둘러 옷을 갈아입고, 허둥지둥 학교 쪽으로 향하던 발걸음, 그리고 우리가 서로를 스쳐 지나갔을 그 어딘가의 순간들. 집으로 오는 동안 마음 한쪽이 묘하게 텅 빈 것처럼 느껴졌다. 잠시 전까지만 해도 골목을 바삐 지나가던 사람이 맞나 싶을 정도로, 방 안에 담긴 공기는 고요했다. 작업복 위에 다른 옷을 급히 걸친 흔적이 그대로 남아 있었고, 얼굴에는 바람을 가르며 빠르게 움직였던 사람 특유의 열기가 아직 가시지 않은 채 남아 있었다.

그제야 모든 조각이 맞춰지는 듯했다. 아버지는 그날, 졸업식에 오려고 했다. 새벽부터 현장에 다녀온 뒤, 옷을 갈아입고 학교로 향했지만, 대다수의 초등학생들은 휴대전화가 없던 시절이니 서로를 확인할 방법은 없었고, 결국 우리는 길 위에서 아무 말 한마디 나누지 못한 채 엇갈려 버린 것이다. 그 사실을 완전히 이해한 것은 훨씬 나중이었다. 숨을 고르듯 느리게 움직이던 아버지의 어깨, 문턱 바로 안쪽에 놓인 낡은 신발 한 켤레, 아버지가 급하게 갈아입으며 내팽개쳤을 옷가지들. 그런 것들이 모두 그날 있었던 일의 조각처럼 보였고, 그 조각들이 모여 하나의 이야기로 천천히 이어지는 순간을 나는 조용히 맞이하고 있었다. 아버지는 말이 많지 않았다. 졸업식에 오려 했다는 설명도, 왜 엇갈렸는지에 대한 변명도 하지 않았다. 그저 방 안에 서 있는 모습 자체가, 그날 아버지가 어떤 마음으로 나를 보러 가고 있었는지를 조용히 말해 주고 있었다.

아버지는 아무 말 없이 나를 데리고 밖으로 나갔다. 자장면집에 들어갔고, 우리는 마주 앉았다. 김이 오르는 그릇 앞에서, 나는 그날 있었던 일을 말하지 않았다. 교실에서 뒤를 두리번거렸던 이야기, 친구 가족을 보고 숨었던 이야기, 차옆에서 혼났던 이야기. 하나도 꺼내지 않았다. 아버지도 묻지 않았다. 우리는 자장면을 먹었다. 그날의 자장면은 유난히 빨리 식었다. 그날은 졸업식이었지만, 썩 유쾌한 날은 아니었다. 기쁘지도, 슬프지도 않은 채로 하루가 지나갔다. 다만 마음 한쪽에 교실 문, 학교 앞 풍경, 자동차 옆의 좁은 그늘, 그리고 자장면 그릇만 덩그러니 남아있었다. 나는 그날 이후로도 오랫동안 그 이야기를 하지 않았다.

아버지와 나. 어린 시절부터 항상 12월 31일은 아버지, 형과 함께 피자를 먹었다. 내가 시의원이 된 이후로는 12월 31일에 꼭 일정이 있어 함께 피자를 먹지 못했다.

누구에게도 말하지 않았고, 아버지에게도 꺼내지 않았다. 다만 지금도 그 장면을 떠올리면, 이유 없이 눈물이 먼저 나온다. 설명할 수 없는 감정이 먼저 올라온다. 그날의 나는 아무것도 잘못하지 않았지만, 이상하게도 혼자였고, 이상하게도 조용했다. 그래서인지, 언젠가 내 아이가 생긴다면 그날만큼은 꼭 손을 잡고 함께 가야겠다고, 그때 나는 마음속으로 조용히 생각했었다.

할머니와 나

엄마가 없는 우리 집은 할머니가 빈자리를 채워 주었다. 할머니는 낮 동안 집에 없었다. 새벽같이 집을 나서 옥수초등학교 급식실과 학교를 청소하는 일을 하셨기 때문이다. 알람 시계보다 먼저 일어나 슬쩍 이불을 개고 일을 나가는 인기척이 들리면, 아직 밤인지 아침인지 모를 회색빛이 방 안에 남아 있었다. 해가 완전히 뜨기도 전에 나가는 할머니의 뒷모습은 늘 작은 보따리를 하나씩 달고 있는 것처럼 보였다. 허리춤에 매달린 앞치마 끈, 손에 들린 장바구니, 낡은 코트 자락이 한데 모여, 마치 삶 전체를 한 덩이로 묶어 메고 가는 사람처럼 보였다.

그런데 이상하게도, 할머니가 나가는 모습은 또렷하게

남아 있지 않다. 생각해 보면 그럴 만도 했다. 할머니는 집 근처에 사셨고, 매일 같이 할머니 댁에서 우리 집으로 와서 저녁밥을 차려 주셨다. 내가 기억하는 할머니는 대개 아직 자고 있는 내 하루를 지나 이미 돌아온 할머니의 하루로 들어와 있었다. 아주 잠시 같이 살았던 때도 있었지만, 그때도 나는 대부분 잠들어 있었다. 새벽의 풍경은 내 기억에 구멍처럼 비어 있고, 그 구멍을 대신 채우는 것은 늘 퇴근의 장면이다.

저녁 무렵이 되면, 골목은 조용해졌다. 낮의 소란이 빠지고, 가게 셔터들이 하나둘 내려오며, 사람들의 발걸음이 조금 느려지는 시간. 그때 멀리서부터 작은 소리가 들려왔다. 아주 작고 맑은 소리였다. 방울 소리. 딸랑, 딸랑-. 바람 때문인지, 걸음 때문인지, 아니면 손이 가방 안에서 열쇠고리를 건드린 탓인지, 그 소리는 일정하지 않았다. 가끔은 가까워졌다가, 가끔은 멀어졌다. 하지만 나는 그 소리를 들으면 할머니가 오고 있다는 걸 알았다.

할머니는 열쇠가 많았다. 할머니 댁 열쇠, 학교 청소할 때 쓰는 도구함 열쇠, 우리 집 열쇠. 그 열쇠들을 한꺼번에 묶어 둔 열쇠고리에는 방울이 달려 있었다. 그래서인지 할머니는 늘 방울 달린 열쇠고리를 가방 안에 넣고 다니셨다. 조용했던 골목길의 저녁 공기 속에서, 그 방울 소리는 할머니의 존재를 먼저 알리는 신호였다. 나는 문 앞으로 강아지처럼 뛰어나갔다. 현관문 손잡이를 잡기도 전에, 이미 내 몸이 먼저 반응했다. "왔다." 말하지 않아도 '왔다'는 걸 아는 순간은, 이상하게도 마음이 편안해졌다.

문이 열리면 할머니의 하루가 같이 들어왔다. 집에 들어온 할머니 옷에서는 밥 냄새와 걸레 냄새, 염소계 세제의 냄새가 묘하게 섞여 났다. 밥통 뚜껑을 열 때 올라오는 뜨거운 김의 냄새와, 복도 바닥을 쓸고 닦을 때 사용했을 법한 세제의 날카로운 냄새, 그리고 오래된 교실 창틀에서 풍겨 나오는 먼지 냄새까지가 할머니의 몸에 달라붙어 함께 돌아왔다. 그 냄새는 할머니 하루의 경로를 온몸으로 설명해 주는 것 같았다. 어느 교실에서 몇 번의 걸레질을 했는지, 급식실에서 쏟아진 국물은 얼마나 많았는지를, 말없이 전해 주는 지도였다.

나는 그 옷에 얼굴을 비벼대며 학교의 하루를 맡곤 했다. 할머니 품 안에서 맡는 냄새는 이상하게도 조금은 짠데, 또 조금은 든든했다. 손등은 거칠었고, 손바닥은 따뜻했다. 어떤 날은 손끝에 세제 냄새가 더 남아 있었고, 어떤 날은 밥 냄새가 더 진했다. 할머니는 한 번도 "오늘 힘들다"는 말을 먼저 하지 않았지만, 나는 그 냄새만으로도 할머니의 하루가 어떤 종류였는지 짐작할 수 있었다.

금호초를 다니던 손자를 위해, 할머니는 옥수초 학생들이 남긴 밥을 싸 오셨다. 점심시간이 한참 지나고, 학교의 소란이 잦아든 뒤에야 비로소 생기는 남은 밥. 조금 굳은 흰밥과 반쯤 식은 반찬들이 각자의 투명한 비닐 속에 조용히 자리를 잡고 있었다. 밥알들은 서로 달라붙어 한 덩어리가 되어 있었고, 반찬들은 소스를 잃은 색으로 변해 있었다. 그 밥이 나의 저녁상이 되었다.

비닐에서 식탁으로 옮겨질 때, 밥알이 달그락거리며 부딪히는 소리가 났다. 누군가의 점심 잔향이, 내 저녁의 시작을 알리는 종소리처럼 느껴졌다. 그 소리는 작았지만, 선명했다. 식탁 위로 올라온 음식들은 다 차갑게 식어 있었고, 밥은 조금 더 굳어 있었다. 하지만 그럼에도 그 도시락은 내게 '오늘도 먹을 수 있다'는 사실을 확실하게 알려 주었다. 밥이 차갑든 따뜻하든, 남은 밥이든 새 밥이든, 중요한 건 그 밥이 내 앞에 놓였다는 것이었다.

그리고 어느 순간부터 나는 알게 되었다. 내가 먹는 밥이 누군가의 '남은 밥'이라는 사실을. 작은 상 위에 놓인 밥과 반찬이, 누군가에겐 충분해서 남겨진 것들이고, 내게는 모자람 없이 채워지는 것들이라는 사실. 이상하게도 그 사실이 서럽기보다 책임처럼 느껴졌다. 남은 한 톨도 남기지 말아야 할 것 같았다. 밥풀 하나라도 그릇에 남아 있으면, 누군가의 하루가 헛되이 버려지는 것만 같았다. 그래서 나는 그 밥을 긁어모아 먹었다. 숟가락 끝으로 그릇 바닥을 훑을 때마다, 죄책감 대신 안도가 조금씩 늘어났다. 내가 남기지 않으면, 오늘은 헛되이 지나가지 않는 것 같았다.

눈이 많이 내리던 겨울, 금호동 언덕길은 유난히 미끄러웠다. 가파른 골목길은 눈이 얼어붙으면 반짝이는 유리 조각처럼 빛나곤 했다. 아이들이 장난 삼아 미끄럼을 타고 내려가던 길은, 할머니에게는 언제 넘어질지 모르는 위험한 비탈이었다. 염화칼슘도 넉넉히 뿌려지지 않던 시절이라, 연탄을 부숴 길에 뿌리기도 했지만, 그마저도 역부족이었다. 연탄 부스러기 위로 얼음이 다시 덮이면, 검은 점들이 박힌 투명한 유리판이 되는 것 같았다. 신발 밑창은 순식간에 젖고, 발끝은 쉽게 얼어붙었다.

할머니는 새끼줄을 꼬아 신발 밑창에 감았다. 마른 짚을 손가락으로 비벼 가늘게 나누고, 다시 그것들을 꼬아 하나의 줄로 만드는 모습은 마치 어린 시절의 시간을 되감는 동작처럼 보였다. 홈이 파인 고무창에 새끼줄이 촘촘히 감기자, 어설픈 스파이크가 된 셈이었다. 매듭이 여기저기 튀어나와 있어서 처음에는 어색했지만, 눈 위를 디딜 때마다 그 매듭들이 바닥을 콕콕 찍어 주었다. 미끄러지지 않게 하는, 세월의 지혜였다. 할머니는 자신의 신발에 먼저 줄을 감고, 그다음에 내 신발을 가져오라고 했다. 어느 날 보니, 내 운동화에도 똑같이 새끼줄이 감겨 있었다. 새끼줄이 얼어 하얗게 굳은 날, 학교 앞 눈밭에 첫발을 내디뎠을 때, 눈 위를 딛는 감촉이 전날과 조금 달랐다. 발바닥 아래에서 사각하는 소리가 날 듯 말 듯 났고, 발이 눈을 살짝 물고 있는 느낌이 들었다. 미끄러질 것 같은 순간에도 발이 크게 흔들리지 않았다. 앞에서 장난치며 달려가던 친구가 미끄러져 엉덩방아를 찧을 때도, 내 발은 그 자리에서 크게 미끄러지지 않았다. 그 끈이, 누군가에게는 가난의 표식이었을지 몰라도, 내게는 할머니가 건네준 안전벨트 같았다. 나는 그 새끼줄을 신고 언덕을 오르내리며, 세상이 나를 마냥 밀어내지만은 않을 거라는 묘한 안도감을 배웠다. 넘어질 것 같은 순간에도 누군가 내 발목을 살짝 잡아 주는 느낌, 그게 바로 할머니의 방식이었다.

할머니는 나를 태권도 학원에 보내 주셨다. 아직 한부모 가정이라는 말도 익숙하지 않던 시절, 엄마 없는 아이는 그냥 "어미 없는 자식"이라고 불렸다. 그 말은 놀림과 구경거리가 한데 섞인 말투로 종종 내 귀에 박혔다. 골목 어귀에서, 운동장에서, 장난처럼 던져진 말들이었지만, 그 안에는 장난 이상의 경멸이 섞여 있었다. 그 조롱 섞인 말들이 내 이름 뒤에 꼬리표처럼 붙을까 봐, 할머니는 나를 도장에 보냈다.

"맞고 다니면 안 되지. 놀림당하면 안 되지."

그 한마디는 길지 않았지만, 이상하게 구체적이었다. 할머니는 나를 강해지라고 말하지 않았다. 그 대신 맞고 다니면 안 된다는 것을 먼저 이야기했다. 할머니는 세상이 사람을 어떻게 다루는지 알고 있었다. 사람들의 말이 장난으로 시작해서, 어느 순간 진짜 상처가 되는 과정도 알고 있었다. 그래서인지 할머니가 세상에 대해 가르쳐 준 첫 규칙은 늘 남을 탓하지 않는 태도였다. 친구와 다투든, 형과 다투든, 무슨 일이든 할머니는 먼저 물었다.

"그래서 네가 어떻게 했는데."

그리고 그다음 말이 거의 언제나 뒤따랐다.

"남 탓하지 마. 네가 결정하고 네가 책임져."

누구 때문에 못했다, 누구도 하지 않았다, 그런 말들을 할머니는 특히 싫어했다. 그 말들이 무슨 변명처럼 들렸던 걸까. 아니면 그 말들이 사람을 약하게 만든다는 걸 알고 있었던 걸까. 할머니는 처음부터 불리한 사람이 어떤 말에 기대게 되는지 너무 잘 알고 있었을지도 모른다. 그래서 내게는 변명할 틈을 주지 않았다. "정확히 말해라"라는 말도 자주 했다. 가지고 싶은 것이 있으면 정확히 말해야 했고, 먹고 싶은 것도 명확히 말하라고 하셨다. 마음속에서만 끓이고 있다가 아무도 몰라줬다고 말하는 것은 할머니에게 가장 싫은 종류의 서운함이었다. 그 규칙은 말의 무게와도 닿아 있었다. 할머니는 큰 철학을 말해 주지 않았다. 대신 말이 가벼워지는 순간을 잡아냈다.

"그건 네가 진짜로 그런 거냐."
"정말 그렇게 생각하냐."

이런 질문을 던졌다. 그러면 나는 입안에 있던 말을 한 번 더 굴려야 했다. 말이 목구멍을 지나 밖으로 나오기 전에, 스스로에게 물어야 했다. '이 말은 진짜인가.' 할머니는 그렇게 나를 조용하게, 반복적으로 훈련시켰다.

조금 더 단단하게 자라길 바라는 마음에서인지, 할머니는 태권도 학원을 보내 주었다. 친구들 대부분이 태권도 학

나를 언제나 응원하고 지지해주는 할머니.
할머니의 사랑 덕분에 나는 나 스스로에게 부끄럽지 않은
사람이 될 수 있었다.

원에 다니고 있던 터라, 학원에 가면 친구들과 놀 수 있을 것
이라는 생각에 나도 내심 태권도 학원을 다니고 싶었다. 하
지만, 집안 형편을 눈치 보느라 말을 꺼내지 못하고 있었다.
처음 간 태권도 도장의 매트 냄새는 처음엔 낯설고 거칠었
다. 여러 사람의 땀과 세제, 오래된 고무 냄새가 섞여 코를
찌르는 향을 만들었다. 허리에 띠를 묶을 때 느껴지는 거친

촉감, 발바닥으로 전해지는 바닥의 탄력은 조금씩 내 몸을 단단하게 만들었다. 나는 발차기와 품새를 배우면서 동시에 '내 몸을 지킨다'는 감각을 처음 얻었다. 누군가 나를 밀었을 때 중심을 다시 잡는 법, 쓰러졌을 때 다시 일어나는 법이 몸에 배기 시작했다. 태권도 공인 3단이라는 자격은 그때부터 지금까지 이어져 온, 나만의 작은 방패다. 그 방패 뒤에는 언제나 할머니의 목소리가 서 있다.

할머니는 또 한 가지를 단호하게 가르쳤다. 성실하게 살아야 한다는 것, 특히 늦잠을 자지 말라는 가르침이었다. 평일에는 저녁 무렵에 오시던 할머니는, 주말에도 공사 현장이 쉬지 않아 아버지가 우리를 살필 수 없던 때면 아침 일찍 골목을 걸어 들어오셨다. 나와 형에게 점심을 챙겨 주기 위해서였다.

주말 아침의 골목은 평일보다 훨씬 더 고요했고, 그래서인지 그날따라 방울 소리가 유난히 또렷하게 들렸다. 딸랑, 딸랑—

그런데 어느 날, 나는 그 방울 소리를 듣지 못하고 깊이 잠들어 있었다. 문이 열리고, 할머니가 들어오고, 방 안의 공기가 달라지는 그 순간까지도 나는 꿈속에 머물러 있었다. 그때, 할머니가 단호한 목소리로 소리쳤다.

"지금 시간이 몇 시인데 자고 있냐."

그 목소리는 평소보다 낮고, 단단하게 귓가를 때렸다. 그리고 다음 순간, 할머니는 자고 있던 나와 형을 발끝으로 툭하고 건드렸다. 그 작은 자극이 허벅지에 닿자 나는 번쩍 눈을 떴다. 잠은 한순간에 사라졌다. 방울 소리보다도 훨씬 선명한 깨움이었다.

그날 이후로 나는 '부지런함'이라는 말을 전혀 다른 의미로 이해하게 되었다. 부지런함은 단지 멋있는 성격이 아니라, 누군가의 하루를 무너지지 않게 붙잡는 하나의 기술 같은 것이었다. 할머니가 아침부터 일부러 찾아와 우리를 깨우던 것은 성격이 급해서가 아니었다. 그날을 살아내기 위한 최소한의 출발선– 지금 일어나지 않으면 오늘이 흐트러질 수 있다는, 삶의 감각에서 비롯된 부지런함이었다. 할머니는 그런 부지런함으로 하루하루의 생활을 지탱해온 사람이었다.

할머니가 돈에 대해 말할 때도 비슷했다. "돈이 없어서"라는 말이 변명처럼 굳어 버리는 것을 할머니는 무엇보다 싫어했다. 정확한 날은 기억나지 않지만, 친구들이 300원짜리 컵떡볶이를 사 먹을 때 나만 못 먹고 멀뚱히 서 있었던 순간이 있었다. 아마 할머니가 그 장면을 보셨던 모양이다. 그 뒤로 할머니는 빠듯한 살림임에도 늘 같은 말을 하셨다.

"없는 티 내지 마라."

그러면서 단돈 천 원이라도 꼭 내 주머니에 넣어 주셨다. 천 원은 큰돈도, 대단한 돈도 아니었다. 그러나 그 천 원은 '너도 네 몫의 선택을 할 수 있다'는 표시였다. 떡볶이를 먹을지, 그냥 참을지, 한 컵만 사 먹을지 누구 눈치도 보지 않고 스스로 결정할 수 있게 해 주는 작은 자유였다. 그 천 원은 내게 이상하게 무거웠다. 돈의 무게라기보다도, 할머니가 내 손에 쥐어준 '체면'의 무게였다. 체면을 지키라는 말을 입 밖에 낸 적은 없지만, 체면이 무너지는 순간을 막아주는 방식이었다. 할머니는 그런 것들을 누구보다 빨리, 그리고 누구보다 현실적으로 아는 사람이었다.

한 달에 한 번, 할머니가 월급을 받는 날이면 집에 특별한 냄새가 났다. 현관문이 열리자마자 겨울밤의 찬 공기 사이로 묵직한 고기 냄새가 함께 들어왔다. 프라이팬 위에 지글거리던 김치 삼겹살 냄새였다. 좁은 부엌에 기름 냄새와 고추기름이 뒤섞여 퍼지면, 방 안 공기마저 따뜻해지는 것 같았다. 서리가 낀 창문에 김이 서려, 안과 밖의 경계를 잠시 흐릿하게 만들었다. 대략 한 근쯤 되는 고기를 사 와 잘

익은 김치와 함께 볶아 주셨다. 고기가 팬 위에서 뒤집힐 때마다 '치익' 하는 소리가 났다. 김치는 점점 더 짙은 붉은색으로 변해갔다. 기름이 튀어 오를 때마다 할머니는 프라이팬을 살짝 들어 올리거나 몸을 비켜 세웠다. 손등에 튀는 뜨거운 기름에도, 얼굴을 찡그리는 대신 웃으며 말했다.

"오늘은 좀 제대로 먹어야지."

형과 나는 숨이 차도록 밥을 퍼 먹었고, 밥그릇 벽에는 숟가락 자국이 원을 그리며 남았다. 삼겹살 한 점을 집어 김치와 함께 밥 위에 얹어 입에 넣으면, 고기의 기름기와 김치의 산미가 입 안 가득 번졌다. 밥이 모자랄까 봐 할머니는 미리 밥솥을 꽉 채워 두셨다. 할머니는 자꾸만 김치를 더 올렸다.

"고기는 아빠 것도 남겨야지."

그 말은 단순히 남겨 두라는 의미가 아니라, "아빠도 오늘은 따뜻한 걸 드셔야지"라는 마음이 담긴 한마디였다. 그렇게 함께 구워 먹던 김치 삼겹살은 내게 이상한 진리를 알려준 음식이었다. 한 접시 위에 '부족함'과 '충분함'이 동시에 자리할 수 있다는 것. 고기가 모자라면 김치가 자연스럽게 그 빈자리를 채웠고, 김치가 지치면 밥이 대신 든든함을 더해 주었다. 배가 터질 만큼 먹지는 못했지만, 식사가 끝날 즈음이면 어김없이 "오늘은 잘 먹었다"라는 말이 나왔다. 식탁 위에 쌓인 빈 접시보다 더 분명한 건 서로의 얼굴빛이었다. 조금은 밝아진 표정, 무언가 한 겹 걷힌 듯한 분위기. 그게 그날 우리가 느낀 진짜 포만감이었다.

지금도 김치 삼겹살 냄새를 맡으면, 먼저 떠오르는 건 맛이 아니라 손이다. 프라이팬을 잡던 할머니의 손, 김치를 뒤적이던 손, 밥솥 뚜껑을 열던 손. 그 손은 늘 바빴고, 늘 거칠었고, 늘 뜨거운 것들 가까이에 있었다. 그 손이 내 주머니에 천 원을 넣어 주던 순간도 함께 떠오른다. 할머니는 말로 나를 안심시키기보다, 내가 넘어지지 않도록 바닥 쪽에서 먼저 손을 써 주는 사람이었다. 눈길에 미끄러워 넘어질까 신발에 새끼줄을 감아 주고, 다른 사람한테 행여나 맞기라도 할까 봐 태권도 학원에 보내 주고, 밥을 끓이고, 기죽지 말라며 주머니에 돈을 넣어 주고, 늦잠 자는 아이를 발로 깨우는 사람.

방울 소리가 들리면 나는 문 앞으로 뛰어나갔다. 그 소리가 내 저녁을 시작하게 했고, 그 소리가 나를 안심시켰고, 그 소리가 오늘을 살아냈다는 증거가 되었다. 그 작은 소리에는 열쇠들이 부딪히는 금속의 차가움과 그 차가움을 품고도 집 안으로 들어오는 따뜻함이 함께 있었다.

집 안은 그렇게 할머니의 손길로 따뜻했지만, 집 밖의 세계도 완전히 다르지만은 않았다. 골목으로 나서면 또 다른 손길들이, 말보다 먼저 다가오는 시선들이 있었다. 할머니가 보지 않을 때 골목은 스스로의 방식으로 아이들을 챙겼고, 어른들은 누구랄 것 없이 저마다의 방식으로 아이들 곁을 지켰다.

골목은 낮은 담과 낮은 창으로 이어져 있었다. 차 한 대가 간신히 지나갈 수 있는 폭이었고, 길 한가운데에는 늘 자전거 자국이 남아 있었다. 아스팔트는 군데군데 패어 있었고, 그 틈에는 비가 온 뒤에도 오래 마르지 않는 물웅덩이가 생겼다. 아이들은 그걸 일부러 피해 다니거나, 일부러 밟고 지나갔다. 신발 바닥에 묻은 물이 튀는 소리로 누가 어디쯤 있는지 금세 알 수 있었다. 골목은 늘 완전히 비어 있는 법이 없었다. 사람이 보이지 않아도, 누군가의 기척은 남아 있었다. 창문 틈으로 흘러나오는 텔레비전 소리, 김치찌개 냄새, 누군가 계단을 오르내리는 발소리 같은 것들이 골목의 공기를 채웠다. 아이들은 그 소리들을 신호처럼 받아들였다. 지금 뛰어도 되는지, 조금 조심해야 하는지, 목소리를 낮춰야 하는지. 골목은 말을 하지 않았지만, 늘 기준을 보내고 있었다.

골목 안쪽에서는 늘 아이들 소리가 먼저 들렸다. 둥그렇게 앉아 공기를 하는 아이들, 딱지를 접어 바닥에 내리치는 아이, 공 하나를 가운데 두고 번갈아 차는 아이들이 섞여 있었다. 규칙은 그때그때 달라졌다. 누가 먼저 시작하는지도 중요하지 않았다. 공이 골목 끝으로 굴러가면 가장 가까운 아이가 주워 왔고, 그게 곧 다음 차례가 되었다. 누군가 넘어지면 잠깐 멈췄다가, 다시 이어졌다. 누군가 울면, 누군가 먼저 다가가 "괜찮냐"고 물었다. 괜찮다고 하면 다시 시작했고, 아니라고 하면 잠시 쉬었다. 사과는 길지 않았다. 변명도 없었다. 골목에서는 말보다 행동이 빨랐다. 그게 자연스러운 규칙이었다. 어른들은 그저 그런 보통의 일상처럼 골목의 풍경을 그대로 받아들였다. 창문 너머에서 "조심해라"라는 말이 한 번쯤 날아오는 정도였다.

아이들은 골목의 형태를 몸으로 알고 있었다. 어디까지 뛰어도 되는지, 어느 지점에서 속도를 줄여야 하는지, 어느 집 앞에서는 소리를 낮춰야 하는지. 그 감각은 누가 가르쳐 주지 않아도 자연스럽게 공유되었다. 골목은 놀이터였고, 동시에 경계였다. 그 안에서 아이들은 서로의 위치를 확인하며 움직였다.

해가 조금 기울면, 놀던 아이들의 수가 하나둘 줄어들었다. 집에서 부르는 소리가 골목을 가로질렀고, 그 소리를 들은 아이는 공을 바닥에 내려놓고 달려갔다. 남은 아이들은 다시 숫자를 맞췄다. 누군가 빠지면, 게임의 규칙도 함께 바뀌었다. 그렇게 골목은 서서히 비어갔다. 그날도 비슷한 시간이었다. 학교에서 돌아와 가방을 내려놓고 다시 골목으로 나왔다가, 해가 내려가고 있다는 걸 느꼈다. 집으로 돌아가려다 문 앞에서 멈췄다. 주머니를 뒤지고, 가방을 열어 보았지만 열쇠는 없었다. 손바닥에 남은 건 종이의 감촉과 연필 자국뿐이었다.

나는 골목을 따라 천천히 걸었다. 조금 전까지 아이들이 놀던 자리는 이미 비어 있었고, 바닥에는 딱지 몇 장과 고무줄 하나가 남아 있었다. 발로 그걸 살짝 차 보았다. 소리는 났지만, 대답은 없었다. 골목 끝까지 가면 누군가를 만날 수 있을 것 같았고, 다시 돌아오면 혹시 집에 불이 켜져 있을지도 모른다는 생각이 들었다. 골목을 한 바퀴 돌고 다시 집 앞에 섰다. 여전히 조용했다. 나는 다시 방향을 틀었다. 이번에는 조금 더 천천히 걸었다. 발소리가 아스팔트에 닿는 느낌이 또렷하게 들렸다. 어디까지 가야 할지, 누구에게 말을 걸어야 할지 알 수 없었다. 다만 멈춰 서 있으면 더 불안해질 것 같아서, 계속 움직였다. 골목 안쪽에는 불이 켜진 집들이 섞여 있었다. 문틈으로 텔레비전 소리가 새어 나왔고, 저녁 반찬 냄새가 공기 속에 섞여 있었다. 그 냄새를 따라가다 보면 괜히 남의 집 앞에 오래 서 있는 것 같아 다시 발걸음을 옮겼다. 나는 괜히 돌담을 손으로 쓸어보거나, 담벼락에 붙은 광고 전단을 떼었다 붙였다 하며 시간을 보냈다.

다시 집 근처로 돌아왔을 때, 골목은 거의 비어 있었다. 아까 들리던 아이들 소리는 사라졌고, 대신 어른들의 발소리만 간간이 들렸다. 나는 그제야 가방을 내려놓고, 그 위에 앉았다. 가방끈을 손에 쥐고 풀었다 다시 묶었다. 혹시나 열쇠가 안쪽에 숨어 있을까 싶어 다시 한 번 가방을 뒤졌지만 열쇠는 없었다.

해가 지기 시작하는 시간, 골목에는 낮 동안 묻혀 있던 고양이 울음과 먼지 냄새가 섞여 있었다. 집 앞에서 한참을 서성이다가, 나는 결국 골목 끝에 있는 대도 미니 슈퍼로 향했다. 슈퍼 앞 평상에는 늘 누군가 앉아 있었고, 안쪽에서는 오락기 소리가 끊이지 않았다. 버튼을 두드리는 소리와 화면 속 전자음이 저녁 공기 속에서 묘하게 따뜻하게 들리곤 했다. 나는 괜히 그 앞을 몇 번 오갔다. 들어가야 할지, 그냥 기다려야 할지 알 수 없었다. 그러면 어김없이 슈퍼 할아버지가 먼저 나를 알아봤다. 오래된 안경 너머로 눈을 가늘게

뜨며, 아무 말 없이 나를 바라보다가 이내 미소를 지었다. 말을 많이 하지 않아도, 내가 왜 그 자리에 서 있는지를 아는 사람처럼.

대도 미니 슈퍼의 주인 할아버지는 복숭아 캔으로 만든 잔돈 통을 열어 100원짜리 동전 하나를 꺼내 내 손에 쥐여 주었다. "들어가서 전화해." 짧고 낮은 목소리였다. 슈퍼 안에는 공중전화기가 있었고, 나는 그것으로 아버지에게 전화를 걸었다. 신호음이 길게 이어지다 아버지의 목소리가 들릴 때, 할아버지는 천천히 계산대 위의 먼지를 털고 있었다. 통화가 끝나면 그는 다시 평상을 가리키며 "거기 좀 앉아 있어라"라고 말했다. 가방은 맡아 두겠다고 했고, 형들이 하는 오락기를 구경해도 괜찮다고 했다. 그 시간 동안 나는 집에 들어가지 못한 아이가 아니라, 그냥 잠시 슈퍼에 들른 아이가 되었다.

동네에는 그런 어른들이 여럿 있었다. 큰소리로 나서지 않고, 이유를 묻지도 않으면서 아이들을 챙기던 사람들. 그 중 한 사람이 통장 아저씨였다. '양만열'이라는 이름은 나중에야 또렷해졌지만, 그때의 나는 그냥 '통장 아저씨'로 기억하고 있었다. 아저씨는 가끔 쓰레기봉투를 나눠준다며 우리 집에 들렀다. 초인종을 누르기보다는 문 앞에서 인기척을 냈고, 문이 열리면 안으로 들어오지 않은 채 문턱에 한쪽 발만 걸치고 섰다. 몸을 깊이 들이지 않는 그 자세가 늘 같았다. 마치 잠깐 안부만 확인하러 온 사람처럼, 오래 머물 생각이 없다는 표시처럼 보였다.

"요즘은 좀 어떠냐."

그 말도 늘 비슷했다. 구체적인 질문은 없었다. 학교는 어떤지, 아픈 곳은 없는지 같은 말은 하지 않았다. 대신 안부라는 단어 하나로 모든 걸 묻는 방식이었다. 아버지가 짧게 대답하면, 그는 고개를 한 번 끄덕였다. 그걸로 충분하다는 듯이.

양만열 아저씨는 예전에 아동복을 팔았다. 가게를 하던 시절부터 아버지와 알고 지낸 선후배 사이라고 했다. 그래서인지 우리 집에 올 때도 손에 꼭 무언가를 들고 왔다. 쓰레기봉투 몇 장, 과자 한 봉지, 때로는 마트 비닐에 담긴 사소한 물건들. "남아서 그래"라는 말을 덧붙이면서 건네주곤 했다. 그 과자를 나는 자연스럽게 받아들였다. 그게 도움이라는 생각은 하지 않았다. 그냥 동네 어른이 아이에게 건네는 간식이라고 여겼다. 봉지를 뜯으며 나는 거실 바닥에 앉았고, 아저씨는 그 모습을 힐끗 보고는 아무 말 없이 웃었다. 그 웃음에는 잘 있는지, 오늘은 무사한지, 그 정도를 살피는 얼굴이었다.

학원도 비슷했다. 아버지는 공부는 해야 한다고 했다. 더 보태는 말은 없었다. 잘해야 한다거나, 남들보다 뒤처지면 안 된다는 말도 하지 않았다. 그저 하루의 일정 중 하나를 말하듯, 밥을 먹고 잠을 자는 일처럼 자연스럽게 말했다. 그래서 나는 이유를 따지지 않고 몇 달 동안 학원을 다녔다. 학교가 끝나면 가방을 메고 집 쪽이 아니라 학원 쪽으로 걸었다. 방향만 조금 바뀌었을 뿐인데, 하루가 길어지는 느낌이 들었다.

학원 건물은 늘 같은 얼굴을 하고 있었다. 낡은 상가 건물 안쪽에 있었고, 입구는 좁았다. 2층에 피아노학원이 있었고, 3층이 내가 다니던 학원이었는데 계단을 오르다가 2층에서 괜히 멈춰 피아노 연주를 듣곤 했다. 그 건물은 학원 건물이라 낮에도 밝았고, 저녁이 되어도 변하지 않고 빛났다. 계단을 오르내리는 발소리가 벽에 부딪혀 울렸다. 학원 문을 열면 종이 냄새가 먼저 났다. 새 교재에서 나는 잉크 냄새와 오래 쓴 문제집에서 나는 눅눅한 종이 냄새가 섞여 있었다. 형광펜 뚜껑을 열고 닫는 소리, 연필로 문제를 긋는 소리가 교실 안에 고르게 퍼져 있었다. 교실은 크지 않았고, 책상들은 줄을 맞춰 놓여 있었다. 모두 같은 방향을 보고 있었고,

의자 다리는 바닥에 긁힌 자국을 남기고 있었다.

칠판 한쪽에는 날짜와 진도가 적혀 있었다. 지워졌다 다시 쓰인 흔적이 남아 있었고, 어제와 오늘의 경계가 희미했다. 그 글씨를 볼 때마다 시간이 어떻게 흘러가고 있는지 실감이 났다. 나는 늘 같은 자리에 앉았다. 창가에서 두 번째 줄, 가장 눈에 띄지도 않고 그렇다고 완전히 뒤쪽도 아닌 자리였다. 창문을 열면 바깥 소리가 조금씩 들어왔다. 학원 차가 떠나는 소리, 지나치며 웃는 사람들의 목소리, 가게 셔터를 내리는 소리. 그 소리들은 교실 안으로 들어오면서 많이 약해졌지만, 완전히 사라지지는 않았다. 나는 문제집을 펴놓은 채로 가끔 창밖을 보았다. 밖에서는 하루가 끝나가고 있었고, 교실 안에서는 아직 끝나지 않은 시간이 이어지고 있었다. 그 시간은 특별히 즐겁지도, 특별히 괴롭지도 않았다. 그저 해야 할 일이 이어지는 시간이었다. 문제를 풀고, 답을 확인하고, 틀린 곳에 표시를 했다. 이해가 되면 넘어갔고, 잘 모르겠는 부분은 그대로 두었다. 누군가 나를 재촉하지도, 크게 기대하지도 않았다. 그래서 나는 조용히 그 자리에 앉아 있었다.

그렇게 학원을 쭉 다니다가 중학교 2학년쯤 되었을 때에는 더 이상 학원을 다닐 처지가 되지 않았다. 할머니가 한 달에 5만 원 하던 태권도학원 비용은 감당이 가능했지만, 아버지는 20만 원 가까이 됐던 학원비가 부담스러워졌다. 아버지도 자존심이 셌던 사람이라 할머니에게 손을 벌리지 않았고, 학원 원장님에게는 나중에 드린다며 한동안 학원을 계속 다녔다. 하지만 그마저도 몇 달을 버티지 못하고 결국 학원을 그만두었다. 시간이 꽤 흐른 뒤에 아버지에게 들은 이야기였는데, 내가 학원을 더 이상 다니지 않던 날이 학원비를 모두 완납한 날이었다고 한다. 그때 원장님이 아버지에게 학원비를 내지 않아도 좋으니 동현이를 계속 학원에 보내라고 하셨다고 한다. 아버지는 그렇게 하고 싶은 마음이 컸지만 공부를 잘하는 녀석도 아니었고 학원에 짐만 지어주는 무책임한 아버지가 되기 싫어 극구 사양했다고 한다.

학원을 그만두고 나서도 내 일상은 학원에 다니기 전과 다름 없었다. 학교를 마치면 그대로 집으로 돌아갔고, 저녁 시간이 되면 태권도 도장에 다녀와서 조용히 방 안에 앉아 시간을 보냈다. 어쩌면 그 무렵의 나는, 누군가가 나를 특별히 챙겨 주길 바라지도 않았고, 그렇다고 완전히 혼자이고 싶었던 것도 아니었다. 다만 말로 설명되지 않는 빈자리가 하루의 여기저기에 널려 있었고, 나는 그 빈자리를 어떻게 다뤄야 할지 몰라 조용히 지나치는 쪽을 선택하곤 했다.

그래도 엇나가지 않았던 건, 뜻밖의 순간에 만난 어른들의 손길 덕분이었다. 그 손길은 언제나 조용했고, 설명 없이 다가왔으며, 내가 혼자라는 사실이 드러나지 않게 조심스러운 방식으로 건네졌다. 그 온기는 뜻밖의 자리에서 불쑥 나타나곤 했다. 초등학교 시절 폐품을 모아 오던 날도 그랬다.

예전에는 학교에서 가끔 폐품을 가져오라는 날이 있었다. 운동장 한쪽에 재활용차가 주차해 있고, 아이들은 집에서 모아 온 종이와 우유팩 같은 것을 각양각색 노끈에 둘둘 묶어 들고 왔다. 하나둘 운동장으로 가지고 가면 봉사를 해주는 학부모들이 있었다. 가져온 것의 무게를 대충 잰 후 조그마한 종이표를 주었다. 무게에 따라 줘야 하지만 이상하게 그 종이는 공정하지 못했다. 부모와 함께 온 친구들은 여러 장, 혼자서 가지고 온 친구들은 한 장. 분명 나보다 적게 가져왔는데도, 나보다 많은 표딱지를 가져가는 친구들이 있었다. 그런 친구들은 대개 엄마와 함께 폐품을 같이 들고 온 친구들이었다.

그 표딱지의 힘은 꽤 컸다. 그 표딱지는 선생님에게 제출하곤 했는데, 그 종이표를 가장 많이 모아 온 학급에 축구공이나 배구공 같은 걸 학교에서 상으로 주곤 했다. 그래서 많이 내면 선생님이 좋아하시곤 했다. 내 차례가 되면 늘 같은 숫자였다. 한 장. 그 단어는 짧고 조용했지만, 이상하게 그 소리가 교실 안 공기에서 크게 울리는 것처럼 느껴졌다. 아무도 뭐라 하지 않았고, 나도 아무 말 하지 않았지만, 그날도 역시 한 장이라는 흔적은 나를 어딘가 고정시키는 표식처럼 남았다.

그날도 똑같이 지나갈 줄 알았다. 아침에 아버지가 묶어 준 폐품을 한 움큼 가지고 끙끙대며 학교에 가지고 갔다. 어차피 한 장밖에 못 받을 텐데 매번 정성스럽게 묶어 주는 아버지가 밉기도 했다. 그런데 그날은 폐품을 받아 주던 아주머니가 내 폐품을 받고선 마치 오래된 안부처럼 가볍고 아무렇지 않은 목소리로 말했다.

"많이 가져왔네."

그 말과 함께 다섯 장쯤 되는 종이가 내 손에 들어왔다. 나는 그 종이를 들고 교실로 돌아갔고, 선생님은 체크표를 보면서 의아한 듯 말했다.

"오늘은 좀 많이 가져왔구나?"

나는 고개만 끄덕였다. 학교가 끝나고 집으로 돌아오는 길에 아주머니의 얼굴이 계속 떠올랐다.

그날 아주머니가 보여 준 행동은 내게 또 하나의 깨달음을 주었다. 도움이라는 단어로 쉽게 묶일 수 있는 것이 아니었다. 그것은 내가 처음으로 배운 공정(公正)의 방식이었다. 아주머니는 내가 가져온 만큼은 정당한 값어치를 인정해 주었다. 그때는 '감사합니다'라는 말밖에 하지 못했지만 그 공정함 덕분에 나는 하루 동안이라도 똑같은 숫자로 서 있을 수 있었고, 그게 얼마나 큰 위로였는지를 나중에서야 깨닫게 되었다.

돌이켜보면, 동네는 그런 방식으로 아이들을 키우고 있었다. 말보다 눈짓이 먼저였고, 도움은 늘 소리 없이 왔다. 누군가를 도와주었다는 사실이 드러나지 않도록, 오히려 자연스러운 일상처럼 흘러가게 만드는 어른들이 있었다. 아이가 혼자 서 있을 때, 굳이 다가오지 않아도 눈길 한 번은 건네는 사람들. 저녁 무렵, 골목에 길게 늘어진 햇빛 속에서 그런 시선들이 조용히 오갔다.

나는 그런 풍경 속에서 자랐다. 그래서 그것이 특별하다고 생각하지 않았다. 세상은 원래 그런 줄 알았다. 어른은 아이를 그렇게 챙기는 존재라고, 도움이란 그렇게 티 나지 않게 오는 것이라고 믿었다. 하지만 학교라는 다른 세계로 나아가면서, 그 온기가 사라진 공간을 처음 만났다. 아무도 묻지 않고, 아무도 살피지 않는 자리. 그제야 나는 알게 되었다. 내가 자라온 동네의 공기가 얼마나 따뜻했는지를. 그리고 그 따뜻함이 사라졌을 때 남는 공허가 얼마나 큰지도 그때 처음으로 느끼게 되었다. 나는 그래서 아직도 믿는다.

'한 아이를 키우려면 온 마을이 필요하다는 것을.'

내일 아침부터
진로상담실로 와라

● ● ● ● ● ●

학교에서 나는 여전히 조용했고, 그다지 공부를 잘하지도 못했다. 교실 어딘가에 앉아 있으면, 칠판 위 분필 가루가 먼지처럼 떠다니다가 천천히 가라앉는 게 멀리서 보였다. 칠판을 지우는 걸레가 지나간 자리에는 희끗한 자국이 남았고, 그 위에 다시 글씨가 덮였다. 수업은 늘 "이해했냐"로 끝났지만, 나는 이해의 기준이 무엇인지도 모르겠어서 고개를 끄덕이는 쪽을 택했다. 끄덕임은 안전했다. 들키지 않는 방식으로 수업을 통과하는 법을, 나는 이미 알고 있었다.

나에게 학교는 썩 즐거운 공간이 아니었다. 아무 일도 없어 보이는 날에도, 누군가의 말 한마디가 사람을 순식간에 '특별한 애'로 만들어 버렸다. 특별하다는 건 칭찬일 때도 있지만, 나 같은 아이에게는 대개 표식이었다. 표식이 붙으면 설명이 따라왔고, 설명이 붙으면 사람들이 쳐다봤다. 나는 그 시선을 견디는 쪽보다, 미리 피하는 쪽을 택했다. 그 감각은 초등학교 때 이미 겪은 것이었다. 열한 살 무렵, 우리 집만 녹색 어머니회 봉사에 참여하지 않는다는 이유로 반장 어머니에게 전화가 온 적이 있다. 형이 전화를 받았고, "우리 집은 엄마가 없다"고 말했다고 했다. 다음 날, 반장은 내게 아무렇지 않게 물었다.

"너는 엄마가 없어?"

그 질문은 장난처럼 던져졌는데, 그래서 더 깊이 박혔다. 나는 우물쭈물하다가 은근슬쩍 넘겨버렸다. 그날 이후로 친구들과의 거리가 눈에 띄게 멀어진 것 같았다. 누가 나를 밀어낸 것도 아닌데, 내가 스스로 한 발 물러선 기분이었다. 그때 가장 기대고 싶었던 사람은 담임선생님이었다. 그 자리에서 어머니의 부재를 이해해 줄 사람은 선생님이라는 존재 밖에 없을 것 같았다. 그 일이 선생님 귀에 들어갔는지는 아직도 모른다. 다만 선생님은 나를 따로 부르지도, 다르게 대하지도 않았다. 지금 생각하면 그게 원칙이었을지 모르지만, 그때의 나는 원칙보다도 그런 질문이, 질문이 되지 않게 만들어 주는 어른의 힘이 필요했다.

그런 의미에서, 초등학교 6학년 담임이었던 문승준 선생님과 중학교 1학년 황기현 선생님은 분명히 달랐다. 아이들 앞에서는 아무 티도 내지 않으면서, 정작 나에게는 '나는 네 편이 될 수 있다'는 확신을 주는 방식이었다.

문승준 선생님은 말 그대로 나보다 두 배를 더 살아온, 교대를 갓 졸업한 초임 선생님이었다. 그래서였을까. 교단 앞 선생님의 책상 옆에는 늘 작은 의자 하나가 놓여 있었다. 누구든 와서 이야기를 하고 싶으면 조용히 앉아도 되는 자리였다. 선생님은 한 명 한 명 순서를 정해 상담도 해 주곤 했다. 어느 날 내 차례가 왔고, 나는 내 장래희망에 대해 이야기했다. 나는 대통령이 되고 싶다고 말했다.

선생님은 대통령이 되고 싶은 이유를 물었지만, 나는 그 질문에 제대로 대답하지 못했다. 6학년이었던 나는 그냥 '잘 먹고 잘 살고 싶어서'라고 말했다. 그럼에도 선생님은 나를 웃으며 응원해 주셨다. 대통령을 꿈꾼다는 말이 허황돼 보일 수도 있었지만, 선생님은 '대통령이 되고 싶은 동현이에게 묻겠다'며 나를 난처하게 만들지 않았다. 대신 내가 그때 만들었던 '대통령을 꿈꾸는 인간'이라는 인터넷 카페에 조용히 가입했다. 고작 열 명 남짓한 회원 중 한 명이 선생님이었다. 아무 말 없이 가입한 그 닉네임 '문승준'은 그 자체로 내가 받은 가장 든든한 응원이 되었다.

선생님은 내게 발표할 기회를 자주 주셨고, 나는 나를 응원해 주는 어른에게 잘 보이고 싶은 마음에 더 열심히 하게 되었다. 그 시절의 작은 노력들이 아직도 선명하다. 2학기가 끝나갈 즈음, 반 친구들은 서로에게 롤링페이퍼를 썼고, 선생님은 그 모든 글을 타이핑해 코팅까지 해서 우리에게 나눠 주셨다. 친구들 대부분이 내게 "꼭 대통령 되어라"는 메시지를 남겼다. 내가 진짜 대통령이 될지는 모르겠지만, 적어도 그 시절 친구들에게 나는 지금처럼 정치의 길을 걷고 있다는 사실만으로도 신기한 사람이 되어 있는 것 같다.

그러나 그런 든든함도 잠시, 중학교에 입학한 후로는 새로운 환경에서 다시 시작해야 했기에 모든 것이 낯설기만 했다. 나는 점점 조용한 아이가 되었다. 친구들이 무심코 던진 말도 내겐 오래 남았고, 그때마다 나는 대답하는 대신 마음 깊은 곳으로 밀어 넣었다. 말하지 않는 것이 편할 줄 알았지만, 그렇게 눌러 둔 것들은 시간이 갈수록 마음 한쪽에서 작은 돌처럼 굴러다녔다. 그런 시절에도 나를 알아봐 주는 어른이 한 명 있었다. 내게 그 어른은 황기현 선생님이었다.

어느 날 아침, 나는 아침밥을 먹지 못한 채 학교에 일찍 나와 운동장 한 편에서 학교 매점에서 팔던 초코 소보로를 먹고 있었다. 입안에서 부서지는 달콤한 빵가루가 혀에 붙었다 떨어졌다. 손가락 끝에는 설탕이 묻었고, 빵 봉지는 이미 구겨져 있었다. 매점 옆 벤치에 앉아 빵을 베어 물고 있을 때, 선생님이 매점 뒤에 있던 진로상담실로 향하다가 나를 마주했다.

"이동현, 너 왜 거기서 빵 먹고 있어? 아침 안 먹고 왔냐?"

나는 조용히 고개를 끄덕였다. 그 순간, 선생님의 시선이 잠깐 내 어깨 위에서 집 쪽 방향으로 멀어졌다가 다시 돌아오는 것 같았다. 선생님은 가정환경조사서 한 장으로는 다 담을 수 없는 우리 집의 빈자리들을 이미 알고 계셨다. 선생님은 길게 묻지 않았다. 왜 안 먹었냐고 캐묻지도 않았다. 대신 아주 짧게 말했다.

"내일 아침부터 학교 오면, 진로상담실로 와라."

다음 날, 진로상담실 책상 위에는 도시락이 하나 놓여 있었다. 동그란 플라스틱 도시락. 뚜껑 위로 김이 옅게 올라와 그 금속 표면이 잠깐 뿌옇게 흐려졌다. 상담실에는 늘 낡은 서류철 냄새가 났고, 책장 사이에는 오래된 종이 냄새가 남아 있었다. 그날은 그 냄새 사이에 밥 냄새가 하나 섞였다. 따뜻한 밥 냄새. 어쩐지 나와는 관계없는 냄새 같아서 더 크게 느껴졌다.

"먹어라."

선생님의 목소리는 단호하지도 다정하지도 않았다. 그냥 해야 할 말처럼 들렸다. 나는 그 말이 더 어려웠다. 다정하면 거절하기 더 어려웠을지도 모르지만, 담담하면 내 마음이 더 드러날 것 같았다. 그래서 나는 손을 뻗지 못했다. 고맙다는 말도, 배가 고프다는 말도, 거절하겠다는 말도 제대로 꺼내지 못한 채 도시락을 앞에 둔 채 앉아 있었다. 무릎 위에서 손가락만 꼼지락거렸다. 손가락 끝이 서로를 긁었다.

나는 배고픔보다 부끄러움이 더 커지는 순간을 그때 처음 분명히 알았다. 지금 돌아보면, 그건 나의 서툰 자존심이었을지도 모른다. '이걸 먹으면 내가 더 불쌍한 사람이 되는 것 아닐까' 하는 막막한 두려움과, '그래도 먹고 싶다'는 솔직한 욕구가 같은 자리에서 부딪히던 시간이었다. 도움을 받는 순간 내 삶의 빈자리가 더 선명해질 것 같았다. 그래서 나는 도시락을 먹지 않는 방식으로 나를 지키려 했다.

선생님은 재촉하지 않았고, 왜 안 먹냐고 다시 묻지도 않앗다. 잠시 나를 보다가 아무 말 없이 서류를 정리했다. 그 침묵이 나를 더 살렸다. 나는 그날 집에 돌아가서도 도시락을 먹지 않은 일을 자꾸만 되새겼다. '먹었어야 했나'와 '먹지 않아서 다행인가'가 번갈아 올라왔다. 도시락 하나가 내 안에서 계속 뒤집혔다. 그 도시락은 딱 한 번이었다. 내가 먹지 않자 선생님은 다시 가져오지 않으셨다. 그게 더 또렷하게 남았다. 누군가를 돕는 마음은 반복해서 내미는 손만으로 증명되는 게 아니라, 상대가 상처받지 않도록 멈추는 감각이기도 하다는 걸 나는 그때 배웠다. 내가 먹지 못한 이유는 배가 고프지 않아서가 아니라는 걸 선생님은 아마 알고 있었을 것이다.

그 이후로 선생님과의 관계는 이전과 비슷했다. 말수가 늘지도 않았고, 따로 불러 무언가를 묻지도 않았다. 그런데 이상하게도, 나는 학교에서 혼자가 아니라는 감각을 처음으로 갖게 되었다. 누군가 나를 특별히 챙기고 있다는 느낌이 아니라, '혹시 무너질 것 같으면 이 사람은 나를 그냥 두지 않겠구나' 하는 예감 같은 것이었다. 그 감각은 말보다 눈빛에서 먼저 왔다. 수업 중에 내 쪽을 힐끗 스쳐 가는 시선, 복도에서 마주칠 때면 가볍게 고개를 끄덕이던 몸짓. 그것은 무언가를 기대하거나 성과를 재촉하는 눈빛이 아니었다. 그저 '내가 너를 보고 있다'는 최소한의 존재 확인에 가까웠다. 나는 그 작고 무심한 확인만으로도 꽤 오래 버틸 수 있었다.

부모가 해야 하는 일이 숙제로 나올 때면, 나는 늘 종이 앞에서 한참을 멈췄다. 알림장에 적힌 몇 줄의 문장은 늘 비슷했지만, 그 문장을 받아들이는 나는 매번 달랐다. 부모와 함께 사진을 찍어 오라는 숙제, 부모에게 편지를 쓰라는 숙제, 보호자의 서명을 받아 오라는 가정통신문. 교실에서는 아무렇지 않게 넘어가는 말들이었지만, 집에 돌아와 가방을 열면 그 종이들은 갑자기 무거워졌다. 나는 연필을 쥔 채로 한동안 아무것도 쓰지 못하고 앉아 있곤 했다.

그때마다 나는 '부모'라는 단어를 우리 집에 맞게 다시 옮겨야 했다. 형의 이름을 떠올리기도 했고, 할머니의 등을 떠올리기도 했다. 어떤 날에는 아무 이름도 떠오르지 않은 채, 종이 위에 빈칸만 남아 있기도 했다. 숙제를 어떻게 할지보다, 누구의 몫으로 이 일을 옮겨야 하는지를 먼저 계산해야 했다. 그 계산이 끝나야 비로소 글자를 하나씩 써 내려갈 수 있었다. 글을 못 쓰시는 할머니 대신 형이 편지를 써 준 날도 있었다. 형이 대신 쓴 글씨를 바라보며, 나는 그 종이를 접어 가방에 넣기까지 여러 번 망설였다. 그걸 내도 되는 건지, 혹시 질문을 받게 되지는 않을지, 괜히 설명해야 할 상황이 생기지는 않을지. 교실로 가져가는 동안에도 가방을 괜히 더 꼭 쥐게 됐다.

황기현 선생님은 그 종이를 받을 때 아무 말도 하지 않았다. 왜 부모가 직접 하지 않았는지 묻지도 않았고, 형이 대신 쓴 글씨에 대해 언급하지도 않았다. 다른 아이들 것과 똑같이 넘겨보고, 똑같이 정리했다. 그게 전부였다. 그 짧은 순간이 지나고 나서야 나는 숨을 돌릴 수 있었다. 그 침묵 덕분에 나는 설명하지 않아도 됐다. 내 사정을 말로 꺼내지 않아도 됐고, 스스로를 변명하는 사람이 되지 않아도 됐다. 그때는 그게 왜 그렇게 큰일이었는지 잘 몰랐다. 다만 집에 돌아가는 길에, 가방이 조금 가벼워진 것 같다는 느낌이 들었다. 종이의 무게가 줄어서가 아니라, 마음에 붙어 있던 무언가가 잠시 떨어져 나간 것 같아서였다.

선생님은 학교에서 누구보다 정의로운 사람처럼 보였다. 급식비를 내지 못한 학생들 이름이 급식실 앞에 붙던 시절이 있었다. 학년·반·번호·이름이 적힌 종이. 그 종이는 단지 안내문이 아니라, 교실 밖에서 이루어지는 가장 잔인한 수업이었다. 줄을 서는 동안 아이들은 그 종이를 흘끔 보고, 이름을 읽고, 입술로 옮겼다. 이름은 소문이 되었다. 선생님은 그 종이를 통째로 찢어 버리셨다. 그리고는 아무 말도 하지 않은 채 걸어갔다. 키가 크고 손도 크셨던 선생님이 종이를 두 손으로 움켜쥐고 거칠게 찢어 쓰레기통에 던져 넣었다. 종이가 찢어질 때 나는 '쓱쓱' 하는 소리와 함께, 몇몇 아이들의 얼굴이 동시에 밝아지는 것을 느꼈다. 그 밝아짐은 환한 웃음과 달랐다. 숨이 통하는 얼굴이었다. 누군가는 규정을 어긴 행동이라고 말했겠지만, 내 눈에는 규정보다 먼저 지켜야 할 무언가를 선택하는 장면이었다. 사람의 이름을 어떤 방식으로 불러야 하는지, 이름과 함께 붙는 설명이 얼마나 잔인할 수 있는지를, 나는 그때 알았다.

고단했던 학기가 끝나갈 무렵, 방학이 가까워지면 학교는 조용히 준비를 시작했다. 방학 동안 끼니를 거를 가능성이 있는 아이들에게 하루에 하나씩 돌아갈 빵을 계산해, 방학 시작 전에 한꺼번에 나눠 주는 일이었다. 서른 개가 조금 넘는 빵 봉투들이 교무실 한 편에 쌓여 있었고, 그 숫자는 매년 크게 달라지지 않았다. 어떤 선생님들은 교실에서 그냥 나눠 주었다. 빵 봉투 하나는 쉽게 표식이 된다. 들고 나오는 순간, 질문이 따라붙는다.

"왜 너만 빵을 받아? 우리는?"

그 질문은 악의라기보다 호기심에 가까웠지만, 질문을

받는 아이의 하루는 그 순간부터 달라졌다. 설명해야 했고, 웃어넘겨야 했고, 때로는 아무 말도 하지 못한 채 고개를 숙여야 했다. 황기현 선생님은 방학식이 끝난 뒤, 빵은 진로상담실에서 수령하도록 했다.

"사람 다 빠진 다음에 와."

그 말은 지시라기보다 부탁처럼 들렸다. 아이들이 하나둘 교실을 비운 뒤, 복도가 텅 비고 소음이 가라앉은 다음에 오라고 했다. 완벽한 방법은 아니었을 것이다. 그래도 그 방식에는 의도가 있었다. 낙인을 줄이려는 의도. 선생님은 '도와주는 것'만큼이나 '드러나지 않게 하는 것'이 중요하다는 걸 알고 있었던 것 같다.

그 무렵 학교 복도에는 교감 선생님의 발걸음이 자주 오갔다. 감시라고 부르기엔 애매하고, 순찰이라고 하기엔 너무 잦은 걸음. 수업 중에도 창밖으로 그 그림자가 스치면 교실의 공기가 순간적으로 얇아졌다. 아이들은 괜히 자세를 고쳐 앉았고, 선생님들의 말끝도 조금씩 짧아졌다. 어느 날, 황기현 선생님은 수업 도중 그 그림자를 보더니 말을 멈췄다. 잠깐의 침묵 뒤, 교과서와는 전혀 다른 이야기를 꺼냈다. 민주주의에 대한 이야기였다.

"힘이 강하다는 이유로 통제하려 하는 것."

"약자는 검열의 대상이 되면 안 되는 것."

선생님의 목소리는 차분했지만, 단어 하나하나에는 힘이 실려 있었다. 아이들 모두가 그 뜻을 이해했는지는 알 수 없다. 나 역시 그때는 그 말의 무게를 전부 알지는 못했다. 하지만 '통제'라는 단어가 선생님의 입에서 나오는 순간, 내 삶의 몇 장면들이 겹쳐 떠올랐다. 규정이라는 말로 설명되지만 사실은 누군가를 작게 만드는 순간들이었다. 황기현 선생님은 그런 순간을 그냥 넘기지 않는 사람이었다. 대놓고 싸우지는 않았지만, 조용히 방향을 틀었다. 문제를 폭로하기보다, 아이들이 덜 다치게 만드는 선택을 했다. 그에게 교육은 가르치는 일이기 이전에, 보호하는 일이었다. 그리고 그 보호는 언제나 드러나지 않는 방식으로 이루어졌다.

나는 그때 분명 사춘기를 겪고 있었다. 할머니는 종종 "동현이는 사춘기가 없이 지나갔다"고 다른 사람들에게 자랑했지만, 사실은 사춘기가 오지 않은 게 아니라, 오면 안 된다고 생각했던 것에 가까웠다. 새벽에 냉장고 앞에서 휴대폰 조명을 켜고, 조용히 쭈그리고 앉아 맨밥에 물을 말아 허겁지겁 드시던 아버지의 뒷모습을 떠올리면, 사춘기를 부릴 자격이 없다고 생각했다. 눈이 오나 비가 오나 항상 나와 형을 먼저 챙기던 할머니를 떠올리면, 내가 불평하는 게 죄 같았다.

그런데 황기현 선생님 같은 어른들이 있었기 때문에, 사춘기는 내게 폭발이 아니라 조용한 방향 전환으로 지나갔던 것 같다. 선생님들에게 잘 보이고 싶었다. 공부는 잘하지 못해도, 내가 할 수 있는 일과 내게 주어진 일은 최선을 다하고 싶었다. 그게 나를 조금이나마 배려해 준 어른들에게 보답하는 방식이라고 믿었다. 그날 진로상담실의 도시락은 내가 먹지 못했지만 사라지지 않았다. 오히려 먹지 못한 일로 남았다. 내 자존심의 모서리, 내 두려움의 방향, 그리고 어른의 손길이 어떻게 사람을 다치게 하지 않고 닿을 수 있는지 그걸 도시락 하나가 보여 주었다.

민원실에서, 두 발로 서다

● ● ● ● ● ●

시간이 흘러 나는 마포에 있는 전문계 고등학교로 진학했다. 공업계열 학교였지만 나는 일반 기계 대신 컴퓨터를 다루는 길을 택했다. 그중에서도 새로 개설된 해킹보안과를 선택한 것은, 나에게 있어 일종의 새로운 시작이었다. 사춘기가 방향을 잡지 못한 채 찾아왔던 시기였고, 그 학교라면 내가 익숙하지 않은 세계를 배울 수 있을 것 같다는 기대가 분명 있었다.

아현역에서 내려 봉고차를 개조한 마을버스를 탔다. 좌석은 낮았고, 무조건 앉을 수밖에 없는 버스였다. 버스가 출발하자마자 도로는 금세 좁아졌고, 차는 몇 번이나 급하게 방향을 틀며 언덕을 올랐다. 몸이 좌우로 흔들릴 때마다 다닥다닥 붙어 있는 학생들의 어깨가 좌우로 왔다 갔다 했다. 매번 만차인 채로 다니던 그 마을버스는 힘이 부쳤는지 엔진 소음이 가까웠고, 창문은 완전히 닫히지 않아 바깥 공기가 그대로 들어왔다.

버스 안에서 나는 창밖을 오래 바라봤다. 주택과 작은 공장들이 뒤섞인 풍경이 끊임없이 지나갔다. 빨래가 널린 베란다 옆으로 철문이 닫힌 작업장이 붙어 있었고, 낮은 지붕 위로 굴뚝 같은 구조물이 보였다. 이 동네에서는 집과 일이 분리되지 않는 것처럼 보였다. 그러면서 머릿속에는 이 끝에 학교가 있긴 한 건지 한 가지 생각이 들었다.

첫 등교 날, 교문 앞에서 나는 잠시 발을 멈췄다. 학교는 내가 다니던 중학교와는 전혀 다른 모습이었다. 운동장과 건물이 한눈에 들어올 만큼 아담했고, 체육관 대신 실습실과 전문 교실들이 건물을 채우고 있었다. 대경중학교가 중·고등학교가 함께 있는 큰 학교였던 탓에, 이곳의 규모가 더 낯설게 느껴졌던 것뿐이다. 익숙하지 않은 풍경 앞에서 문득 이런 생각이 스쳤다.

'여기가 정말 내가 시작할 곳이 맞을까.'

그 질문은 크게 울리지 않았지만, 그날 온종일 사라지지 않았다. 나는 한 학기를 다니며 C 언어와 기본적인 프로그래밍을 배웠다. 실습실에 들어가면 늘 같은 풍경이 펼쳐졌다. 형광등 불빛 아래에 책상 위에는 본체와 검은 모니터가 가지런히 놓여 있었다. 자리에 앉아 전원을 켜면 화면은 잠시 어두워졌다가, 곧 검은 바탕 위에 하얀 글자가 떠올랐다. 커서가 깜빡였다. 아무 말도 하지 않으면서, 입력을 기다리는 신호처럼 보였다.

그 깜빡임을 처음 마주했을 때, 이상하게도 긴장이 풀렸다. 누가 나를 보고 평가하는 느낌이 없었다. 표정도, 눈치도, 맥락도 없었다. 내가 무엇을 입력하든, 화면은 그 자체로 반응할 뿐이었다. 문장을 입력하고 엔터를 누르면 결과가 나왔다. 규칙에 맞으면 그대로 실행되었고, 하나라도 어긋나면 즉시 오류 메시지가 떴다. 오류는 짧고 명확했다. 어디가 틀렸는지, 무엇이 부족한지 숨기지 않았다.

그 구조가 처음에는 편했다. 세상에는 이렇게 분명하게 작동하는 영역도 있다는 사실이 새삼스럽게 느껴졌다. 설명이 필요 없었고, 변명도 통하지 않았다. 잘못되면 다시 고치면 됐고, 맞으면 그걸로 끝이었다. 애매하게 미뤄지는 판단도 없고, 이유 없이 밀려나는 순간도 없었다. 적어도 이 세계에서는, 입력한 만큼만 결과가 돌아왔다.

하지만 시간이 지나면서, 바로 그 명확함이 다른 감각을 불러냈다. 실습실의 공기는 늘 비슷했고, 기계음과 키보드 소리는 일정한 리듬으로 이어졌다. 주변 친구들은 점점 속도를 냈다. 코드가 길어졌고, 오류를 고치는 손놀림도 빨라졌다. 화면을 바라보는 눈빛에는 집중이 있었고, 목표가 분명해 보였다. 이 길을 오래 걸어갈 준비가 된 사람들처럼 보였다.

나는 그 사이에서 자주 멈췄다. 코드를 이해하지 못해서가 아니라, 이해하고 나서도 마음이 쉽게 움직이지 않았다. 프로그램은 논리적으로 완성되어 가는데, 내 생각은 자꾸 다른 데로 흘렀다. 이 구조는 정확하지만, 이 정확함이 누구를 위해 쓰이는지 자꾸 궁금해졌다. 무엇이 통과되고, 무엇이 오류로 처리되는지를 결정하는 기준은 누가 만드는지 생각하게 되었다.

나는 기계를 이해하는 일보다, 사람을 이해하는 일에 더 오래 붙들려 있었다. 말이 어떻게 오해를 만들고, 어떤 침묵이 사람을 밀어내는지에 더 관심이 갔다. 상황을 읽고, 관계를 파악하고, 그 안에서 누군가는 왜 늘 설명해야 하는 위치에 서는지 알고 싶었다. 무엇보다도 어떤 자리에서든 내 이름이 먼저 지워지는 구조를 그냥 지나치고 싶지 않았다. 실습실에서는 모두가 같은 규칙 앞에 서 있었지만, 세상은 그렇지 않다는 걸 나는 이미 알고 있었다. 화면 속 오류 메시지는 친절했지만, 현실의 오류는 늘 말없이 사람을 탈락시켰다. 그 차이가 점점 선명해졌다.

그래서 나는 '전문계가 맞지 않는다'는 판단을 한 것이 아니라, '내가 살아가고 싶은 언어가 다른 곳에 있다'는 사실을 깨달았다. 전문계와 일반계의 서열을 나누는 시선이 아니라, 나의 성향과 진로가 인문계 쪽에 더 가까웠다는 확인이었다. 그 차이를 인정하는 순간, 오래 붙드는 것보다 방향을 돌리는 것이 정직한 선택처럼 느껴졌다. 그래서 나는 일반계로의 전학을 결심했다. 막연했지만 가벼운 선택은 아니었다. 가능성이라는 말을 쉽게 쓰고 싶지 않았다. 그 말은 언제든 사람을 가르는 기준이 될 수 있으니까. 내가 방향을 틀고 싶었던 이유는 전문계가 낮아서가 아니라, 내가 바라보는 세계의 언어가 그곳과 다르다고 느꼈기 때문이다. 그 차이를 인정하는 순간, 나는 더 버티기보다 돌아서는 쪽을 택하고 싶어졌다.

당시 고교 진학은 고교평준화 제도로 무시험 고교 배정이었다. 이때 일반계 고등학교 진학을 원할 경우 무작위 추첨 배정이나 근거리 학교 배정, 지원 후 추첨 배정의 방법이 있었다. 그러나 나는 전문계 고교에 진학했다가 일반계 고교로의 전학을 원하고 있었기 때문에 그 전학 절차가 수월하지는 않았다. 전문계 고교에서 일반계고로 전학을 하려면 개인의 진로 변경 욕구 및 학교별 상황에 따라 가능했지만, 성적, 정원, 학업계획서 등이 중요했고 학교 규정 및 교육청 절차에 맞춰 진행해야 하는 행정적 과정이 필요했다.

학교에서는 별일 없이 시간이 흘렀다. 종이 울리면 자리에 앉고, 컴퓨터를 켜고, 화면 속 커서를 바라봤다. 커서는 늘 같은 자리에 있었지만, 내 시선은 자주 다른 곳으로 흘렀다. 수업이 끝난 뒤 복도를 걸을 때면, 창밖으로 보이는 풍경이 유난히 멀게 느껴졌다. 나는 이미 이 학교를 떠난 사람처럼 걷고 있었던 것 같다. 몸은 여기에 있는데, 마음은 계속 다른 쪽 문을 찾고 있었다.

어느 날부터는 가방 속 서류가 늘었다. 출력한 종이들이 접힌 채 들어 있었고, 가장 아래에는 항상 같은 페이지가 있었다. 이름을 쓰는 칸, 주소를 쓰는 칸, 그리고 보호자란. 그 칸을 볼 때마다 손이 잠시 멈췄다. 펜 끝이 종이에 닿지 않은 채 공중에서 맴돌았다. 그 빈칸은 종이 위에 있었지만, 내 삶 쪽으로 더 깊이 파고들어 오는 느낌이었다.

그래도 나는 움직였다. 가만히 있으면 아무 일도 바뀌지 않을 것 같아서였다. 말을 하면 길이 생길 거라고, 적어도 어디에서 막히는지는 알 수 있을 거라고 생각했다. 그렇게 서류를 들고 아버지와 교육청으로 향했다. 버스를 타고, 내리고, 다시 걸었다. 건물 앞에 도착했을 때, 나는 잠깐 숨을 골랐다. 별것 아닌 일처럼 보이게 하려고 일부러 어깨를 폈다.

문을 열고 들어가자 실내 공기가 달랐다. 민원인들은 각자의 서류를 들고 앉아 있었고, 벽에는 글자들이 가지런히 붙어 있었다. 나는 그 글자들 사이를 지나 내 순서를 기다렸다. 그리고 마침내 창구 앞에 섰다. 서류를 내밀며 준비해온 말을 꺼내려던 순간 돌아온 말은 단 한 문장이었다.

"어머니는 어디 가셨어요?"

그 문장은 짧았는데, 내 하루를 통째로 멈추게 했다. 뭐라고 대답을 해야 할지 머릿속이 어지러웠다. 혀끝은 말하려는 듯 움찔거렸지만, 목 안쪽이 갑자기 막히는 느낌이 들었다. 대답을 하려고 입을 조금 열었지만, 입천장과 혀가 들러붙은 것처럼 쉽게 떨어지지 않았다. 민원실의 공기는 유난히 건조했다. 아버지와 같이 앉아 말없이 순서를 기다리는 동안, 벽에 붙은 각종 안내문들이 한꺼번에 눈에 들어왔다가 이내 아무 글자도 읽히지 않았다.

"민원 처리 절차", "구비 서류", "접수 시간." 글자들은 규정의 얼굴을 하고 있었지만, 그날은 글자들이 모두 빈칸으로 보였다. 우리 집의 빈칸이 서류의 빈칸을 만나, 갑자기 더 커지는 느낌이었다. 창구 앞에 서서 서류를 내밀었을 때, 안쪽에 앉아 있던 사람의 시선은 서류보다 먼저 우리를 훑었다. 주민등록등본의 빈칸을 오래 들여다보는 것만 같았다. 그의 눈. 그 빈칸은 설명이 아니라 판단의 근거가 되었다.

법적으로 이혼이 진행되지 않았다는 이유로, 우리 가족은 순식간에 사연이 있는 집이 되었다. 마치 위장 전입을 시도하는 사람들처럼 의심받았다. 내 성적표나 출석부보다, 가족관계의 빈칸이 더 중요해지는 순간이었다. 그 말을 들었을 때, 내 안에서 가장 먼저 올라온 감정은 분노보다 원망이었다. 사사건건 방해가 되는 어머니가 미치도록 원망스러웠다. 내가 아닌, 어머니의 부재 때문에 내가 하고 싶은 일을 하지 못하는 것이 너무 싫었다.

누구에게 말해도 비참함만 더해질 것 같아 입을 다물었다. 표정을 지우면 감정도 사라진 것처럼 보일 테니까. 하지만 마음속은 이미 폭풍이 휩쓸고 지나간 폐허였다. 그날 나는, 할 수만 있다면 하루빨리 어른이 되고 싶었다. 어른이 되면 이런 문장에 덜 흔들릴 거라고 믿었다.

아버지는 그날, 내 앞에서 크게 화를 내지 않았다. 고함을 치지도 않았다. 오히려 조용히, 그리고 굳게 입을 닫았다. 아버지는 원래 말이 많지 않으셨다. 초등학교 3학년 때 내가 학교를 무단결석하다가 들켰던 날도 그랬다. 학교가 싫었다. 특별한 이유가 있었던 것도 아니고, 어딘가로 도망간 것도 아니었다. 그저 집을 나서는 순간 발걸음이 학교 쪽으로 향하지 않았을 뿐이었다.

아버지가 출근하시는 시간까지 집 근처 어딘가 ― 골목 모퉁이, 작은 가게 간판 아래, 혹은 버스정류장 뒤편 그늘 같은 곳 ― 에 숨어 있다가, 아버지의 뒷모습이 멀어지는 걸 확인하면 조용히 집으로 들어가곤 했다. 그날 그 사실이 들통났을 때, 아버지는 아무 말도 하지 않고 문 앞에서 신발을 벗은 뒤, 방 안으로 들어와 나를 안아 주시곤 학교에 데려다주셨다. 혼내지도 않았다. 그 침묵이 나를 더 무섭게 했는데, 그 침묵은 사실 감정을 꾹 눌러서라도 일단 '해야 할 일'을 하는 아버지의 방식이었다.

민원실 한가운데에서 아버지는 한동안 움직이지 않고 서 있었다. 규정을 설명하는 목소리가 반복되고, 서류가 책상 위를 오가고, 민원인을 부르는 목소리가 간간이 섞이는 동안에도 아버지는 말없이 그 자리에 서 있었고, 나는 그 침묵 속에서 아버지의 등이 아주 조금 굳어지는 걸 느꼈다. 마치 마음속에서 무언가가 조용히 끊어졌다는 사실을, 그 사람만 알아차린 순간처럼 보였다.

그리고 그 다음 순간, 아버지는 아무 말 없이 앞으로 한 걸음 나와 민원실 책상 위에 한쪽 다리를 올렸다. 의자가 바닥을 긁는 소리가 짧게 났고, 주변에서 종이를 넘기던 손들이 동시에 멈췄다. 아버지는 바지를 천천히, 아주 천천히 걷어올렸다. 급하지도 않았고, 머뭇거리지도 않았다. 이미 결정이 끝난 사람의 손놀림처럼, 동작에는 흔들림이 없었다.

형광등 불빛 아래로 다리가 드러났다. 곳곳에 철심이 박힌 다리였다. 무릎 주변엔 겹겹이 쌓인 수술 자국들이 흉터의 층을 이루고 있었고, 피부는 고른 결을 잃은 채 마디마디 색이 달랐다. 찢기고, 꿰매지고, 다시 덧나며 아물었을 흔적들은 어느 한 방향으로 흐르지 못한 채 불규칙하게 뻗어 있었다. 계절마다 다른 통증의 색을 띠었을 그 흉터들은 마치 굴곡진 지도처럼 펼쳐졌고, 아버지는 당신이 지나온 고단한 세월을 말 대신 그 지도로 꺼내 보이고 있었다.

주변 사람들이 동시에 고개를 들었다. 아까까지 아무렇지 않게 서류를 넘기던 손이 책상 위에서 멈췄고, 볼펜 끝은 종이에 닿지 못한 채 공중에서 멈춰 있었다. 누군가는 자세를 고쳐 앉았고, 누군가는 시선을 피했다. 프린터 돌아가던 소리도, 키보드를 두드리던 소리도 갑자기 멀어졌다. 민원실 안의 공기가 한 번에 가라앉았다. 아버지는 그 다리를 그대로 둔 채 말했다.

"이 다리로 현장에서 일하다가 다친 사람입니다. 이런 차림으로 온 사람이 위장 전입을 해서 뭐가 좋겠습니까."

목소리는 낮았고, 속도를 올리지도 않았다. 억울함을 밀어 넣지도 않았고, 화를 끌어올리지도 않았다. 문장은 단정했고, 말끝은 흐려지지 않았다. 그 말은 항의라기보다 사실에 가까웠고, 설명이라기보다 제시에 가까웠다. 잠시 아무도 말을 잇지 않았다. 서류철 하나가 조심스럽게 덮였고, 누군가는 손에 쥔 펜을 내려놓았다. 그 침묵은 허락을 준비하는 침묵이 아니라, 스스로를 돌아보는 데 필요한 시간처럼 길게 늘어졌다. 규정이라는 말 뒤에 숨어 있던 의심이, 한 사람의 몸 앞에서 잠시 멈춰 서 있었다.

나는 그 장면을 더 이상 견디지 못하고 민원실 한쪽 구석에 놓인 의자 끝으로 몸을 밀어 넣듯이 웅크렸다. 의자에 제대로 앉지도 못한 채 엉덩이의 절반만 걸치고, 등은 등받이에 닿지 않도록 앞으로 굽혔다. 누군가의 시선이 닿지 않기를 바라며 무릎을 조금 더 끌어당겼고, 손은 어디에 두어야 할지 몰라 허벅지 위에서 몇 번이나 옮겨 다니다가 결국 두 손을 포개 무릎 사이에 숨겼다.

고개를 들 수가 없었다. 바닥의 타일 무늬만 보였다. 닳아 색이 옅어진 사각형들이 줄 맞춰 이어져 있었고, 그 선들을 하나씩 따라가며 시선을 고정했다. 눈을 조금만 들어도 아버지의 다리가 보일 것 같았고, 조금만 옆으로 돌려도 누군가의 얼굴과 마주칠 것 같았다. 그래서 고개를 더 깊이 숙였고, 턱은 가슴 쪽으로 붙었다. 얼굴이 갑자기 달아올랐다. 귀까지 뜨거워지는 게 느껴졌고, 숨이 목으로만 걸려 올라왔다. 숨을 크게 들이마시려 하면 가슴이 막히는 것처럼 답답했고, 내쉬려 하면 소리가 날 것 같아 입을 꾹 다물었다. 코로만 짧게 숨을 쉬었는데도 호흡은 자꾸 엇나갔다. 마치 숨 쉬는 법을 잠시 잊어버린 사람처럼, 들숨과 날숨이 서로 부딪혔다.

눈물이 멋대로 흘러내렸다. 울려고 마음먹지도 않았는데, 눈 안쪽이 먼저 아파오더니 시야가 흐려졌다. 손등으로 급히 눈가를 훔쳤지만, 눈물은 금세 다시 고였다. 닦는 동작조차 누군가에게 보일까 봐, 손을 얼굴 가까이 가져가는 것마저 조심스러웠다. 그래서 소매 끝으로 슬쩍 문지르듯 훔쳤고, 그마저도 부족해 고개를 더 깊이 숙였다. 어깨는 점점 안쪽으로 말려 들어갔다. 민원실이라는 공간에서 내 몸이 차지하는 부피를 최대한 줄이고 싶었다. 숨소리도, 움직임도, 존재감도 함께 줄어들기를 바랐다. 그 자리에 없는 사람처럼, 그 장면에 포함되지 않은 사람처럼 숨어 있고 싶었다. 아무도 나를 부르지 않기를, 아무도 내 쪽으로 고개를 돌리지 않기를 바라며, 나는 의자 끝에서 몸을 접은 채 가만히 굳어 있었다.

그 순간만큼은 눈을 감는 것조차 두려웠다. 눈을 감으면 더 크게 울 것 같았고, 눈을 뜨면 이 장면을 그대로 마주해야 할 것 같았다. 그래서 나는 눈을 반쯤 뜬 채 바닥만 바라보고 있었다. 눈물은 계속 떨어졌고, 나는 그것을 멈추지 못한 채, 다만 더 깊숙이 숨는 쪽을 선택하고 있었다. 그 부끄러움은 아버지가 다리를 드러냈기 때문이 아니었다. 아버지가 나를 위해, 자기 몸을 증거처럼 꺼내야만 했다는 사실이 나를 그 자리에 붙잡아 두었다. 내가 옮기고 싶었던 학교 하나를 위해, 아버지는 말이 아니라 몸으로 자신을 설명하고 있었다. 나는 너무 미안해서 고개를 들 수 없었고, 동시에 너무 고마워서 그 자리를 떠날 수도 없었다. 두 감정이 겹쳐져

서, 나는 그 좁은 민원실 한쪽에서 아무 소리도 내지 못한 채 울고 있었다.

그날 나는 아버지가 크게 느껴졌다. 이미 내 키는 아버지를 훌쩍 넘긴 지 오래였는데, 그날 민원실에서는 내가 한없이 작아 보이고, 아버지는 그 공간을 가득 채우는 사람처럼 느껴졌다. 그 장면을 보며 나는 잠깐 다른 생각을 했다. 처음부터 집 근처였던 장충고등학교를 갔더라면, 아니면 공업고등학교에서 그냥 버텼더라면, 아버지가 이런 자리에 설 필요는 없었을지도 모른다는 생각이었다. 그 생각이 스쳐 지나가자, 미안함이 더 크게 밀려왔다. 내가 선택한 방향 하나 때문에, 아버지는 설명하지 않아도 될 몸을 꺼내야 했다. 그런데도 아버지는 그날도 화를 내지 않았다. 초등학교 3학년 때 학교를 가지 않다가 들켰던 날처럼, 아무 말도 하지 않았다. 왜 이런 선택을 했느냐고 묻지도 않았고, 앞으로는 그러지 말라는 말도 하지 않았다. 다만 아들이 하고 싶다는 일을, 자기가 할 수 있는 범위 안에서는 최대한 해 주려는 사람처럼 서 있었다.

전학을 위한 서류 제출을 마치고, 나는 다시 동네로 돌아왔다. 결과를 바로 알 수 있는 일은 아니었고, 그날로 모든 게 정리된 것도 아니었다. 다만 해야 할 말을 하고, 해야 할 종이를 내밀고, 더는 미룰 수 없는 지점까지는 와 있다는 감각만이 몸 안에 남아 있었다. 버스를 타고 내려 익숙한 골목으로 들어서자, 풍경은 아무 일도 없었다는 듯 그대로였다. 문구점 앞에 놓인 플라스틱 통, 분식집 유리 너머로 보이던 떡볶이 냄비, 정류장 벤치에 걸터앉아 있던 사람들까지, 모두 제자리를 지키고 있었다. 그 풍경들이 오히려 나를 조금 안심시켰다. 내가 너무 멀리 와 버린 건 아니라는 느낌이 들었다.

1학년 2학기 때, 학교가 바뀌었다. 교복이 바뀌었고, 시간표가 바뀌었고, 이름이 불리는 방식도 달라졌다. 장충고라는 이름은 이미 익숙했으나, 그 문 앞에 서 있는 나는 이전과는 다른 사람이 되어 있었다. 교문을 통과하는 발걸음이 자꾸만 늦춰졌다. 아는 얼굴과 모르는 얼굴을 구분하는 건 의미가 없었다. 중요한 건 내가 기어이 이 자리로 돌아왔다는 사실뿐이었다. 교실 문을 열자 분필 가루 섞인 체육복 냄새와 특유의 긴장감이 훅 끼쳐왔다. 돌아왔다는 안도감과 다시 시작해야 한다는 압박감이 동시에 해일처럼 밀려왔다.

PART 2

정치를 하고 싶습니다

분식집 골목, 청소년회의실, 지역사무소의 낡은 책상.
그 공간들은 내 삶을 바꿀 만한 대단한 사건을 주지는 않았다.
하지만 그곳에서 나는 '바뀔 수 있는 세계'를 처음 보았다.
정치로 향한 내 발걸음도 그 작지만 사소한 세계에서 시작되었다.

불편한 진실

약수동과 청구동 일대는 내가 고등학교 시절 가장 자주 머물던 곳이었다. 수업이 끝나고 교문을 나서면 자연스럽게 발걸음이 그쪽으로 향했다. 주머니 사정이 넉넉하지 않았던 우리는 늘 비슷한 동선을 반복하며 오갔다. 분식집에서 떡볶이를 하나 시켜 여럿이 나눠 먹고, 떡볶이집 옆 토스트 가게 앞에 서서 계란이 익는 모습을 멍하니 바라보다가, 남은 시간은 PC방에서 보냈다. 학원에 가는 친구들도 더러 있었지만 그렇지 못한 친구들끼리는 꼭 몰려 어딘가 돌아다니곤 했다. 특별할 것 없는 하루들이었지만, 그 하루들이 쌓여 동네가 되었다. 그 시절 동네는 시간이 흘러가는 방식 자체였다. 어떤 골목에서는 늘 저녁이 빨리 왔고, 어떤 가게 앞에서는 하루가 조금 더 길어졌다. 학교와 집 사이, PC방과 분식집 사이를 오가며 보냈던 시간들은 나중에서야 비로소 '내가 살았던 장소'라는 이름을 얻었다.

장충고등학교는 야구부로 유명했다. 운동장 한쪽에서는 늘 야구부 아이들이 훈련을 하고 있었다. 수업을 마치고 운동장을 가로질러 갈 때면, 펑고 훈련을 위해 배트에 공이 맞으면서 나는 둔탁한 마찰음이 먼저 들려왔다. 운동장 끝과 끝에서 캐치볼을 하는 선수들의 모습 뒤로, 이내 코치의 우렁찬 고함 소리가 이어지곤 했다. 베이스를 밟는 발소리와 흙이 쓸리는 소리는 하루에도 몇 번씩 반복되었다. 그 소리들은 특별한 사건이 아니라, 학교의 배경음처럼 늘 깔려 있었다. 그때는 의식하지 못했지만, 지금 돌아보면 그 소리와 풍경들이 나를 둘러싸고 있었다. 누군가는 그 운동장에서 꿈을 키우고 있었고, 누군가는 또 다른 하루를 준비하고 있었다. 약수동과 청구동, 그리고 장충고의 운동장은 그렇게 내 일상의 일부로 자연스럽게 이어져 있었다.

장충고등학교에서의 시간이 흐르면서, 마음속 깊은 곳에서 또 다른 욕망이 조용히 고개를 들었다. 나는 처음으로 학교라는 공간에서 내가 무엇을 할 수 있을지 상상해 보기 시작했다. 중학교 때 학급 회장을 했던 경험 때문이었을지도

2006년 청소년문화의집 봉사활동 모습.
폐유를 활용하여 EM 비누를 만들어 인근 소외계층에 나눠주는 것이 주된
봉사활동 중 하나였다.

모른다. 회의가 어렵지 않았고, 의견을 말하는 일도 두렵지 않았다. 무엇보다 사람들 앞에 서서 조율하고 정리하는 일이 나에게 낯설지 않았다. 그냥 자꾸 교탁 쪽을 보게 되었고, 회의가 열리는 날이면 괜히 귀가 열렸다.

학생회장이 되고 싶다는 생각은 그렇게 조금씩 자라났다. 인정받고 싶어서라기보다, 말할 자리를 갖고 싶다는 감각에 더 가까웠다. 누군가 대신 말해 주는 자리가 아니라,

내가 직접 말할 수 있는 자리. 결정이 내려진 뒤에 설명을 듣는 쪽이 아니라, 결정이 만들어지는 과정을 가까이에서 보고 싶은 마음이었다. 그 무렵 나는 이미 학교 밖에서 다른 종류의 경험을 하고 있었다. 청소년문화의집에서 청소년운영위원회 활동을 하며 직접 프로그램을 제안했고, 내가 제안한 프로그램이 현실이 되는 순간들을 목격했다. 나는 회의실의 언어가 종이에 기록되고 그것이 곧 현장의 질서가 되는 마법 같은 흐름을 몸소 체험했다. '어른들이 결정하는 세계'라고만 생각했던 것들이, 사실은 누군가 말하면 움직일 수도 있다는 걸 그때 처음 알았다. 그래서 자연스럽게 학교에서도 비슷한 일을 해 보고 싶어졌다.

고등학교 1학년 때부터 동네 청소년문화의집에서 청소년운영위원장을 맡으며, 나는 이미 그런 감각을 몸으로 알고 있었다. 회의실에서 의견이 오가고, 사소한 제안이 실제로 반영되는 순간들을 여러 번 보았다. 작고 느린 변화였지만, 분명히 바뀌는 장면들이 있었다. 그 경험은 내게 하나의 확신을 남겼다. 말은 공기 중에서 사라지는 것이 아니라, 조건만 맞으면 현실이 될 수도 있다는 감각이었다. 그래서 고등학교 학생회장은 내게 단순한 직책이 아니었다. 선거를 해 보고 싶었고, 내 이름으로 말을 해 보고 싶었다. 가능할 것

: 2,000시간 이상 청소년 봉사활동을 꾸준히 하여 지역 자원봉사 은장을 받았다.

같다는 생각도 들었다. 이유를 길게 설명하지 않아도, 그때
의 나는 그냥 하고 싶었다. 그리고 그 '하고 싶다'는 마음이,
오랜만에 방향을 가진 감정처럼 느껴졌다.

나는 종례가 끝난 뒤, 담임선생님께 다가가 말을 꺼냈다.
교실은 아직 완전히 정리되지 않은 상태였다. 몇몇 아이들은
가방을 들고 서성였고, 누군가는 의자를 밀며 친구를 기다리
고 있었다. 창가 쪽에서는 창문을 여닫는 소리가 났고, 뒤쪽
에서는 웃음 섞인 대화가 끊기지 않았다. 교실 전체가 막 풀
려난 듯한 공기였다. 칠판에는 그날의 숙제와 다음 주 일정

이 그대로 남아 있었다. 지워지지 않은 분필 글씨들이 어수선한 교실 위에 떠 있는 것처럼 보였다. 담임선생님은 교탁 앞에 서 있었다. 출석부를 아직 덮지 못한 채, 손끝으로 종이 가장자리를 정리하며 내 쪽을 바라봤다. 급하게 다음 수업으로 이동해야 하는 표정은 아니었지만, 그렇다고 충분한 여유가 있는 얼굴도 아니었다.

나는 교탁 앞에 섰다. 교탁은 늘 교실의 중심이었고, 누군가가 서 있으면 자연스럽게 시선이 모이는 곳이었다. 등 뒤에서 느껴지는 기척들 때문에 목소리가 더 작아졌다. 말을 꺼내는 순간, 내 이야기가 교실 전체로 번질 것만 같았다. 그래도 물러서지 않고 서 있었다. 이 말을 하지 않으면, 하루 종일 마음이 무너질 것 같았기 때문이다. 선생님은 내 말을 끝까지 들었다. 중간에 끼어들지 않았고, 고개를 끄덕이며 잠시 생각하는 표정을 지었다. 출석부 위에 얹혀 있던 손이 멈췄다. 그리고 잠깐의 침묵 뒤, 조심스럽게 입을 열었다.

"너는 어머님이 안 계시지 않니. 학생회장이 되면 보통 어머니가 학교 운영위원장을 맡는다. 그걸 해 줄 사람이 없지 않겠니."

말투는 부드러웠다. 설명하는 어조였고, 나를 배려하려

는 마음도 느껴졌다. 하지만 그 문장 안에는 이미 결론이 들어 있었다. 가능성을 검토하는 말이 아니라, 상황을 정리하는 말이었다. '네가 부족해서는 아니지만, 여기까지다'라는 선을 긋는 방식이었다. 더 아팠던 것은, 그 말이 이 교실 안에서, 종례 직후의 열린 공기 속에서 나왔다는 사실이었다. 완전히 사적인 대화도 아니었고, 그렇다고 공식적인 통보도 아니었다. 애매하게 공개된 공간에서, 나는 조용히 '불가'라는 말을 들었다. 누군가 듣고 있었는지는 중요하지 않았다. 중요한 건, 그 말이 교실 한가운데에서 나에게 도착했다는 사실이었다.

나는 잠시 말을 잃었다. 입을 열면 무엇이 튀어나올지 알수 없어서, 아무 말도 하지 않았다. 대신 속으로 같은 질문을 몇 번이고 되뇌었다. '학생회장은 학생의 자리인데, 왜 엄마가 있어야 하지.' 그 질문은 그날 끝내 입 밖으로 나오지 못했다. 대신 몸 안쪽에서 서서히 뜨거워졌다. 얼굴은 차분한데, 가슴속에서는 무언가가 계속 올라오는 느낌이었다. 나는 고개를 숙인 채, 아무 말 없이 자리로 돌아가 가방을 챙겼다.

친구들이 무슨 이야기를 했는지는 잘 기억나지 않는다. 웃고 떠드는 소리도, 가방 지퍼 여는 소리도 분명 들렸을 텐데, 그 장면들은 남아 있지 않다. 다만 그 순간 교실의 공기가 갑자기 낯설어졌다는 감각만 또렷하게 남아 있다. 분필 냄새도, 체육복에 밴 땀 냄새도 평소와 같았는데, 공기만 달랐다. 마치 내가 있던 자리에만 다른 온도의 공기가 머물러 있는 것처럼 느껴졌다. 그날 집으로 돌아가는 길은 유난히 길게 느껴졌다. 버스를 탔는지, 걸어갔는지 정확히 기억나지 않는다. 다만 발걸음은 무거웠고, 생각은 멈추지 않았다. 교탁 앞에서 들었던 문장이 머릿속에서 계속 계속 맴돌았다. 집에 도착하면 아무 일도 없었다는 듯 저녁을 먹고, 숙제를 하고, 다음 날을 준비해야 한다는 사실이 더 답답하게 느껴졌다.

엄마가 계시지 않으니 학생회장 선거에 나갈 수 없다는 말은 내가 얼마나 쉽게 한계 안에 묶일 수 있는지를 다시 확인시키는 말처럼 들렸다. 이상하게도 그 막막함은 처음 겪는 감정이 아니었다. 오래전, 중학교 시절의 나와 겹쳐지는 지점이 분명 있었다. 그때의 나는 반삭발이었다. 거울 앞에 서면 두피가 그대로 드러났고, 머리카락은 거의 색처럼만 남아 있었다. 아침마다 습관처럼 손으로 머리를 쓸어 보면 까끌까끌한 감촉이 손바닥에 또렷하게 남았다. 이유가 뭔지는 몰라도, 그 시절의 나는 스스로 선택할 수 있는 것들이 많지 않다고 느꼈고, 그래서인지 외모 하나만큼은 내가 정하고 싶었다. 그래서 매일 같은 머리로 학교에 갔다.

교실에 들어서면 늘 같은 풍경이 펼쳐졌다. 형광등 불빛은 희고 차가웠고, 교실 안에는 밤새 마르지 않은 먼지와 분필 가루 냄새가 섞여 있었다. 나는 늘 맨 뒷자리에 앉았다. 뒷문과 가까운 자리였다. 앞쪽에서 무슨 일이 벌어지는지는 대충 보였지만, 그 안으로 들어가고 싶지는 않았다. 수업 시간에는 좀처럼 흥미가 생기지 않았다. 책은 펼쳐 두었지만, 읽지는 않았다. 책 위에 팔을 올리고 그 위에 고개를 숙였다. 책장 사이로 코끝에 종이 냄새가 닿았다. 눈을 감으면 선생님의 목소리는 점점 멀어졌다. 분필이 칠판을 긁는 소리, 누군가 노트를 넘기는 소리, 교실 어딘가에서 들리는 기침 소리가 겹쳐졌다. 그 소리들은 처음엔 또렷했지만, 시간이 지나면서 하나의 웅성거림처럼 흐려졌다.

선생님들은 자고 있는 아이들을 굳이 깨우지 않았다. 특히 내 자리는 더 그랬다. 당시 교실에는 암묵적인 인식이 있었다. 머리를 짧게 민 아이가 뒷자리에 앉아 엎드려 있으면, 대부분 야구부라고 생각했다. 야구부는 밤늦게까지 훈련을 하느라 피곤하니까 수업 시간에 잠을 자도 어쩔 수 없다는 식의 이해였다. 나는 야구부가 아니었지만, 그 오해 속에 섞여 있었다. 누구도 내게 묻지 않았고, 누구도 확인하지 않았다. 덕분에 나는 조용히 잠들 수 있었다. 그 시간은 편안했다기보다, 그냥 방치된 시간에 가까웠다. 교실 한 편에서, 아무도 신경 쓰지 않는 상태로 흘러가는 시간. 나는 그 시간을 그렇게 견디고 있었다.

길을 걷다 보니 문득 중학교 1학년 때 보았던 거리의 장면이 떠올랐다. 17대 국회의원 선거가 치러지던 2004년 봄이었다. 겨울이 막 물러난 거리에는 아직 두꺼운 외투가 남아 있었지만, 바람 속에는 분명히 계절이 바뀌고 있다는 기척이 섞여 있었다. 성동구의 골목마다 선거 현수막이 걸렸고, 전봇대와 가로등 사이마다 후보들의 이름이 반복되었다.

그해 성동구는 갑과 을로 나뉘어 선거를 치렀다. 동네 사람들은 "이번엔 분위기가 좀 다르다"는 말을 자주 했다. 익숙한 얼굴도 있었지만, 낯선 이름도 눈에 띄었다. 변호사 출신의 젊은 정치 신인이라는 말이 따라붙던 후보가 있었고, 그 이름은 현수막보다 먼저 사람들의 입에 오르내렸다. 시장 입구에서, 버스정류장에서, 약국 앞 벤치에서 사람들은 그 이름을 낮은 목소리로 불렀다.

"이번엔 좀 새 얼굴이 나와야지."
"말은 잘하더라."
"그래도 될까?"

확신보다는 질문에 가까운 말들이었다. 하지만 그 질문들이 오히려 기대처럼 느껴지던 시기였다. 정치는 늘 멀게 느껴졌지만, 그해 봄에는 동네의 일처럼 가까이 와 있었다. 후보들은 아침부터 골목을 돌았고, 상가 앞에서 고개를 숙였으며, 손을 내밀었다. 정장을 입었지만 넥타이를 풀고 있었고, 구두보다는 운동화가 더 자주 보였다.

선거운동이 한창이던 날들, 거리에는 확성기 소리가 끊이지 않았다. "잘 부탁드립니다"라는 말이 반복되었고, 박수 소리와 음악이 짧게 이어졌다. 하지만 더 오래 남았던 것은 그 사이사이에 흐르던 표정들이었다. 쉽게 웃지 않는 얼굴들, 고개를 끄덕이면서도 끝까지 말을 아끼는 눈빛들. 사람들은 이미 많은 약속을 들어온 얼굴들이었다.

투표일이 가까워질수록 분위기는 조금씩 달라졌다. 막연했던 기대가 조심스러운 선택으로 바뀌고 있었다. 변호사 출신의 젊은 신인 후보가 국회에 들어갈 수도 있다는 말이 더이상 농담처럼 들리지 않던 시점이었다. 누군가는 "이번엔 바뀔지도 모르지"라고 했고, 누군가는 "그래도 한번은 해 보게 해야지"라고 말했다. 그 말들은 확신보다는 허락에 가까웠다. 그해 봄의 성동구는 그렇게 흔들리고 있었다.

학교를 오가는 길, 신금호역으로 가는 길목 주변에는 늘 선거철의 색깔이 묻어 있었다. 평소에는 그저 조용한 통학로였지만, 선거 기간이 되면 거리의 색깔부터 달라졌다. 전봇대와 가로수에 각기 다른 후보들의 현수막이 층층이 걸려 있었고, 서로 조금이라도 더 눈에 띄기 위해 밝은 색과 큰 글씨가 경쟁하듯 늘어서 있었다. 현수막 아래로는 후보 얼굴이 인쇄된 명함들이 흩어져 있었고, 바람이 불 때마다 종잇조각들이 도로 위를 부유하듯 굴러다녔다. 출근길 사람들은 그것을 지나가며 밟기도 하고 피해 가기도 했는데, 밟힌 명함 위로 남은 구두 자국이 세월의 오래된 포스터처럼 덧칠되어 있었다.

신금호역 입구 근처에서는 아침마다 자원봉사자들이 스피커를 들고 공약을 반복해서 읽어 내려갔다. 때로는 확성기에서 흘러나오는 목소리가 지하철 계단 벽에 부딪혀 울렸고, 그 울림은 계단을 오르내리는 사람들의 발걸음과 섞여 묘한 박자를 만들었다. 누구도 오래 서서 듣지는 않았지만 계속 같은 내용을 말할 뿐이었다. 철제 난간에는 후보들의 얼굴이 대문짝만하게 인쇄된 홍보 종이들이 양면테이프로 붙어 있었고, 시간이 지나면 습기 때문에 한쪽 끝이 들려 바람에 펄럭거리곤 했다. 종이는 바람이 세게 불면 낡은 깃발처럼 흔들렸고, 바람이 멈추면 금세 힘없이 축 늘어졌다.

이 모든 풍경은 선거철마다 비슷했지만, 나에게는 그중 한 장의 문장이 가장 오래 남았다. 문장의 내용 때문이 아니라, 직접 나에게 다가와 말을 건네던 한 사람 때문에 그 장면은 다른 어느 풍경보다 또렷했다.

"좋은 세상을 만들겠습니다."

그 말은 현수막에 적힌 활자도 아니었고, 확성기 너머에서 흘러나온 문장도 아니었다. 당시 후보였던 최재천 의원이 그 좁은 계단 중간에서 나에게 직접 건넨 말이었다. 그 장면은 이상하리만큼 선명하게 남았다. 내가 그 말을 처음부터 의심했던 것은 아니다. 손을 건네던 표정이 어색하지도 않았고, 그날의 봄바람과 함께 이상하리만큼 자연스럽게 다가왔다. 그런데도, 그 문장이 내 마음속에서 오래 자리 잡기는 어려웠다. 왜냐하면 그 무렵의 나는 이미 세상이 말처럼 움직이지 않는다는 것을 알고 있었기 때문이다. 집안 사정도, 학교에서 겪는 일들도, 제도라는 것이 가진 보이지 않는 벽도 누군가의 밝은 문장 하나로 달라진 적이 없었다. "좋은 세상"이라는 말은 어디에나 있었지만, 내가 마주한 세계는 그 말과 늘 엇갈려 있었다.

나는 그날 처음으로 그 문장을 정말로 의심했다. 학교에서 배웠던 '좋은 세상'이라는 말은 이렇게 많은데, 왜 나는 여전히 같은 이유로 멈춰 서야 하는지. 시간이 흘러도 바뀌지 않는 이유는 무엇인지. 그 의심은 분노로 폭발하지는 않았지만, 조용히 가슴속에 남아 자리를 잡았다. 그리고 그날 이후로, 나는 어떤 말을 믿기 전에 먼저 그것이 누구의 삶을 건드리는지 묻게 되었다.

학생회장에 나가고 싶다는 마음은 형도 이미 알고 있었다. 집에 들어왔을 때, 형은 내 얼굴을 한 번 훑어보더니 아무 말도 하지 않았다. 괜히 묻지 않는 그 태도가 오히려 더 견딜 만했다. 나는 가방을 내려놓고, 신발도 벗지 않은 채 형에게 말했다.

"엄마가 없어서, 출마 못 한대."

그 말은 생각보다 쉽게 나왔다. 준비해 둔 문장은 아니었는데, 입에서 먼저 떨어졌다. 형은 잠시 고개를 끄덕였을 뿐, 특별한 반응을 보이지 않았다. 형은 시큰둥하게 대답했다.

"그래? 할 수 있을 줄 알았는데 안 됐네."

그 말이 끝이었다. 그 정도였다. 더 묻지도 않았고, 위로하려 들지도 않았다. 마치 오늘 있었던 일 중 하나를 그냥 확인하는 것처럼. 그 시큰둥함 덕분에 나는 더 말을 잇지 않아도 됐다. 당시 형은 대학생이었고, 돈이 많지 않았다. 그런데도 그날 저녁, 형은 치킨 한 마리를 사 왔다. 신당동 백학 시장에 있던 GFC 치킨이었다. 형이 고등학교 시절 용돈을 모아서 사 왔던 학교 앞 치킨집이었는데 저렴해서 우리 형제가 치킨을 먹을 수 있던 거의 유일한 곳이었다. 그날의 치킨 맛은 잘 기억나지 않는다. 다만, 형이 아무 말 없이 치킨을 건네던 장면은 아직도 선명하다.

그날 밤, 형이 아버지에게 먼저 말했다는 걸 나는 나중에야 알았다. 내가 직접 말하지 않은 이야기들을, 형은 대신 꺼냈다. 하고 싶었는데 못 했다는 것, 이유가 '엄마가 없어서'였다는 것. 형은 그 말을 하면서 울었다고 했다. 나는 그 장면을 보지 않았는데도, 이상하게 또렷하다. 아버지 앞에 앉아 고개를 숙인 형의 어깨, 말을 하다 멈춘 채 손을 쥐고 있었을 모습. 동생이 하지 못한 말을 자기 몫처럼 꺼내야 했던 얼굴. 엄마가 없어서 안 된다는 말을 나보다 먼저, 나보다 더 정확히 이해하고 있었을 사람의 얼굴이다.

형에게 그 말은 새롭지 않았을 것이다. 이미 여러 번, 다른 자리에서, 다른 이유로 같은 벽을 만났을 테니까. 동생이 또 그 벽 앞에서 멈췄다는 사실이, 형에게는 자기 일이 된 것 같았을 것이다. 그래서 울었을 것이다. 억울해서라기보다, 너무 익숙해서, 형이 겪었던 일을 내가 또다시 같은 이유로 겪어야 했기 때문에 형도 내 마음을 누구보다 잘 이해했을 것이었다. 그날 이후로 나는 형의 마음을 조금 더 이해할 수 있게 됐다. 나보다 먼저 그 자리에 서 있었던 사람처럼 느껴졌다. 엄마가 없다는 사실을, 말로 설명하지 않아도 이미 몸으로 알고 있었던 사람. 나는 아직 화가 먼저 나왔지만, 형은 그보다 먼저 받아들이는 쪽에 가까웠다. 그 차이가 우리를 자주 부딪히게 했고, 동시에 서로를 떼어 놓지 못하게도 했다.

형은 내 앞에서는 아무 말도 하지 않았다. 울었다는 이야기도, 아버지와 무슨 말을 했는지도 말해 주지 않았다. 대신 다음 날도 평소처럼 밥을 먹고 학교에 갔다. 그게 형의 방식이었다. 대신 말해 주되, 대신 살아 주지는 않는 방식. 그 거리 덕분에 나는 무너지지 않았고, 그 침묵 덕분에 형은 형으로 남아 있었을 것이다. 아버지는 그날 아무 말도 하지 못했다고 했다. 화를 내지도 않았고, 위로를 하지도 못한 채 그 이야기를 들었다고. 해결해 줄 수 없는 일 앞에서, 아버지는 늘 그런 식이었다. 미안하다는 말을 했는지, 아니면 그냥 고개만 끄덕였는지는 기억나지 않는다. 그날의 기억은 문장보다 침묵으로 남아 있다.

지금 돌아보면, 그건 선택의 문제도, 계산의 문제도 아니었다. 그냥 정말 하고 싶었고, 그래서 더 아팠다. 시작도 해보지 못한 채 멈춰야 했다는 사실이 오래 남았다. 시간이 지나도 쉽게 정리되지 않는 감정으로 남아, 서류 앞에서, 교탁 앞에서, 이름이 불리는 자리에서 비슷한 장면을 마주할 때마다 다시 고개를 들었다. 그때의 감각은 늘 비슷했다. 처음에는 가슴 한가운데 놓인 작은 돌멩이 같았는데, 시간이 지나면서 그 위에 감정들이 하나씩 쌓였다. 억울함이 올라오고, 분노가 뒤섞이고, 부끄러움이 남았다. 그 와중에 이유를 알수 없는 기대 같은 것도 조금씩 남아 있었다. 언젠가는 이 돌멩이를 꺼내 놓고, 누군가에게 내 이야기로 말하게 될 거라는 막연한 예감. 그건 그날 밤, 방에서 흘러나왔을지도 모를 울음보다 훨씬 조용하게, 아주 오래 걸려 자라고 있었다.

청소년운영위원회, 청소년특별회의, 청소년참여위원회. 이름은 조금씩 달랐지만, 그 활동들이 열리던 회의실의 공기는 언제나 비슷했다. 학교 밖의 회의실은 교실과는 전혀 다른 공간이었다. 디귿자 모양의 책상이 정리되어 있었고, 이름표 대신 지역과 이름이 앞에 붙어 있었다. 서울, 창원, 울산, 광주. 처음 만난 또래들이었지만, 다들 자기 동네 이야기를 할 준비가 되어 있는 얼굴들이었다. 누군가는 학교 얘기를 꺼냈고, 누군가는 버스 노선 이야기를 했다. 같은 청소년이었지만, 사는 환경은 생각보다 많이 달랐다. 회의는 쉽게 흘러가지 않았다. 한 사람이 말을 시작하면, 다른 누군가는 고개를 갸웃했고, 또 다른 누군가는 손을 들었다.

"그건 우리 지역에선 안 돼요."

"왜요?"

"그렇게 하면, 여긴 더 힘들어져요."

청소년운영위원회에서 특별회의, 참여위원회에 소속되어 활동하면서 청소년이 직접 정책을 제안하고, 정책이 실현되는 과정을 배우는 계기가 되었다.

처음에는 답답했다. 분명 옳다고 생각한 말이었는데, 동의가 바로 나오지 않았다. 내가 꺼낸 이야기는 학교 운영위원회에 학생이 반드시 참여해야 한다는 것이었다. 학부모가 대신 앉아 있는 자리가 아니라, 학생이 자기 학교 이야기를 직접 할 수 있어야 한다는 주장. 말이 끝났을 때 회의실은 잠시 조용해졌다. 누군가는 메모를 했고, 누군가는 팔짱을 꼈다. 곧 다른 위원의 손이 올라왔다.

"그건 맞는 말인 것 같아요."

그 한마디가 시작이었다. 몇 개의 고개가 끄덕여졌고, 반대 의견도 덧붙었다. 조건을 붙이자는 사람, 단계적으로 하자는 사람, 학교마다 상황이 다르다는 사람. 내 말은 그대로 통과되지 않았지만, 완전히 사라지지도 않았다. 문장은 고쳐졌고, 순서가 바뀌었고, 다른 말들과 섞였다.

그날 회의가 끝났을 때, 나는 비로소 한 가지를 알게 되었다. 회의에서 말이 채택된다는 것은, 내가 쓴 문장이 그대로 남는다는 뜻이 아니었다. 하나의 말은 여러 사람의 사정을 지나오면서 조금씩 모양이 바뀌었고, 결국 모두가 감당할 수 있는 형태로 정리되어 남았다. 그 과정을 겪으며 회의실에서 중요한 것은 상대를 이기는 말이 아니라, 끝까지 남아 있을 수 있는 말이라는 사실도 알게 되었다.

돌이켜보면 내 말이 완전히 무시된 기억은 거의 없다. 다만 매번 조정이 필요했다. 전국에서 올라온 수많은 이야기 가운데 무엇을 남길지 결정하는 과정은 늘 오래 걸렸다. 어떤 지역에서 절박하게 제기한 문제는 다른 지역에서는 과한 요구로 받아들여지기도 했고, 어떤 제안은 현실을 충분히 고려하지 않았다는 반응을 얻기도 했다. 그럴 때마다 나는 말을 다시 다듬어야 했다. 설명을 조금 더 보태고, 비유를 바꾸고, 때로는 한 발 물러서는 선택도 해야 했다. 그렇게 말은 점점 다듬어졌고, 나는 그 과정을 통해 정치에서 말이 어떻게 살아남는지를 배워 갔다.

그 과정에서 자연스럽게 배웠다. 내 생각이 항상 정답일 수는 없다는 것. 그리고 상대의 사정을 이해하지 못하면, 아무리 좋은 말도 회의실을 빠져나가지 못한다는 것을. 그건 교과서에서 배운 정치도 아니었고, 뉴스에서 본 토론도 아니었다. 다만 사람들 사이에서 말을 남기는 법을 몸으로 익히는 시간이었다.

2011년 최재천 의원의 권유로 정당 입당 후, 지역의 청소년들과 함께 지역 청소년 정책제안을 했다.

2011년 구청장 제안 면담 모습.
국회의원과 구청장에게 지역 청소년 정책제안을 전달하였고 정책 제안의 우수성을 인정받아 수상했다.

처음 본 정치의 얼굴

내가 처음으로 정치인을 찾아갔던 날을 떠올리면, 늘 문 앞의 시간이 먼저 떠오른다. 문을 두드린 순간보다, 두드리지 못하고 서 있던 시간이 훨씬 길었다. 국회의원 지역사무소는 겉보기엔 늘 열려 있는 공간처럼 보였지만, 내게는 아무에게나 열리지 않는 문처럼 느껴졌다.

그 문 앞 복도에는 묘한 공기가 있었다. 여름에는 유난히 서늘했고, 겨울에는 난방이 덜 되어 발끝부터 차가워졌다. 나는 그 복도에서 몇 번이나 가방을 메었다 풀었다 하기를 반복했다. 불투명한 테이프로 유리문은 막혀 있었고, 안에 사람이 있다는 것은 유리문 너머의 사람이 움직이는 실루엣으로나마 알 수 있었다. 문이 열릴 때마다 전화벨 소리와 종이 넘기는 소리, 복사기 돌아가는 소리가 한꺼번에 흘러나왔다. 커피 냄새도 섞여 있었다. 학생이었던 내게는 어색한 냄새였다. 나는 괜히 숨을 고르며 그 냄새를 피했다.

처음에는 용기가 부족해서 들어가지 못한 줄 알았다. 그러나 시간이 지나고 나서야 알았다. 문제는 용기가 아니라 언어였다. '무슨 일로 왔니'라는 질문에 이어질 문장이 내게는 없었다. 내가 겪어온 일들을 그대로 말하면 울음이 먼저 나올 것 같았고, 차분하게 말하면 거짓말이 될 것 같았다. 그래서 나는 말을 준비하는 대신, 시간을 쌓는 쪽을 택했다.

학교가 끝나면 나는 늘 같은 골목으로 발길을 돌렸다. 사무소 앞까지 갔다가도 문을 열지는 못하고, 유리문에 붙은 안내문만 읽는 척 서성였다. '회의 중', '외부 일정'이라는 종이가 붙어 있으면 괜히 마음이 편했다. 들어가지 않아도 된다는 핑곗거리 같아서였다. 돌아서는 길에는 어김없이 같은 질문이 따라붙었다. '내가 여기까지 와서 결국 아무 말도 못하고 가는 게 맞는 걸까.'

그 무렵 나는 사무실 문을 직접 여는 대신, 다른 방식으로 시간을 쌓고 있었다. 당시에 모두가 쓰던 싸이월드. 그곳에 메시지를 남기기 시작했다. 한 번 보내고 답이 없으면 또 보내고, 그래도 답이 없으면 다시 남겼다. 설명할 말은 없었지만, 사라지지 않는 방식으로만 나를 보여 줄 수 있다는 걸 본능적으로 알고 있었다. 며칠, 아니 몇 번의 노크 같은 메시지를 이어간 끝에 마침내 답이 왔다.

"이동현 학생 떡볶이 사 줄게요. 한 번 오세요."

정확한 문장도, 따뜻한 말투도 아니었지만, 나에게는 문이 열린 것과 다름없었다. 그리고 마침내 사무실 문을 두드린 그날, 나를 맞은 건 예상과는 전혀 다른 한마디였다.

"학생이… 이동현이에요?"

훈훈한 인사와는 거리가 먼, 약간은 퉁명스럽고 약간은 피곤한 비서의 말투. 이상하게도 그 말이 오히려 날 현실로 끌어당겼다. 내가 보낸 메시지들이 정말 누군가에게 닿아 있었고, 그래서 지금 이 문턱 앞에 서 있다는 사실이 그제야 실감 났다.

그 순간, 마음 한쪽에서 아주 조용하게 무언가가 움직였다. 내가 최재천 의원을 찾아간 이유는, 그가 따뜻한 어른처럼 보였기 때문이 아니었다. 오히려 그 반대였다. 내가 알고 있던 최재천 의원은 위로하는 정치인이 아니었다. 변호사 출신답게 감정에 기대지 않고, 논리로 상대를 설득하는 사람.

그의 연설은 청중을 안심시키기보다 묵직한 질문을 던지는 얼굴을 하고 있었다. 토론 자리에서는 단 한 마디의 말도 결코 쉽게 넘기지 않는 치밀함이 엿보였다.

최재천 의원은 흔히 떠올리는 전형적인 정치인의 얼굴과는 조금 달랐다. 크게 웃을 때 먼저 드러나는 것은 계산된 미소가 아니라, 사람 좋은 변호사의 표정에 가까운 웃음이었다. 얼굴형은 둥글고 이마가 넓었으며, 안경 너머로 보이는 눈빛은 늘 또렷했다. 누군가의 말을 들을 때 고개를 살짝 기울이며 끝까지 듣는 습관이 있었고, 말을 시작하기 전에는 잠시 숨을 고르는 듯한 침묵이 따라왔다. 그 짧은 틈이, 그 사람이 말을 가볍게 쓰지 않는다는 인상을 주었다. 그의 말은 날카로웠지만, 감정적이지는 않았다. 사적인 자리에서의 그는 또 달랐다. 책 이야기를 좋아했고, 의외로 옷차림에도 신경을 썼다. 단정하지만 지루하지 않은 스타일, 지나치게 튀지 않으면서도 자기 취향이 드러나는 옷차림이었다. 목소리는 낮고 안정적이었고, 이야기를 할 때면 늘 사례를 곁들였다. 그래서 그의 말은 정치적 주장이라기보다 생활의 언어처럼 들렸다.

나는 그 점이 마음에 들었다. 이미 충분히 불공평한 세상에서, 또 한 명의 "괜찮다"고 말해 주는 어른은 필요하지 않았다. 내가 듣고 싶었던 것은 위로가 아니라 설명이었다. 내 삶이 왜 이런 자리에 놓였는지, 왜 어떤 아이들은 계속 문 앞에서 기다려야 하는지에 대한 설명. 만약 그가 정말 정치라는 일을 하는 사람이라면, 내 질문을 피하지 않을 거라고 생각했다.

며칠 뒤, 마침내 사무소 안으로 들어가 앉았을 때, 나는 그 공간이 생각보다 낯설지 않다는 사실에 놀랐다. 의원실 안에는 책 냄새와 종이 냄새가 섞여 있었고, 책상 위에는 정리되지 않은 서류들이 겹겹이 쌓여 있었다. 반듯하게 정돈된 공간이라기보다, 누군가 계속 머무르며 일하는 자리처럼 느껴졌다. 텔레비전 속 정치의 얼굴과는 다른 풍경이었다.

최재천 의원은 그 공간에 잘 어울리는 사람이었다. 처음부터 다정하지도, 친절하지도 않았다. 오히려 토론을 준비한 사람처럼 보였다. 질문을 던질 준비가 되어 있는 눈빛이었다. 나는 준비해 온 말을 하나도 꺼내지 못한 채, 가슴에 쌓여 있던 말을 그대로 쏟아냈다.

"아저씨가 좋은 세상을 만들겠다고 말한 지 3년이 지났는데, 제 삶은 하나도 나아진 게 없습니다. 이건 아저씨 잘못입니다."

말을 내뱉고 나서야 심장이 크게 뛰고 있다는 걸 알았다. 손은 무릎 위에서 엉켜 있었고, 목소리는 생각보다 떨렸다. 지금 돌아보면 무례한 말이었다. 그러나 그때의 나는, 그 말 말고는 다른 언어를 갖고 있지 않았다. 왜 약속은 지켜지지 않는지, 왜 어떤 아이들은 계속 선택지 밖에 머무는지, 그 모든 질문이 그 문장 하나에 담겨 있었다. 의원은 잠시 나를 바라보았다. 화를 내지도, 바로 반박하지도 않았다. 대신 조용히 물었다.

"그럼 내가 너한테 뭘 해 주면 좋겠니?"

그 질문은 내 예상과 달랐다. 나는 혼날 줄 알았고, 설명을 들을 줄 알았다. 그러나 그는 선택지를 내게 돌려주었다. "학교에 전화해 줄까요?"라는 제안이 나왔을 때, 나는 즉시 고개를 저었다. 그 제안이 도움이 되지 않아서가 아니었다. 오히려 너무 잘 알기 때문에 거절했다. 어른이 대신 싸워 주면, 그 싸움의 흔적은 결국 내가 감당해야 한다는 것을. 교실에서의 시선, 복도에서의 속삭임, "쟤는 왜 문제를 키우는 거야"라는 말들이 다시 따라올 것이라는 것을. 그래서 나는 다른 말을 꺼냈다.

"제가 정치를 하고 싶습니다. 저를 도와주십시오."

그 말은 준비되지 않은 고백이었고, 동시에 가장 정확한 자기소개였다. 의원은 잠시 눈썹을 치켜올리더니 웃었다. 비웃음도, 연민도 없는 웃음이었다. 흥미가 섞인 웃음이었다.

"내가 너를 정치하게 해 줄 수는 없다. 다만 한 달에 한 번은 만나 주겠다. 책을 한 권 줄 테니, 읽고 와서 이야기하자."

그렇게 내 손에 쥐어진 책이 헬레나 노르베리 호지의 『오래된 미래』였다. 집으로 돌아와 책을 펼쳤을 때, 나는 처음으로 정치가 추상적인 구호가 아니라 삶의 방식에 대한 질문일 수 있다는 것을 느꼈다. 라다크라는 먼 지역의 이야기였지만, 그 안에서 내가 살던 금호동의 골목과 단칸방의 공기가 겹쳐 보였다. 발전이라는 말 뒤에 사라지는 것들, 효율이라는 이름으로 밀려나는 사람들. 책 속의 질문은, 내가 품고있던 불만에 언어를 붙여 주었다.

한 달 뒤, 다시 사무실을 찾았다. 책 이야기를 시작으로 대화는 자연스럽게 내 이야기로 흘러갔다. 왜 학생회장이 되려면 엄마가 필요한지, 왜 급식비를 못 낸 아이들의 이름이 붙어야 하는지. 그 질문들은 단순한 불평이 아니라, 구조에 대한 질문이 되기 시작했다. 매달 한 번의 만남은, 내 머릿속에 흩어져 있던 분노를 조금씩 사고로 바꾸는 시간이 되었다.

그 시절의 만남은 매달 한 번이었다. 짧은 시간이었지만, 그 만남은 내 안에서 흩어져 있던 감정들을 조금씩 정리해 주는 자리였다. 분노가 방향을 찾기 시작했고, 불편함이 언어가 되기 시작했다. 17살의 나는 어렸지만, 그 자리에 앉아 있으면 나도 세상에 질문할 수 있는 사람이라는 느낌이 들었다.

고등학교 생활의 중심이 교실에서 지역으로 옮겨진 건 그 이후였다. 하지만 그때의 '지역'은 누군가의 민원을 듣고 골목을 뛰어다니는 활동이 아니었다. 오히려 국회의원 신분이던 의원과 마주 앉아 차를 마시고, 책 한 권을 두고 오래 이야기하는 시간이 대부분이었다. 그건 학생이나 정치 지망생의 역할이 아니라, 한 사람으로서 처음 받아 본 '대화의 자리'였다.

그러나 1년이 채 지나지 않았을 때, 그해 선거에서 최재천 의원은 낙선했다. 직함은 사라졌지만, 그 이후 내게는 오히려 더 배움의 시간이 되었다. 전직 국회의원이라는 단어가 주는 거리감과는 달리, 그 시간 속의 우리는 더 자주 대화했고, 더 깊이 토론했다. 승리 뒤가 아니라 패배 후의 정치가 어떤 모습이어야 하는지를 가까이서 보며 배웠다. 그리고 두 해가 지나고 성인이 된 나에게, 최재천 의원은 담담하게 말했다.

"이제 진짜 하려면, 입당해라."

입당 후 비로소 나는 지역 사무소의 가장 작은 자리로 들어갔다. 시키지 않았지만 나는 당원이라는 자격으로 지역 사무실에 출근했다. 그때부터는 커피를 타고, 서류를 정리하고, 당시 지역위원회를 총괄하던 사무국장 옆에서 사람들의 이야기를 들으며 메모하는 일이 내 일상이 되었다. 커피 맛이 매번 달라 가벼운 농담을 듣기도 했고, 복사기 옆에서 자잘한 일들을 맡으며 지역의 문제들이 어떻게 쌓이고, 어떻게 흩어지는지를 배웠다. 골목으로 나가 상인들의 이야기를 듣고, 놀이터가 부족한 이유를 묻고, 가로등 하나가 고쳐지지 않는 사정을 듣는 순간들이 이어졌다. 그때의 질문들은 더 이상 '어른들의 문제'가 아니라 내 질문이 되어 있었다.

그래서 입당식 날, 지역 사무실에 모인 어른들의 호기심 섞인 시선을 느끼면서도 나는 묘하게 담담했다. 그 문은 누군가의 추천으로 열어 본 문이 아니라, 지하 단칸방에서 시작된 시간을 스스로 이어가기 위해 필요한 통로였다. 사소한 일들은 여전히 일상의 풍경에 불과했지만, 나는 그 속에서 정치의 가장 단순하고 중요한 형태를 배웠다.

정치란 거창한 공약보다, 누군가의 이름이 적힌 도시락

을 조용히 책상 위에 올려놓는 일에 더 가까워야 한다는 것. 누군가의 하루를 조금 덜 불편하게 만드는 작업이어야 한다는 것. 그때 신금호역에서 후보였던 최재천 의원을 처음 만나지 않았다면, 나는 아마 이 길을 시작하지 못했을 것이다. 나는 지금도, 그날 문 앞에서 망설이던 시간을 정치의 시작으로 기억한다. 문을 두드린 용기 때문이 아니라, 끝내 사라지지 않고 이어졌던 시간이 나를 여기까지 데려왔다고 믿기 때문이다.

고등학교를 졸업하고 성인이 되었을 때 나는 정당에만 입당한 것은 아니었다. 대학생이라는 새로운 직업이 생겼다. 대학에 들어갔을 때, 기쁨은 생각보다 오래가지 않았다. 원하는 학과에 입학하지 못했다. 그래도 그냥 대학 진학을 포기하자니 그건 또 싫었다. 그래서 두 번째로 관심 있는 학과에 지원을 했고 합격했다. 합격 통지서를 손에 쥐었을 때의 안도감은 분명 있었지만, 강의실에 앉아 있는 시간이 길어질수록 마음 한쪽이 계속 비어 있다는 느낌이 들었다. 책상 위에 펼쳐진 전공 서적보다, 내 안에서 자꾸 다른 질문이 먼저 올라왔다.

이 자리가 정말 내가 서고 싶었던 곳인가. 수업은 성실히 들었고, 캠퍼스를 걷는 일도 싫지 않았다. 학교 곳곳에 붙어 있는 동아리나 학생회 모집 공고나 공부 모임을 모집하는 글도 꽤 재미있었다. 그런데 어느 순간부터 나는 강의 내용을 따라가고 전공을 통한 미래를 설계하기보다는 다른 생각이 머리를 스쳤다. 1학년 1학기 중간고사를 끝내고 동기들이 다음 학기를 이야기할 때도, 나는 자꾸만 한 발 뒤에서 서성였다. 이미 한 번 선택했고, 그 선택이 틀렸다고 말하기엔 아직 너무 이른 시점이라는 것도 알고 있었다. 그래서 쉽게 단정 짓지 못했다.

다만 몸은 이미 알고 있었다. 이 길이 아니라는 것을. 고등학교처럼 단순히 전학을 갈 문제가 아니고 아예 새롭게 다시 시작해야 한다는 것을 이미 알고 있었다. 그럼에도 다시 입시를 해야겠다고 결심한 건, 어떤 극적인 순간 때문은 아니었다. 오히려 아무 일도 일어나지 않는 날들이 계속 쌓인 끝이었다. 괜찮은 척 지나가던 하루들, 스스로에게 설명하지 못한 채 넘기던 저녁들. 그 사이에서 마음은 조금씩 다른 방향으로 기울고 있었다. 다시 시작하고 싶다는 말보다, 이대로는 못 가겠다는 감각이 먼저 왔다. 그 결심을 누구에게도 바로 말하지는 못했다. 집에서도, 학교에서도. 대신 가장 먼저 떠오른 얼굴이 있었다. 고3 때 담임이었던 안재성 선생님이었다.

안재성 선생님은 그런 시기의 나를 가장 가까이에서 지켜본 사람이었다. 역사 과목을 가르치던 선생님은 수업 시간마다 특유의 제스처로 교실을 둘러보며 말했다.

"맞니?"

그 말은 대답을 요구하는 질문이기도 했고, 스스로 생각해 보라는 신호이기도 했다. 학생들이 고개를 숙이고 있으면, 그 말은 한 번 더 교실에 울렸다. 선생님의 수업은 정답보다 맥락을 묻는 시간이었고, 그 질문은 이상하게도 내 안에 오래 남았다. 재수생에게는 다니던 학교의 담임 선생님의 추천서가 필요하다는 걸 알았을 때, 나는 한참을 망설이다가 선생님께 전화를 드렸다. 전화를 끊고 나서도 바로 약속을 잡지 못하고, 며칠을 더 흘려보냈다. 고등학교에 대한 기억이 좋지 않아서인지 교무실 문을 다시 연다는 것에는 생각보다 큰 용기가 필요했다.

선생님을 찾아뵙기로 한 날, 나는 교무실 문 앞에서 한 번 멈췄다. 노크를 해야 할지, 그냥 들어가도 되는지 잠시 망설였다. 문틈 사이로 형광등 불빛이 새어 나왔고, 안쪽에서는 프린터 돌아가는 소리와 종이 넘기는 소리가 섞여 들렸다. 교무실은 늘 그런 곳이었다. 학생이 들어오기엔 왠지 옷

매무새를 다듬고 공손하게 손을 모으고 들어가야 할 것 같은 공간, 괜히 발소리가 작아지는 장소이기도 했다. 문을 밀고 들어가자 몇몇 선생님들이 고개를 들었다가 다시 자기 일로 돌아갔다. 누군가는 시험지를 채점하고 있었고, 누군가는 컴퓨터 화면을 보고 있었다. 나는 오랜만에 뵙는 선생님께 어떤 첫마디를 건네야 할지 잠시 머뭇거렸다.

'잘 지내셨어요? 건강하시죠?'

입에 익도록 속으로 여러 번 연습한 말이었지만, 막상 소리로 내면 어떤 톤이 나올지 자신이 없었다. 교복 대신 편한 옷차림을 하고 있는 내 모습이 눈에 띄었는지, 선생님들의 시선이 한 번씩 스쳐 갔다가 다시 각자의 책상으로 돌아갔다. 나는 안재성 선생님 자리를 찾으려고 교무실 안쪽을 조심스레 둘러보았다. 기웃거리는 인기척을 느끼셨는지, 안재성 선생님이 먼저 고개를 들었다. 그리고 내 얼굴을 확인하는 순간, 주저함 없는 반가움이 담긴 표정으로 말했다.

"어, 왔냐."

그 한마디에 어깨에 들어가 있던 힘이 조금 풀렸다. 나는 의자를 끌어당기지 않고, 서 있는 채로 말을 꺼냈다. 혹시 시간 괜찮으신지, 추천서를 부탁드려서 괜히 바쁘신 시간을 빼앗은 건 아닌지, 재수생이라 학교에 자주 오기 어렵다는 말까지 한 번에 쏟아냈다. 말이 끝났을 때, 숨이 약간 가빴다. 선생님은 내 말이 끝날 때까지 기다려주고 있었다. 그리고는 별다른 표정 변화 없이 서랍을 열었다. 그 안에는 이미 준비된 서류 봉투가 있었고, 선생님은 그걸 꺼냈다.

"이미 써 놨다."

순간, 말이 나오지 않았다. 내가 학교에서 늘 성실했던 학생도 아니었고, 수업 시간에 책을 읽다 생활지도부에 불려 간 적도 있었다. 모범생과는 거리가 멀었다. 추천서를 미리 써 놓을 만큼의 학생이라고는 한 번도 생각해 본 적이 없었다. 선생님은 봉투를 책상 위에 놓고, 믹스커피 한 잔을 내밀었다.

"앉아."

나는 그제야 의자를 끌어당겼다. 커피를 한 모금 마셨을 때, 너무 달아서 오히려 정신이 또렷해졌다. 선생님은 입시 이야기를 길게 하지 않았다. 요즘 무슨 책을 읽는지, 앞으로 뭘 하고 싶은지, 어떤 사람이 되고 싶은지 같은 질문들을 천천히 던졌다. 그날 대화는 점수나 전략으로 채워지지 않았다. 봉투는 끝내 열어 보지 않았다. 선생님은 봉인을 한 채로 내밀었다.

"이건 네가 보는 게 아니다."

그 말이 이상하게 고마웠다. 평가를 받는 느낌이 아니라, 믿음을 건네받는 느낌이었다. 교무실을 나오는 길, 복도는 생각보다 길었다. 봉투를 손에 쥔 채로 걷는데, 종이 한 장이 들어 있을지, 몇 장이 들어 있을지 몰랐지만 서류 봉투의 무게가 묵직하게 느껴졌다. 그 안에는 내가 써 온 자기소개서보다 더 큰 문장이 들어 있을 것 같았다. 설명하지 않아도, 증명하지 않아도, 한 번은 믿어 보겠다는 마음이 담긴 문장 같았다.

그날 이후 나는 다시 무엇인가를 붙잡기 시작했다. 불안이 완전히 사라진 건 아니었지만, 어느 방향으로 몸을 돌려야 하는지는 분명해졌다. 누군가 나를 '다시 해도 되는 사람'으로 불러준다는 사실 하나만으로도 버틸 힘이 생겼다. 공부라고 하기엔 조금 다른 준비였다. 입학사정관제를 준비하던 시절이었기에 문제집을 붙들고 앉아 있는 시간보다 글쓰기와 신문 읽기, 책을 넘기는 데 더 많은 시간을 썼다. 글자를 눈으로 따라가면서도, 문장 사이사이에서 나라는 사람이 어떤 이야기로 설명될 수 있을지를 고민하곤 했다.

돌아보면, 나는 성실한 학생은 아니었다. 수업 시간에 교과서 대신 소설책이나 인문학 책을 읽었고, 반항심도 있었다. 하지만 그럼에도 불구하고 몇몇 어른들은 내 가능성을 놓지 않았다. "넌 될 거야"라고 말하지는 않았지만, 행동으로 보여준 사람들이 있었다. 그들이 아니었다면, 나는 아마 이 길을 포기했을 것이다. 고등학교와 반수 시절의 나는 이미 많은 것을 겪었지만 아직 이름을 붙이지 못한 상태였다. 그냥 버티는 중인지, 달려가는 중인지, 파도를 지나고 있는 것인지 알 수 없었다. 하지만 한 가지는 분명했다. 그때의 불출마 선언, 작은 회의실에서의 경험, 그리고 몇몇 어른들이 보여준 태도는 이후의 나를 결정짓는 기초가 되었다.

반수생의 가을, 여러 대학의 면접을 보고 끝내 가톨릭대학교 행정학과에 입학할 수 있게 되었다. 가톨릭대학교 캠퍼스에 들어서면 먼저 소리가 낮아진다. 도시에서 따라오던 자동차 소음이 어느 지점에서부터 자연스럽게 뒤로 밀리고, 산을 오르는 기분이 들었다.

가톨릭대학교에서 내가 가장 자주 드나들던 곳은 행정학과가 있고 수업이 가장 많았던 미카엘관과 니콜스관 건물이

불안했지만 누군가의 믿음이
나를 바로 세울 수 있었던 시기였다.
나에게 향한 작은 신뢰가
나를 정치라는 길의 문 앞까지 데려다 놓았다.

었다. 두 건물은 다른 건물이지만 3층으로 이어져 있어서 한
건물 같았다. 강의실이 빼곡하게 있어 많은 학과들의 수업
이 있었던 두 건물은 늘 학생들로 붐볐고, 수업이 많이 몰려
있는 시간은 마치 사람이 붐비는 지하철역 같았다. 4층은 외
부로 나가는 곳과 다른 관들과 연결되는 층이 있어 마치 지
하철역 같아서 학생들은 그곳을 신도림역이라 부르기도 했

다. 아침 강의를 들으러 갈 때면 캠퍼스는 이미 깨어 있었지만 서두르지는 않았다. 대학의 여유를 느끼고 싶었다. 여전히 공부에 흥미가 없어서 그럴 수도 있었겠지만 캠퍼스가 가지고 있는 계절을 그대로 느끼고 싶었다. 고등학교에서 느낄 수 없었던 대학교의 봄은 벚꽃으로 가득했다. 대학은 나에게 처음으로 여유를 준 공간이었다. 어떤 수업에서는 교수님이 칠판에 단어 하나만 적어 놓고 한참 동안 침묵했다.

"정의."

아무도 바로 입을 열지 않았다. 정답을 찾는 학생들의 침묵이 아니라, 각자 자기 안에서 말을 고르고 무게를 재는 침묵이었다. 당시 캠퍼스에서는 마이클 샌델의 『정의란 무엇인가』가 일종의 유행처럼 읽히고 있었다. 강의실마다 '정의'라는 단어가 적힌 칠판이 있었고, 학생들은 서로 다른 입장에서 의견을 나눴다. 하지만 그 단어가 내게 유난히 낯설지 않았던 이유는 처음 듣는 개념이어서가 아니었다.

그래서 '정의'라는 단어를 바라보고 있으면, 내 앞에 오래전 장면들이 하나씩 떠올랐다. 중학교 때 나를 비롯해 다른 아이들은 급식비를 내지 못했다는 이유로 이름이 급식실 문 앞에 붙어 있었고, 어떤 아이는 같은 상황이어도 아무도 그 사실을 말하지 않았다. 학생회장 선거에 나가고 싶었던 나는 부모 서명을 받지 못해 출마조차 하지 못했는데, 다른 친구들은 서명이 너무나 쉽게 채워진 종이를 들고 다녔다. 나는 그의 강의를 보며 '맞아, 내가 말하고 싶었던 게 이런 거였구나'라는 감정을 처음으로 언어의 형태로 확인했다. 그때 처음으로 생각했다.

'나는 여기에서는 조금 다른 방식으로 살아도 되는구나.'

하지만 학교 안에서의 시간만으로 하루가 채워지지는 않았다. 수업이 끝나면 곧바로 가방을 메고 캠퍼스를 빠져나왔다. 지하철역으로 이어지는 길은 늘 같은 방향이었고, 그 길에서 나는 동기들의 대화를 자주 흘려보냈다. MT 이야기, 동아리 얘기, 다음 학기 수강 신청 계획. 그 이야기들은 나와 상관없는 언어처럼 들렸다. 나는 그 시간에 다른 장소로 이동해야 했고, 다른 역할로 바뀌어야 했다.

아르바이트를 하던 곳의 불빛은 늘 일정했다. 편의점이든 식당이든 계산대 안쪽에서 바라보는 풍경은 비슷했다. 손님을 응대하는 말투는 빠르게 입에 익숙해졌고 표정은 자동으로 굳어졌다. 유니폼을 입고 서 있으면 나는 학생이기보다 직원이었다. 가끔 학생증을 꺼낼 일이 생기면 그것이 내 것인지 잠깐 헷갈릴 때도 있었다.

그런데 하루의 중심은 사실 아르바이트가 아니었다. 아르바이트는 필요한 만큼만 시간을 채웠고, 남은 대부분의 시간은 자연스럽게 민주당 지역사무소로 향했다. 수업이 끝나면 지하철을 타고 곧장 사무소가 있는 골목으로 내려갔다. 유니폼을 벗고 학생 신분으로 돌아오기도 전에 나는 다시 그 사무실 문을 밀고 들어갔다. 누군가의 사연이 적힌 문서들이 책상 위에 쌓여 있고 지역의 일정이 칠판에 적혀 있고 늘 누군가가 바삐 오가던 그 공간. 그곳에서는 나이보다 역할이 먼저였다.

그 시기의 나는 여러 조각으로 나뉘어 있었다. 강의실의 나, 일하는 나, 지하철 안에서 졸다 깨는 나. 어느 하나가 완전히 이어지지 않은 채로 하루가 끝나곤 했다. 그럼에도 불구하고 수업 시간에 들은 문장 몇 개는 오래 남았다. 사회 문제를 다루는 강의에서 어떤 교수님은 이런 말을 했다.

"제도는 사람을 보호하기도 하지만, 동시에 누군가를 가장 먼저 배제하는 방식으로 작동하기도 합니다."

그 말을 듣는 순간 나는 고등학교 교탁 앞에 서 있던 나를 떠올렸다. 교육청 민원실에서의 나와 아버지, 주민등록등

본의 빈칸, "어머니가 없으면 안 됩니다"라는 건조한 말까지 모든 장면이 하나의 선으로 이어지는 느낌이었다. 나는 그제야 내가 대학에 온 이유가 단지 '공부를 더 하기 위해서'만은 아니라는 것을 깨달았다. 말이 어떻게 만들어지고 어떤 말이 통과되고 어떤 말이 문 앞에서 멈춰 서는지를 알고 싶어서였다는 걸 알았다.

수업이 끝난 뒤에도 나는 자주 강의실에 남아 있었다. 질문을 하기 위해서라기보다, 다른 학생들의 질문을 지켜보기 위해서였다. 어떤 질문은 쉽게 받아들여졌고, 어떤 질문은 조심스럽게 흘려보내졌다. 비슷한 말인데도, 말하는 사람의 위치에 따라 공기가 달라지는 순간들이 분명히 존재했다. 그 차이를 지켜보는 일은 또 다른 공부였다. "말이 어떻게 사람을 밀어내고, 어떻게 사람을 남기는지"라는 문제는 수업보다 사무소에서 더 자주 떠오르기도 했다.

나는 여전히 성실한 학생은 아니었다. 전공과목보다는 사회 문제에 여전히 관심이 많았고 이론서에 나와 있는 이론에 대한 질문을 교수님에게 하지도 않았다. 하지만 적어도 하나는 분명했다. 나는 더 이상 질문을 삼키는 사람으로만 남고 싶지 않았다.

수업 속에서 익힌 그 미묘한 거리감과 말의 힘은, 강의실 밖에서도 나를 붙잡고 놓아주지 않았다. 누군가의 말투 하나, 질문을 던지는 방식 하나가 사람 사이의 간격을 바꾸어 놓는다는 사실을 알게 된 뒤로, 나는 내가 서 있는 자리와 앞으로 서고 싶은 자리를 더 자주 생각하게 되었다. 그래서였는지, 학교 밖에서의 활동 – 지역사무실에서의 일과 정당 활동 – 이 점점 더 내 삶의 중심이 되어 갔다.

대학 시절, 강의실 책상 앞보다 환경과 금융 교육을 위해 학생들을 찾아가는 길이 내게는 무엇보다 가장 설레고 값진 전공 수업이었다.

대학생으로 정당 활동을 이어가는 일은 쉽지 않았다. 학교에서 들어야 하는 수업이 많다 보니 지역사무실에 머무를 시간은 줄었고, 그게 괜히 답답하게 느껴졌다. 점심에는 친구들과 학생식당에서 밥을 먹고, 수업과 수업 사이 공강 시간에는 카페에 가서 이야기를 나누기도 했지만, 모든 수업이 끝나면 바로 지역으로 향했다. 그래서 학교 안에서 하는 활동은 거의 없었다.

그럼에도 불구하고 나에게는 특히 즐겁게 참여했던 활동이 하나 있었다. 이름만 보면 80년대 밴드 동아리 같은 '활화산'이라는 소모임이었다. 이동현, 최창환, 조승찬, 이건희. 재수생 출신 두 명과 스무 살 두 명, 총 네 명의 11학번 동기로 구성된 활화산은, 제대로 존재감을 드러내기도 전에 조용히 역사의 뒤안길로 사라진 작은 모임이었다. 우리는 교양 과목으로 역사 수업도 함께 듣고, 토론과 발표가 중심인 교양 수업도 같이 들었다. 이유는 잘 모르겠지만 넷이 참 잘 맞았다. 그래서 늘 팀을 짜서 움직였고, 적어도 교양 수업만큼은 함께 듣는 것을 자연스럽게 여겼다. 그러다 어느 순간 '뭔가 우리가 같이 해 보고 싶은 일'을 찾고 있었다. 그러던 중 우연히 내가 발견한 것이 바로 '전국대학생토론대회'였다. 중앙선거방송토론위원회가 주관하던 그 대회는, 포스터를 보는 순간 왠지 나를 부르는 것처럼 느껴졌다.

나는 그 포스터를 찍어 동기들에게 공유했고, 우리는 바로 출전을 결심했다. 당시 토론 주제는 '석패율 제도에 관한 토론'이었다. 우리는 교수님들을 찾아다니며 공부했고, 그때 나는 내 적극성을 발휘해 최재천 의원을 찾아가 동기들을 데려가 토론 코치를 받기도 했다. 그렇게 만반의 준비를 마쳤다.

예선 날, 우리는 아침 식사로 삼계탕을 든든히 먹고 토론장으로 향했다. 재수생 그룹이었던 나와 창환이가 한 팀, 스무 살 그룹인 승찬이와 건희가 한 팀을 이루었다. 우리는 "결승에서 우리끼리 만나면 어떡하냐"며 즐거운 상상을 했고, "각자 살아서 보자"고 농담 섞인 악수를 나누며 각자의 토론장으로 갔다.

그러나 결과는 두 팀 모두 1차전 탈락이었다. 패배의 원인은 분명했다. 시간 분배와 역할 분배의 부족. 서로의 이야기가 겹쳤지만 그걸 정리해 내지 못했고, 주제는 이미 정해져 있어 서로 알고 있는 범위는 비슷했음에도 누가 어떤 부분을 말할지 미리 조율하지 못했다. 전날 합숙까지 하며 준비했던 우리는 쓸쓸히 토론장을 나와 냉면 한 그릇씩 먹고 각자의 집으로 돌아갔다. 그날 이후로 나는 토론을 준비하는

데 있어서 키워드 위주의 단어를 정리하고 정해진 시간 내에 어떤 단어를 써 가며 정리를 해야 할지 습관이 생겼다.

그때부터인가, 언젠가는 교탁 앞이든 회의실 책상 앞이든, 그 질문을 내 언어로 다시 꺼내 놓을 수 있는 자리에 서고 싶다는 마음이 아주 천천히 자랐다. 그때의 나는 아직 "정치로 향한다"는 말을 스스로에게 할 수 없었다. 하지만 나는 이미 매일같이 지역 사무소로 가 있었다. 2012년 19대 총선을 치르는 그해, 나는 어떤 거창한 결심 없이도 자연스럽게 그 흐름 속에 들어가 있었다. 강의실에서 배운 문장이 사무소에서 마주한 현실에 닿을 때마다, 거기서부터 내가 가야 할 방향이 조금씩 또렷해졌다.

어느 날 문득 내가 이곳에 입학한 이유를 다시금 생각해 보았다. 대부분의 학생들은 이미 자기 갈 길을 또렷하게 그리고 있었다. 고시반 이야기, 공기업 준비 스터디, 행정고시 설명회 일정 같은 말들이 자연스럽게 오갔다. 그러나 나는 친구들의 흐름에서 자주 비껴나 있었다. 나에게 대학은 공부를 더 하러 온 공간은 아니었다. 어떻게 해야 사람을 보호하고, 정의로운 사회를 만들고, 평등한 가치를 실현할 수 있는지 생각하기 시작했다. 도서관보다 국회 근처를 서성거렸고, 각종 시험 일정 대신 정치 일정에 더 민감하게 반응했다. 정

: 2012년 18대 대통령선거에서 당시 지역 캠프에서 문재인 대통령 후보의 지지 유세를 했다.

치학과도 아닌 행정학과에서 '정치판을 기웃거린다'는 말은, 때로는 성급하고 불안정한 선택처럼 보이기도 했다. 몇몇 교수님들은 그런 나를 걱정스러운 눈으로 바라봤고, 어떤 분들은 노골적으로 부정적인 시선을 보내기도 했다. "정치인들의 동원부대가 되지 마라"라는 말은 조언처럼 들렸지만, 동시에 선을 긋는 문장이기도 했다.

한 번은 정당 활동 때문에 수업을 빠져야 했던 날이 있었다. 그날 아침, 가방 속 민주당의 참석 협조 공문은 빳빳한 소리를 내며 존재감을 드러내고 있었다. 접힌 자국 하나 없이 새것처럼 단단한 종이를 꺼낼 때마다, 손끝으로 전해지는 그 낯선 공식성의 감촉이 오히려 긴장을 부추겼다. 종이를 손에 쥔 채 교수님 연구실 앞에 서자 문 옆의 작은 명패가 유난히 딱딱하고 차갑게 다가왔다. 그 순간, 나는 내가 어떤 경계선 위에 위태롭게 서 있는 사람처럼 느껴졌다.

두드려야 한다는 것을 알면서도 손이 바로 올라가지 않아 잠시 문고리 근처에서 망설이고 있다가, 결국 손마디로 문을 두드렸다. 안쪽에서 들려온 "들어오세요"라는 짧은 목소리는 평소와 다르지 않았지만, 그 단순한 단어가 연구실 문을 열기 직전의 공기에서 묘하게 무게를 추가하는 것처럼 느껴졌고, 나는 마치 허락보다 신호에 가까운 그 말에 맞춰 조심스럽게 문을 밀고 들어갔다. 교수님은 내가 내민 공문을 받아들고 잠시 눈길을 들여다보았는데, 읽는 시간이 길지는 않았음에도 불구하고, 한 페이지를 훑는 그 몇 초가 마치 내 선택 전체를 평가하는 시간처럼 느껴졌다. 교수님은 서류를 책상 위에 내려놓으며 아주 사소한 동작으로 종이의 끝을 가볍게 밀어 정리했는데, 그 작은 손짓 속에서 이미 결론이 내려졌다는 사실을 나는 직감할 수 있었다. 그리고 마침내 교수님의 입에서 나온 말은 이렇게 시작되었다.

"학생이 정치에 그렇게 깊게 들어가는게 … 꼭 좋은 선택일까?"

그 문장은 부드럽게 들렸지만, 안쪽에는 분명한 선이 그어져 있었다. 조언이라는 얼굴을 하고 있었지만, 그 말이 닿는 순간 나는 그 수업과 그 연구실, 그리고 내가 선택해 가고 있던 길 사이에 조용히 하나의 경계가 생기는 느낌을 받았다. 대답을 해야 할 것 같았지만, 적당한 말이 떠오르지 않아 고개만 조용히 끄덕였다. 교수님은 더 말하지 않았고, 나도 더 묻지 않았다.

연구실 문을 닫고 나오자 복도에는 형광등이 길게 켜져있었고, 학생들이 오가며 만들어내는 소음이 여전히 이어지고 있었지만, 그 모든 소리가 갑작스레 먼 배경음처럼 흩어졌다. 나는 한 손에 공문을 가진 채 복도를 걸었는데, 방금전 교수님의 책상 위에 놓여 있던 그 종이의 차가운 표면이 아직도 손바닥에 남아 있는 것만 같아 계속해서 손을 내려다보게 되었다. 학교와 정당 사이의 어딘가, 어느 쪽에도 완전히 몸을 걸 수 없는 공간에 서 있는 사람처럼 느껴지던 그날의 감각은, 오랫동안 내 안에서 쉽게 가라앉지 않았다.

그때 유일하게 나를 예비 정치인으로 바라봐 준 교수님

은 가톨릭대학교 행정학과 정종원 교수님이었다. 당시 학과에서 가장 젊은 교수였고, 그래서인지 강단에 서 있는 모습도 어딘가 유연해 보였다. 교수님은 내가 다른 길을 보고 있다는 사실을 굳이 문제 삼지 않았다. "왜 굳이 그 길이냐"고 캐묻지도 않았고, "그건 위험하다"고 단정하지도 않았다. 대신, 내가 무슨 이야기를 하고 있는지 끝까지 들으려 했다.

교수님은 나를 '도와주겠다'고 말한 적이 없다. 소개를 해 주겠다거나, 구체적인 기회를 약속한 적도 없었다. 대신, 내가 정치 이야기를 꺼낼 때 고개를 끄덕이며 듣는 사람이었다. 다른 학생들 앞에서는 조심스러웠고, 교수라는 위치가 허락하는 선을 넘지 않았다. 그 경계를 스스로 잘 알고 있는 사람이었다. 그러나 그 경계 안에서, 교수님은 분명히 나를 지지하고 있었다. 그 지지는 큰 소리가 아니었다. 수업이 끝난 뒤 "너는 왜 그쪽에 관심이 있니"라고 묻는 질문, 정치 이야기를 꺼냈을 때 시선을 피하지 않는 태도, 다른 선택을 강요하지 않는 침묵 같은 것들이었다. 그 모든 것이 당시의 나에게는 충분했다. 모두가 한 방향으로 달릴 때, 다른 방향을 보고 있는 나를 굳이 끌어당기지도, 밀어내지도 않는 사람이 있다는 사실은 생각보다 큰 힘이 됐다.

행정학과에서 정치인을 꿈꾼다는 건, 늘 설명이 필요한

일이었다. 왜 안정적인 길을 두고 굳이 불확실한 선택을 하느냐는 질문 앞에서, 나는 자주 혼자라고 느꼈다. 그럴 때 정종원 교수님은 내 선택의 결과를 대신 책임져 주지는 않았지만, 선택 그 자체를 부정하지도 않았다. 그 차이는 아주 컸다. 교수님의 태도는 "해도 된다"는 허락이 아니라, "네 선택은 네가 감당할 수 있는 것"이라는 신뢰에 가까웠다.

이제야 깨닫는 것이지만, 교수님은 내게 멘토라기보다 하나의 완강한 경계에 가까운 분이었다. 앞에서 끌어주지도, 뒤에서 등을 떠밀지도 않는 사람. 내가 넘어질 수도 있다는 사실을 알면서도, 그 자리에 스스로 서 있을 자유를 기꺼이 남겨 두는 사람. 그 무심한 태도 덕분에 나는 역설적으로 혼자가 아니라는 위안을 얻었고, 덕분에 더 쉽게 흔들리지 않을 수 있었다.

대학 시절의 나는 여전히 흔들리고 있었고, 스스로를 확신하지도 못했다. 다만 그 시절, 누군가는 나를 '이상한 학생'이 아니라, 조금 다른 방향을 보고 있는 사람으로 바라보고 있었다. 정종원 교수님은 그런 시선으로 나를 대하던 몇 안 되는 어른 중 한 사람이었다. 앞에서 이끌지도 않았고, 뒤에서 떠밀지도 않았다. 그래서 더 오래 기억에 남았다. 특별한 말을 하지 않았기에, 오히려 그 태도가 분명하게 남아 있었다. 대학은 내 인생을 단번에 바꿔 놓은 장소는 아니었다. 대신 내가 어디에서 멈춰 서 있었는지, 그리고 다시 걷고 싶은 방향이 어디인지 조용히 드러내 보이던 시간에 가까웠다. 나는 그 시간을 오래 붙잡고 있지는 못했지만, 적어도 그때 비쳐 왔던 방향만큼은 지금도 선명하게 기억하고 있다.

스무 살의 나는 국회를 먼발치에서만 보았다. TV 속 국회는 늘 소리가 넘쳤고, 말이 부딪히고, 서로를 향해 삿대질하는 장면으로 가득했다. 누군가는 늘 이기고, 누군가는 늘 지는 것처럼 보였다. 그러나 그 시절의 나는 화면을 통해 그곳의 공기를 짐작할 뿐이었다. 실제 국회의 공기를 처음 마주한 건 두 해가 더 지난 뒤였다.

2012년 총선이 끝난 뒤, 최재천 의원이 다시 국회로 돌아왔고, 그해 연말 나는 스물두 살의 입법보조원으로 처음 그 건물 안에 들어섰다. 생각보다 조용했다. 두꺼운 카펫은 발소리를 삼켰고, 회의실 앞 복도에는 낮게 깔린 목소리만 잔잔하게 흘렀다. 텔레비전 속의 충돌과 대치 대신, 말끝을 꾹 눌러 삼키는 표정들, 감정을 조절하는 어른들의 숨 고르기가 더 많이 보였다.

그곳에서 나는 처음으로, 내가 자라온 동네에서 만나기 어려웠던 사람들을 가까이서 봤다. 보좌관은 시민단체에서 이름이 알려진 사람이었고, 두 명의 비서관 중 한 명은 대학 강단에 섰던 사람이었고, 또 한 사람은 변호사였다. 또 다른 비서는 영자신문을 매일 번역해 내는 능력을 가진 사람이었다. 회의장까지 가는 짧은 동행길에서도, 차 안의 대화 몇 마디에서도, 내가 듣는 말들은 늘 조금씩 나를 다른 세계로 옮겨 놓았다. 그들과 함께 있다는 사실만으로도 시야가 넓어지는 느낌이 있었다.

하지만 의원실에서 내게 주어진 일은 내가 예상했던 것과는 달랐다. 문서를 잔뜩 쌓아 놓고 고쳐 쓰거나, 수십 개의 자료를 분주하게 정리하는 장면은 좀처럼 오지 않았다. 대신 의원은 거의 모든 자리에 나를 데리고 다녔다. 상임위 회의장 한쪽 끝, 간담회 테이블 옆자리, 혹은 말을 하지 않아도 되는 빈 의자 하나. 내 앞에 메모지가 있어도 굳이 적으라고 하지 않았고, 질문도 요구도 없었다. 나는 그저 '거기'에 앉아 있었다.

처음엔 그 이유를 알 수 없었다. 일이 적은 건지, 일을 맡길 수 없는 건지 알 수 없어 마음이 소란스러웠다. 회의가 끝난 뒤 서성이는 시간이 많아질수록, 스스로 쓸모없는 존재처럼 느껴질 때도 있었다. 지역구 국회의원이었기에 같은 동네 살던 나를 간혹 집 근처까지 태워다 주곤 했는데 문득 내게 말했다.

"정치는 토론 속에서 결정된다. 너에게 그걸 경험시키는
일이 내가 해 줄 수 있는 일이고 너는 그걸 공부 삼아라."

그 말은 그때는 절반쯤만 이해됐지만, 시간이 지날수록
천천히 몸속 어딘가에 가라앉았다.

첫 번째 입법보조원 생활을 마치고 다시 학교로 돌아가
학업에 집중했다. 그리고 2014년, 다시 의원실로 호출되었
다. 그때도 상황은 크게 다르지 않았다. 역할이 뚜렷하게 정
해지기보다는, 다시 의원 옆에서 견습생처럼 움직였다. 상임
위 회의장에 따라가고, 의원님 자리 뒤편에 동석하고, 바뀐
의원실 사람들과 새롭게 호흡을 맞추는 일. 매번 다른 얼굴
을 보고, 다른 방식으로 일하는 사람들의 리듬을 옆에서 지
켜보는 일은 이전보다 더 많은 것을 보여주었다.

그 자리는 내게 일종의 훈련장이었다. 정치인이 공무원
에게 어떤 언어로 요청하는지, 명령하지 않고도 어떻게 일을
움직이는지, 그리고 '부탁'과 '설명'의 차이가 어디에서 갈리
는지를 눈앞에서 보게 했다. 나는 그저 옆에 앉아 듣기만 했
다. 누군가는 논리를 세웠고, 누군가는 반론을 제기했으며,
누군가는 말을 아꼈다.

: 2012년 제19대 총선, 최재천 의원의 선거 유세차량에 탑승하여 지지유세를 했다.
: 본격적인 선거유세활동의 신호탄이었다.

　　같은 사안을 두고도 정치인과 공무원이 사용하는 언어는
달랐고, 정치인과 정치인 사이의 대화는 또 달랐다. 부탁도
아니고 지시도 아닌 말들, 그러나 분명히 방향을 갖는 말들
이 오갔다. 그 말들은 종종 문장 끝에서 힘을 잃는 것처럼 보
였지만, 실제로는 그 여백 속에서 가장 많은 것이 결정되고
있었다. 나는 그 자리에서 '정치적 언어'라는 것이 무엇인지
몸으로 배웠다. 무작정 요구하지 않는 법, 그러나 물러서지
도 않는 법. 상대를 압도하지 않으면서도 논리를 놓치지 않
는 태도.

무엇보다 인상 깊었던 것은, 최재천 의원이 공무원들을 대하는 방식이었다. 그는 늘 설명했다. 왜 이 일이 국가에 필요한지, 왜 이 문제가 지역에서 먼저 다뤄져야 하는지, 그리고 왜 지금이 그 시점인지. 감정에 기대지 않고, 위계에 기대지 않고, 이유를 쌓아 올리는 방식. 나는 그 설명의 과정 자체가 정치라는 사실을 그때 처음 알았다.

회의 자리에서 최재천 의원은 늘 구조부터 짚었다. "이게 왜 국가에 필요한지", "왜 지금 이 지역에서 이 문제가 발생했는지", "이 사안이 개인 민원을 넘어 공공의 문제로 성립하는지" 등을 차분하게 설명했다. 그 설명이 끝난 뒤에야 요청이 따라왔다. 그 순서는 늘 같았다. 나는 그 반복 속에서, 정치적 언어라는 것이 감정의 언어가 아니라 맥락의 언어라는 사실을 배웠다.

그 경험은 20대 초반이라는 나이에 유난히 선명하게 남았다. 보좌관으로서 일을 처리하는 방식과, 정치인으로서 판단하는 방식은 전혀 다르다는 사실도 그때 알았다. 단순히 주어진 일을 수행하면 배우는 것은 제한적일 수밖에 없다는 판단 아래, 최재천 의원은 나를 '일하는 자리'보다 '판단하는 자리'에 두었다. 그 선택 덕분에 나는 정치라는 영역을 기술이 아니라 감각과 기준의 문제로 이해하게 되었다.

이 시기의 경험은 이후 내 정치 경로를 결정짓는 중요한 토대가 되었다. 지역 정당에서의 활동, 청소년·대학생 위원장으로서의 역할, 그리고 훗날 선거에 나설 수 있었던 배경에는 "이미 몇 년간 그 자리에 있었던 사람"이라는 신뢰가 있었다. 학교만 다니다가 갑자기 선거에 뛰어들었다면 얻을 수 없었을 신뢰였다. 스무 살의 국회는 내게 화려한 출발점이 아니라, 정치를 오래 할 수 있는 몸을 만드는 시기였다.

그 무렵의 나는 또래들과는 조금 다른 박자로 살고 있었다. 대학에 들어가면 당연히 따라오는 일정들이 있었다. 개강총회, 뒤풀이, MT. 누군가는 그 시간들을 통해 사람을 사귀고, 소속감을 배우고, 청춘을 확인한다고 했다. 나 역시 몇 번은 그 자리에 함께했다. 술 한 잔 입에 대지 못하지만 술자리를 지키고, 웃음이 번지고, 다음 날 다 같이 수업을 들어가지 않던 자리. 그 풍경이 낯설지는 않았지만, 이상하게도 마음속에 오래 남지는 않았다.

하지만 정작 내 몸이 먼저 반응한 곳은 전혀 다른 장소였다. 시장 골목, 주민센터 앞, 그리고 민원이 켜켜이 쌓인 일상의 공간들. 누군가에게는 지루한 풍경이었을지 모르나, 나에게는 그곳의 시간이 훨씬 생생했다. 시장 골목을 걸으며 상인들의 얼굴빛을 살피고, 하루 장사가 어땠는지 묻고, 대답 뒤에 숨어 있는 말들을 더듬어 보는 일. 계산대 옆에 무심히 놓인 메모지, 가게 구석에 쌓인 골판지 박스, 손님이 뜸해진 시간대의 공기까지도 또렷하게 들어왔다.

MT 이야기가 오갈 때면 나는 자연스럽게 빠져나왔다. 특별한 핑계를 대지도 않았다. 다만 그 시간에 다른 일정이 있다고만 했다. 친구들은 내가 아르바이트를 하러 가는 줄로만 알았다. 하지만 그 시간의 진짜 목적지는 시장의 한구석, 상인 몇 분을 다시 만나 이야기의 뒷부분을 확인하는 자리, 혹은 며칠 전 접수된 민원이 어디까지 처리됐는지 살피는 길목이었다. 이상하게도 그런 시간이 지루하기는커녕, 나에게는 오히려 더 재미있었다.

사람들이 자신의 이야기를 꺼내기까지 걸리는 시간, 말을 고르다 멈추는 순간, "이게 될지는 모르겠지만"이라고 덧붙이는 문장 속에 숨은 진짜 마음. 그걸 듣고 나면, 그 사람의 하루가 머릿속에 그려졌다. 문제는 그제야 문제의 형태를 갖췄다. 단순한 불만이 아니라, 맥락이 있는 이야기로 바뀌었다. 민원을 처리한다는 것은, 종이를 다음 단계로 넘기는 일이 아니었다. 그 사람의 말을, 다른 언어로 다시 옮기는 일이었다. 감정이 섞인 말을 행정의 언어로 바꾸고, 숫자와 일정 속에 넣을 수 있는 크기로 조정하는 일. 그 과정이 나에게는 퍼즐 같았고, 해답을 찾는 과정 자체가 즐거웠다.

어느 날 수업이 끝나고 친구들과 학교 앞 시장에서 만난 한 상인의 이야기가 며칠 동안 머릿속을 떠나지 않았다. 그날 장사가 안 됐다는 말보다, "요즘은 문 열기가 무섭다"는 말이 더 오래 남았다. 그 말이 무슨 뜻인지, 바로 이해되지 않았다. 그래서 다시 그 시장에 갔고, 다른 상인들에게 같은 질문을 던졌다. 이야기는 조금씩 이어졌다. 임대료, 유동 인구, 온라인 배송, 골목 구조. 하나의 민원처럼 보였던 말이, 사실은 여러 층위의 문제라는 걸 그때 처음으로 체감했다. 그 시간에, 친구들은 여기 엄청 맛있다며 뭐 시킬 거냐고 되묻고 있었다.

나는 메모를 하고 있었다. 누군가는 그 차이를 두고 "너무 진지하다"고 말했고, 누군가는 "재미없지 않냐"고 물었다. 그러나 이상하게도 나는 그 반대였다. 그곳에서 사람들의 이야기를 듣고, 그 말들이 어떻게 이어질 수 있는지를 생각하는 일이, 나에게는 가장 재미있는 일이었다. 술자리에서 웃는 시간보다, 시장 골목에서 고개를 끄덕이는 시간이 더 오래 기억에 남았다.

그때는 그 이유를 정확히 설명하지 못했다. 다만 분명했던 건, 내가 어떤 사람인지에 대한 감각이었다. 나는 사람들

사이에서 중심에 서서 주목받는 역할보다, 한 발 옆에서 이야기를 듣고, 그 이야기가 어디로 가야 하는지를 고민하는 역할이 더 잘 맞았다. 즉흥적인 즐거움보다, 시간이 걸리더라도 누군가의 일상이 조금 달라질 수 있는 가능성에 더 끌렸다. 그래서 MT보다 지역사회는 나에게 선택의 문제가 아니라 우선순위의 문제였다. 그 선택이 나를 외롭게 하거나 특별하게 만들지는 않았다. 다만 명확하게 해주었을 뿐이다. 내가 어떤 방식으로 사람을 만나고, 어떤 방식으로 세상을 이해하고 싶은지에 대해서.

선거가 끝난 후, 나는 가장 먼저 어르신과 함께하는 효 잔치 봉사활동에 참여했다.
그 분들의 손을 잡고 안부를 나누는 순간, 이 지역을 위해 해야 할 일이 더욱 분명해졌다.

생각건대, 그 시절의 나는 이미 알고 있었던 것 같다. 정치는 이벤트가 아니라 반복이라는 것, 사람의 말은 한 번 듣고 끝나는 것이 아니라 다시 확인해야 하는 것, 그리고 재미란, 웃음의 크기가 아니라 의미의 깊이에서 온다는 것을. 그래서 나는 그때도, 지금도 지역사회는 나에게 최우선순위다. 그 선택이 나를 가장 나답게 만들기 때문이다.

일하는 법을 배우다

• • • • • •

정치가 책상 위에서만 만들어지는 것이었다면, 나는 아마 이 길을 선택하지 않았을 것이다. 정치에서 가장 많은 시간은 회의실이 아니라 현장에서 보낸다. 그리고 그 현장은 대부분 '불편함'의 언어로 시작된다. 나를 이 자리에 붙잡아 둔 것은 언제나 '사람'이었고, 그 사람들을 만나는 장소는 늘 현장이 었다.

지역 사무소에서 마주한 민원들은 언뜻 사소해 보였으나, 누군가에게는 하루의 전부이자 절실한 문제이기도 했다. 쓰레기가 늦게 치워진다는 이야기, 가로등이 꺼져 있다는 불만, 아이들이 놀 곳이 없다는 하소연. 처음에는 그것들이 왜 그렇게 중요한지 잘 이해하지 못했다. 정확히는 그들의 개인만의 문제라고 생각했다. 더 큰 정책이 있고, 더 복잡한 구조가 있는데, 왜 이렇게 작은 이야기들에 매달리는 걸까 싶었다. 내가 민원을 처음 접했을 때, 그것은 늘 분노의 형태로 다가왔다. 목소리가 큰 사람, 요구가 과한 사람, 해결이 불가능한 문제를 들고 오는 사람들. 그러나 시간이 지나면서 나는 알게 되었다. 민원은 불만이 아니라 판단을 요구하는 신호라는 것을 알 수 있었다.

지역 사무실에서의 하루는 늘 예측할 수 없었다. 아침에 문을 열 때마다 "오늘은 누가 올까"라는 생각이 먼저 떠올랐다. 그 질문은 가벼운 호기심이 아니라, 몸이 먼저 반응하는 긴장에 가까웠다. 여름에는 에어컨을 틀면서, 겨울에는 난로를 틀 때 그 긴장은 더욱 커졌다. 아무도 오지 않았는데도, 사무실 안에는 이미 사람의 말이 쌓여 있는 것 같았다. 아마 해결하기 어려운 일들이 올 것 같다는 직감이 들 때는 더욱 그렇다.

정치인은 TV나 영화 속처럼 늘 여유 있고, 화려한 사람들만 만나는 직업이 아니다. 오히려 그 반대다. 사무실 문을 열고 들어오는 사람들의 얼굴에는 대개 여유가 없었다. 다들 무언가 때문에 아프고, 억울하고, 급했다. 서류 봉투를 쥔 손은 꼭 쥐어져 있었고, 말은 준비해 온 듯 빠르게 쏟아졌다. 그래서 나는 종종 정치인을 의사에 비유하곤 했다. 증상을 먼저 듣고, 어디서부터 잘못된 건지 가늠하고, 지금 할 수 있는 처방이 무엇인지 조심스럽게 말하는 일. 하지만 진료실과 다른 점은, 여기서는 약을 처방한다고 바로 통증이 사라지지 않는다는 것이었다.

대부분의 민원은 단번에 해결되지 않았다. 권한 밖의 문제들이 있었고, 행정 절차가 중간에서 막혀 있는 경우도 많았다. 개인의 요구가 공공의 기준과 정면으로 부딪히는 순간들도 잦았다. 그런 이야기를 들을 때면, 나는 메모를 하면서도 동시에 계산하고 있었다. 쌓인 경험에 비추어 봤을 때 어디까지가 가능하고, 어디부터가 불가능한지. 그 경계는 늘 분명하지 않았다.

그러나 그 모든 민원 사이에서 내가 가장 크게 배운 것은, 민원을 대하는 정원오 구청장의 '두 가지 속도'였다. 중요한 문제는 시간을 들여 신중하게 판단했지만, 주민 민원만큼은 가능한 한 즉시 처리했다.

"지금 당장 고칠 수 있는 건 바로 고쳐야 주민이 세금을 아깝다고 느끼지 않는다."

그가 늘 하던 이 말은 보여주기식 속도전이 아니라, 주민이 체감할 수 있는 변화야말로 행정의 신뢰라는 확신에 가까웠다. 가로등 한 개, 길가의 파손된 블록, 방역 일정 같은 사소해 보이는 일들이라도 바로 움직였고, 그런 작은 변화들이 동네의 공기를 바꾸는 장면을 나는 여러 번 목격했다. 민원 중 해결 가능한 문제는 지연이 아니라 실행을 기준으로 판단하는 그의 태도는 내 판단 기준에도 큰 영향을 주었다.

특히 어려웠던 것은 '해결할 수 없는 민원'을 대하는 태도였다. 해결이 안 된다는 사실 자체보다, 그 사실을 어떻게 전달하느냐가 훨씬 더 중요했다. 반복해서 같은 요구를 하는 사람도 있었고, 이미 행정적으로 정리된 사안을 다시 꺼내는 경우도 있었다. 심지어 근거가 불분명한 주장이나 오래된 소문에 기대어 찾아오는 사람도 있었다. 나는 그 모든 이야기를 들었다. 어떤 날은 목소리가 점점 높아지는 사람 앞에서 말없이 고개를 끄덕였고, 어떤 날은 나도 모르게 짧게 대답해 버린 뒤 혼자 남아 후회했다. 그 과정에서 조금씩 알게 된 것은, 판단이란 차갑게 선을 긋는 일이 아니라 경계를 세우는 기술에 가깝다는 점이었다. 어디까지 함께 갈 수 있는지, 어디서 멈춰야 하는지를 분명히 하되, 그 과정에서 상대를 밀어내지 않는 방법을 찾는 일. 그건 책으로 배울 수 있는 일이 아니었다.

민원을 대하는 태도 역시 시행착오의 연속이었다. 처음에는 '어떻게든 해결해 주고 싶다'는 마음이 앞섰다. 민원을 함께 들으러 온 공무원들에게 떼를 쓴 적도 있다. 하지만 해결되지 않는 일이 생각보다 많았고, 내 손이 닿지 않는 문제는 끝이 없었다. 그럴 때마다 나는 최대한 시간을 들이기로 했다. 안 된다고 말하기 전에, 정말 다른 방법은 없는지부터 찾아봤다. 퇴근 후에도 자료를 뒤지고, 다음 날 담당 부서에 다시 전화를 걸고, 가능성이 아주 조금이라도 남아 있는지 확인했다. 그리고 정말로 방법이 없을 때에야 전화를 걸었다. 수화기 너머로 숨을 고르고, 최대한 알아본 과정을 차분하게 설명했다. 그리고 마지막의 문장은 자신 없게 말했다.

"죄송합니다. 이건 방법이 없습니다."

신기하게도 그렇게 말하면 욕을 덜 먹었다. 조금 전까지 목소리를 높이던 사람도 전화를 끊을 때는 한 박자 늦게 말을 멈췄다. 그때 나는 깨달았다. 민원을 해결한다는 것은 반드시 요구를 들어주는 일이 아니라, 끝까지 함께 고민해 주는 과정이라는 것을. 판단은 그 다음에 오는 일이었다.

민원 전화를 받는 방식에서도 판단은 조금씩 훈련되었다. 이름도 밝히지 않은 채 요구부터 쏟아내는 말투, "이동현 씨"라고 정확히 부르며 시작하는 전화. 목소리의 높낮이, 말의 속도, 호흡 사이의 틈만으로도 상황을 가늠하게 되는 순간들이 늘어났다. 때로는 감당하기 어려운 민원도 있었다. 해결할 수 없는 요구가 집요하게 반복되거나, 공공의 이익과 정면으로 충돌하는 경우도 있었다. 그럴 때마다 나는 스스로에게 물었다. 지금 이 판단은 누구를 위한 것인지. 그리고 내가 감당해야 할 비난의 무게가, 이 선택보다 과연 무거운 것인지. 시민 앞에서의 판단은 언제나 불편했고, 그래서 더 쉽게 결정할 수 없었다. 그 불편함이 사라지지 않기를, 나는 스스로에게 자주 되묻곤 했다.

그러나 기억에 남는 것은 악성 민원보다, 사소하지만 진심 어린 고마움의 표현들이었다. 쓰레기 수거가 조금 빨라진 것, 방역이 제때 이루어진 것, 정치인들이 오지 않던 작은 가게에 인사를 건넨 것. 그런 일들이 "고맙다"는 말로 돌아올 때, 나는 정치가 완전히 헛된 일은 아니라는 확신을 얻었다. 약속하면 지키려고 애썼고, 그 약속이 때로는 1년간의 교회 출석 같은 개인적 부담으로 이어지기도 했다. 그러나 그 부담은 정치인이 감당해야 할 몫이라고 생각했다.

민원을 통해 배운 가장 중요한 판단은 이것이었다. 공약은 거짓이 아니라 희망의 언어라는 것. 시도조차 하지 않는 정치보다, 실패하더라도 시도하는 정치가 필요하다는 믿음. 시민의 말이 현실로 이어질 때, 정치의 언어는 비로소 삶에 스며든다. 그래서 나는 지금도 민원을 단순한 요구로 보지 않는다. 그것은 이 도시의 어느 곳이 아프고, 무엇을 먼저 돌봐야 하는지를 알려 주는 신호다. 스무 살이라는 나이에 지역 정당에서 시작해서, 현장에서 배운 판단력과 국회에서 정치인·보좌진·공무원들과 나눈 대화에서 얻은 감각은 서로 다른 것처럼 보이지만 결국 같은 방향을 가리켰다. 정치란 빛나는 자리에 앉는 것이 아니라, 빛이 닿지 않는 곳을 오래도록 바라보는 일이라는 사실. 나는 그 진리를 시민들의 목소리 속에서, 그리고 그 말을 온몸으로 감당하는 매일의 반복 속에서 배웠다.

국회에서 정치를 배웠다면, 성동구에서는 비로소 일이라는 것을 배웠다. 정치가 방향을 정하는 일이라면, 행정은 그 방향을 하루의 시간표로 바꾸는 일이었다.

나에게 있어 행정의 멘토인 정원오 구청장을 제대로 처음 마주한 것은 2014년 초쯤이다. 우연처럼 스친 적은 있었는데 초등학생 시절 학교에서 아나바다 장터가 열렸을 때 키 큰 국회의원 아저씨 옆에 있던 큰 안경을 쓴 젊은 형이 당시 보좌관 정원오였다는 건 나중에나 알았다. 2014년 연초 성

: 정원오 구청장은 지역 현장에서 함께 고민하고, 책임을 나누는 방법을 가르쳐 주었다.

동구청장에 출사표를 던진 정원오 당시 성동(을) 수석부위원장은 내가 소속되어 있던 성동(갑) 지역구에 인사차 들렀다. 지금도 물론 그렇겠지만, 한 자치구에 두 개 이상의 지역위원회가 있는 지역들은 한 명의 구청장을 뽑는 선거는 후보자 선출에 있어서 지역위원회 간의 경쟁이 첨예하다. 아무래도 우리 지역위원회의 사람이 후보자가 되는 것이 더 일을 잘할 것이라는 그동안의 믿음 때문일 것이다. 본격적인 경선에 앞서 상호 지역위원회에 인사를 오곤 했는데 그때 느끼는 어색함은 아직도 서늘한 기분을 들게 한다.

자주색 코트를 입고, 뿔테 안경을 쓴 정원오 수석부위원 장은 지역 사무실 한쪽에 조용히 앉아 있었다. 옆에 함께 온 비서와 나란히 앉아 있었지만, 공간은 이상하리만큼 넓어 보였다. 그날따라 민원인도 오지 않던 사무실은 숨 막히도록 고요했다. 심각한 민원인이 있었는지 상대방이 전화를 끊지 않는 탓에 우리 사무실 보좌관은 차 한 잔 내갈 여유조차 없었고, 테이블 위에는 서류와 메모지만 어지럽게 쌓여 있었다.

나는 그 적막이 어색해서 자리에서 일어났다. 말없이 녹차 두 잔을 우려 작은 쟁반에 올리고, 그들이 앉아 있는 쪽으로 걸어갔다. 그때였다. 컵을 내려놓기도 전에 정원오 수석부위원장이 먼저 몸을 조금 숙이며 손을 내밀었다.

"엄청 젊은 당직자가 있네요. 활기가 넘칩니다."

형식적인 인사치레라기보다는 상황을 가볍게 풀어 보려는 말투였다. 웃음도 과하지 않았고, 목소리는 낮고 차분했다. 상대의 긴장을 먼저 풀어 주려는 사람 특유의 태도가 느껴졌다. 짧은 악수에는 힘이 실렸고, 시선은 정면을 향해 흔들림이 없었다. 그 순간의 장면이 이상하리만큼 또렷하게 기억에 남아 있다. 그는 눈에 띄는 사람은 아니었다. 화려하지 않았고, 목소리를 높이지도 않았다. 하지만 공간을 읽고, 사람의 표정을 먼저 살피는 감각이 있었다. 그래서인지 그 자주색 코트와 뿔테 안경은 튀기보다는 오히려 그 사람의 성격을 닮아 있었다. 단정하지만 무난하지 않고, 자기 취향을 숨기지 않되 앞세우지도 않는 모습처럼 느껴졌다.

이후의 경선 과정은 쉽지 않았다. 여러 흐름이 부딪혔고, 결과를 장담할 수 없는 순간들도 이어졌다. 그러나 결국 그는 최종 후보가 되었고, 우리는 모두 정원오 구청장 캠프로 모여 함께 일하게 되었다. 그 과정에서도 그는 늘 같은 태도를 유지했다. 지시보다 설명이 먼저였고, 결론보다 맥락을 중시했다. 사람을 몰아붙이기보다 기다리는 쪽을 택했고, 캠프 안에서조차 이기기 위한 말보다 설명할 수 있는 선택을 강조했다.

그렇게 우리는 정원오 구청장의 첫 당선을 함께 만들었다. 정원오 구청장의 당선이 확실시되는 순간 나는 환호보다, 그보다 앞선 시간들이 더 많이 떠올랐다. 조용한 사무실 한쪽에서 시작된 첫 인사, 녹차 두 잔, 그리고 먼저 내밀어졌던 악수. 정치가 늘 거창한 구호에서 시작되는 것은 아니라는 사실을, 나는 그때 처음 실감했다.

2014년 지방 선거가 끝나고 시간이 조금 흘렀다. 캠프가 해산되고 사람들은 각자의 자리로 돌아갔다. 그 열기와 속도에서 한 발 비켜선 채, 나는 다시 개인의 시간으로 돌아왔다. 그리고 이듬해 2015년 3월, 스물다섯이라는 다소 늦은 나이에 군에 입대했다. 입대 통지서를 손에 쥐었을 때의 기분은 담담했다. 미뤄 두었던 시간을 이제는 건너가야 한다는 생각에 가까웠다.

자대 배치를 받고 군 생활에 조금 익숙해질 즈음이었다. 정확히는 6월쯤이었을 것이다. 저녁 식사를 마치고 주어진 자유시간에 형에게 전화를 걸었다. 별다른 이야기는 없었다. 잘 지내는지, 군 생활은 어떤지 그런 안부였다. 그런데 통화를 마치려는 순간 형이 잠시 말을 멈추더니 뜻밖의 이야기를 꺼냈다.

"야, 정원오 구청장이 너 보고 전화 좀 달라고 하던데."

순간 귀를 의심했다. 형은 이어서 설명했다. 며칠 전 보좌관으로부터 연락이 왔고, 내가 군 복무 중이라는 사실을 이미 전했음에도 불구하고 그래도 한 번 전화해 보라고 했다는 것이다. 그리고는 종이에 적어 두었다며 전화번호 하나를 불러 주었다. 전화를 끊고 한동안 가만히 앉아 있었다. 사실 선거 캠프 이후로 정원오 구청장을 따로 뵌 적은 없었다. 엄밀히 말하면 같은 지역위원회 소속도 아니었고, 내가 먼저 안부를 드릴 정도로 가까운 사이는 더더욱 아니었다. 그렇다고 완전히 남의 일처럼 외면하기에도 애매한 거리였다. '전화하라더라'는 말은 어른의 요청이었고, 그 요청을 알고도 전화를 하지 않는 것도 예의는 아니라는 생각이 들었다.

다만 망설여졌다. 군대 안에서 걸려오는 전화, 특히 031로 시작하는 번호에 대한 묘한 긴장감이 있었다. 혹시 받지 못하면 어쩌나, 혹시 다시 걸려오면 또 다른 상황이 생기지 않을까 하는 이등병 특유의 불안이었다. 전화를 거는 것조차 마음대로 할 수 없는 공간에서 스스로 먼저 전화를 건다는 행위는 생각보다 큰 결심이 필요했다. 그래도 결국 전화기를 들었다. 형이 불러 준 번호를 한 자리씩 천천히 눌렀다. 신호음이 길게 울리면 어쩌나 싶었는데, 의외로 전화는 한 번에 연결되었다. 벨이 두 번도 울리지 않았다. 그 사실이 오히려 나를 더 긴장하게 만들었다.

나는 군기 바짝 든 이등병이었다. 몸은 이미 반사적으로 자세를 고쳤고, 목소리는 나도 모르게 딱딱해졌다. 평소 쓰던 말투와는 전혀 다른 톤으로 첫마디를 꺼냈다. 그 순간만큼은 정치 캠프에서 일하던 사람이 아니라, 군복 속에 갇힌 병사라는 사실이 선명하게 느껴졌다.

"아, 청장님! 저 성동(갑) 대학생 위원장 이동현입니다.
통화 괜찮으십니까?"

"어~~ 나라 잘 지키고 있어? 군대를 가면 간다고 이야
기해야지."

"죄송합니다."

첫 대화였다. 구청장 선거 캠프에서 사실 몇 마디 나누어
보지 못했기에 통화의 어색함이 내 몸을 감쌌다. 100일 휴
가 곧 나오지 않느냐며 휴가 나오면 꼭 연락 달라는 말과 함
께 그렇게 통화는 끝났다. 얼마 지나지 않아 100일 휴가를
나갔고, 회사의 사장님이시면서 선생님이신 최재천 의원께
인사드린 후 정원오 구청장께 전화를 했다. 정원오 구청장은
휴가 나온 나를 배려한다며 그날 저녁 약속을 바로 잡았고,
저녁에 시장에서 같이 식사했다. 정원오 구청장은 사무실에
서 나와 처음 마주쳤던 그날을 이야기했다. 그만큼 '그날의
분위기가 참 삭막했구나'라는 생각이 들었다. 그렇게 군대
이야기를 몇 시간 나누고선 헤어졌다. 다음 휴가 때도 꼭 연
락을 주라는 말과 함께. 그 이후로도 휴가를 나오면 항상 만
났던 것 같다. 식사 시간이 나지 않으면 구청장실에서 따뜻
한 차라도 내어 주셨다. 그때 마음속으로 생각했다.

'오래 같이 정치할 사람이 생겼다.'

전역 후 돌아온 당의 풍경은 낯설었다. 지역구 개편으로 내가 활동하던 성동구와 중구가 합쳐졌고, 리더십 또한 공백 상태였다. 성동구의 지역위원장이었던 최재천 의원은 정계를 은퇴하셨고, 중구의 지역위원장은 탈당하고 다른 당으로 가 버렸다. 중구 당원들과의 만남은 어색했다. 민주당이라는 큰 줄기는 같았지만, 지역이 달랐기에 그럴 수밖에 없었다. 성동갑과 을의 관계가 형제라면 중구는 사촌인 셈이었다. 그래도 나는 중·고등학교를 중구에서 모두 마치고 학생 시절 오랜 시간 머물렀던 동네라 어색하지 않았다. 성동갑의 지역이 절반으로 쪼개져 중구 지역으로 합치게 되다 보니 소수의 역할이 될 수밖에 없었다.

그럴 때마다 나는 정원오 구청장에게 의지했던 것 같다. 또 그럴 수밖에 없었다. 최재천 의원의 은퇴로 인해 잠시 공석이 된 성동(갑) 지역위원장 직무대행을 정원오 구청장이 맡기도 했었기에 사정을 잘 알았고, 성동에서 중구로 합쳐진 우리가 미운 오리가 될 것을 걱정했는지 정원오 구청장도 더 자주 만나고 더 자주 조언을 해 주었다.

함께 보내는 시간이 많아질수록 정원오 구청장이 보여

준 정치와 행정의 방식은 새롭게 보였다. 그는 눈에 띄는 방식으로 장악하지 않았고, 회의 자리에서도 무게를 과시하기보다 말의 순서를 정리하고 맥락을 확인하는 쪽에 가까웠다. 내가 기대한 '결단의 카리스마'가 아니라 '조율의 기술'이 먼저 보였고, 마음 급한 젊은 나이였던 나는 그 태도가 종종 답답하게 느껴졌다. 하지만 시간이 지나며 알게 되었다. 그 차분함과 조율이란 비어 있는 태도가 아니라, 사람의 말을 끝까지 도착시키는 방식이었다. 그는 말수가 적은 편이었지만 대신 질문이 정확했다.

"이게 지금 누구에게 제일 급한가요."
"이건 현장에서 어떤 장면으로 나타나나요."
"우리가 지금 가진 선택지는 뭐고, 그중 무엇이 '지금 당장' 가능한가요."

얼핏 들으면 회의실에서 흔히 오가는 일상적인 확인 질문 같았으나, 그 질문에는 이상하게도 사람의 마음을 낮추게 만드는 묘한 힘이 있었다. 민원이라는 건 대개 화가 먼저 올라와 목소리가 커지고, 목소리가 커지면 문제도 함께 커져버리기 마련인데, 그는 목소리의 크기를 다시 생활의 크기로 되돌리는 질문을 던졌다. 그 질문을 따라가다 보면 보고서

속 '현황'이라는 무미건조한 문장은 어느새 생생한 누군가의
얼굴로 바뀌었다. 어두운 길 때문에 귀가를 서두르는 사람,
골목이 위험해 아이를 혼자 보내지 못하는 이, 그리고 월세
가 올라 평생 일궈온 가게를 접어야 하는 사람들의 얼굴로.

국회에서는 말이 곧 행동이 되는 순간들이 있었다. 질문
하나가 기사로 이어지고, 발언 하나가 판을 흔들었다. 그러
나 구청의 회의실에서는 말이 쉽게 움직이지 않았다. 보고서
는 이미 충분히 준비되어 있었고, 문제의 원인도 대부분 공
유되어 있었다. 그럼에도 정원오 구청장은 쉽게 결론을 내리

지 않았다. 그는 종종 회의 막바지에 이렇게 말했다.

"조금 더 듣고 결정합시다."

나는 속으로 생각했다. 이미 들을 만큼 들었는데, 무엇이 더 필요한 걸까. 그러나 현장을 함께 다니기 시작하면서, 그 '조금 더'의 의미를 알게 되었다. 함께하는 시간이 길어질수록, 그 느림이 단순한 성격의 문제가 아니라 의도된 방식이라는 사실을 깨닫게 되었다. 정원오 구청장은 주민을 만나는 자리든 민원 현장이든 늘 먼저 도착해 있었고, 늘 가장 늦게 자리를 떴다. 그의 일정표는 분 단위로 촘촘했지만, 사람을 만나는 순간만큼은 시계를 거의 보지 않았다. 대신 상대의 말을 끝까지 듣고, 말을 멈춘 뒤에도 잠시 기다렸다. 그 침묵은 생각이 부족해서가 아니라 결정을 쉽게 하지 않겠다는 태도에 가까웠다.

처음 현장을 함께 돌았을 때 나는 그가 왜 그렇게 말을 아끼는지 이해하지 못했다. 주민들은 이미 불만을 충분히 쏟아내고 있었고, 나는 그 자리에서 뭔가 답을 주지 않으면 안 된다고 생각했다. 그러나 정원오 구청장은 그 불만을 바로 해결하겠다는 말도, 위로의 말도 쉽게 꺼내지 않았다. 대신 반복해서 같은 질문을 던졌다.

"이게 지금 누구에게 가장 먼저 영향을 주나요."
"그분은 지금 이 자리에 계신가요?"

가끔 현장에 민원인이 횡설수설 상황을 이야기하면 공무원이 나서서 정리를 하려는 경우도 있다. 그럴 때도 정원오 구청장은 공무원의 말을 중단시키고 끝까지 들었다. 구청장이 던진 질문들은 예산 항목에도, 사업 계획서에도 직접적으로 드러나지 않는 정보들을 끌어올렸다. 그 질문들은 해결책을 향해 곧장 나아가지 않았다. 오히려 시간을 거슬러 올라갔다. 나는 그 과정이 비효율적이라고 느낀 적도 있었다. 그러나 곧 알게 되었다. 그 질문들은 문제를 키우는 질문이 아니라, 문제를 정확한 크기로 되돌리는 질문이라는 것을. 민원은 시간이 쌓일수록 과장되거나 왜곡되기도 한다. 정원오 청장은 그 쌓인 시간을 하나씩 풀어내며, 문제의 처음 모습을 복원하려 했다. 그래서 그는 약속을 거의 하지 않았다. 대신 할 수 없는 것과 할 수 있는 것, 그리고 아직 알 수 없는 것을 명확히 나눴다.

"이건 지금은 어렵습니다."
"이건 검토해 볼 수 있습니다."
"이건 제가 책임지고 다시 말씀드리겠습니다."

그 말들은 단정적이지 않았지만, 모호하지도 않았다. 나는 그 태도가 사람들을 설득하는 가장 확실한 방식이라는 것을 현장에서 보았다. 화를 내던 민원인도, 설명을 들은 뒤에는 말을 낮췄다. 해결되지 않았음에도 불구하고, '이야기가 끝나지 않았다'는 느낌이 남았기 때문이다. 민원을 해결한다는 것은, 문제를 없애는 일이 아니라 사람을 혼자 두지 않는 일이라는 사실을 나는 그때 배웠다.

그가 '구민 민원 접수용으로 개인 휴대전화 번호를 공개한다'는 이야기를 처음 들었을 때 나는 솔직히 반신반의했다. 정치인들이 흔히 쓰는 상징적 제스처가 아닐까 싶었고, 지속가능한 정책일지 마음속으로 의심했다. 그런데 정원오 청장은 그 제도를 '보여주기'보다 '작동시키기'로 설계하는 쪽에 가까웠다. 민원이 들어오면 접수-처리의 틀에만 가둬두지 않았다. 민원이 행정의 장막 뒤로 숨어버리지 않도록, 왜 그렇게 결정되었는지 그 속사정을 구민들에게 치밀하게 설명했다. 법과 예산의 한계, 필수적인 절차의 시간, 즉각 실행 가능한 대안을 하나하나 짚어가며 소통하는 쪽을 택했다. 누군가는 그걸 '피곤한 친절'이라고 할지 모르지만, 나는 시간이 지날수록 그 설명이야말로 이 사람이 쌓아온 행정의 신뢰라는 걸 깨달았다. 말로 공감을 건네는 것보다 왜 그런 결과가 나오는지의 구조를 납득시키고 다음 단계가 어디인지의 좌표를 남기는 것, 그게 민원의 감정을 줄이는 가장 현실적인 방식일 때가 많았다.

정원오 구청장과 함께 일하면서 행정이 가지고 있는 힘을 배웠다. 의원과 단체장(구청장)은 시민이 뽑는 같은 선출직 공직자이지만, 성격은 매우 달랐다. 의원은 말이 곧 힘이었다. 닭 벼슬만도 못한 벼슬이라고 생각해야 하지만 국민이 뽑아 준 표의 무게는 그 어떤 무게보다도 무거웠다. 특히 민원 현장, 회의장, 언론 보도에서는 더욱 그랬다. 내가 말하는 것이 시민의 의견이었고 그게 곧 공무원들에게는 해결해야 할 거리가 되곤 했다. 그러나 그 말이 곧 정책으로 옮겨질지는 미지수였다. 다른 의원들도 있었고 현재의 행정부가 그 의견에 동의하느냐도 중요한 문제였다. 의원은 아무래도 특성상 모두의 이야기를 듣지 못하는 경우도 생기기 때문이다.

반면 단체장은 다르다. 정치인이면서도 바로 행정가였다. 말이 곧 힘을 넘어 제도가 되는 위치다. 시민의 의견도, 의원의 의견도, 전문가의 의견까지 어떠한 제안이 들어와도 결국 결정은 행정부가 하는 것이고 그 의사 결정의 최고 결정권자가 단체장이기 때문이다. 그렇기에 행정가는 단순히 비평이나 의견 제시가 아닌 창작과 의사 결정을 통해 공동체의 안정을 추구해야 한다. 모두가 동의하면 좋겠지만, 그게 아니라면 원칙과 신념을 가지고 이해를 구하고 설득하여 가능한 갈등 요소를 제거하는 것이 행정의 역할이었다.

정원오 구청장과 식사를 하거나 의원으로서 지역과 관련된 일을 상의하곤 할 때 항상 "민주주의 기본 원칙은 만장일치다"라는 말을 자주 하곤 했다. 정말 위기 상황, 결정이 촉박할 때는 다수결의 원칙을 따르지만 그런 문제가 아니라면, 이해와 설득을 통해 모두가 한 발씩 양보하여 동의할 수 있는 범위 내에서 정치를 하자고 했다.

그가 지역에서 행정가로 평가받는 이유도, 내가 보기엔 비슷한 결에서 이해되었다. 그의 초기 구정에서 도시 재생과 젠트리피케이션 방지 정책이 중요한 축으로 자리 잡았고, 전국 최초로 젠트리피케이션 방지 조례를 만드는 식의 제도화가 이어졌다는 사실, 성수동 일대의 변화를 단순한 개발이 아니라 민관 협력과 '옛것과 새로움의 조화'로 설계하려 했다는 사실, 소셜 벤처 생태계와 공공 임대 상가(안심상가) 같은 장치들을 통해 지역의 지속가능성을 붙들려 했다는 사실들이 내게는 한 가지 성향으로 수렴돼 보였다. 그는 이벤트보다 규칙을 만들고, 성과를 크게 발표하기보다 그 성과가 무너지지 않도록 지탱하는 제도를 남기는 쪽이었다. 그러니 결정이 느려 보이는 순간들이 생길 수밖에 없었고, 그 느림은 종종 오해를 불렀다. 나 역시 그 오해를 했다.

내 시행착오는 대개 같은 지점에서 시작되었다. '왜 지금 결론을 내리지 않지?' '왜 즉시 답을 주지 않지?' '왜 이렇게까지 절차와 이유를 설명하지?' 처음에는 그것들이 답답했다. 정치의 언어는 흔히 "하겠습니다"로 끝나는데, 행정의 언어는 "어떻게 해야 하는지"를 길게 말해야 했다. 하지만 민원의 현장에서, 그 길이가 사람의 삶을 함부로 다루지 않겠다는 경계선이라는 걸 보게 되었다. 성급한 해결은 종종 더 큰 부작용을 남기고, 한 번 던진 약속은 취소할 수 없으며, 취소되지 않는 약속은 결국 신뢰를 갉아먹는다. 정원오 구청장은 그걸 잘 알고 있는 사람처럼 보였다. 그래서 그는 중요한 문제일수록 신중하게 결정했다. 대신 결정한 뒤에는 오래 책임지는 방식으로 움직였다.

그날 이후로 나는 일하는 법이라는 말을 다르게 이해하게 되었다. 일을 잘한다는 것은 결정을 빠르게 내리는 능력이 아니라, 결정을 내리지 않아도 되는 순간과 반드시 내려야 하는 순간을 구분하는 감각이라는 것. 그리고 그 감각은 책상 위가 아니라, 민원 현장과 시장 골목에서 만들어진다는 것. 정원오 청장에게서 배운 일하는 법은 화려하지 않았다. 그러나 시간이 지나도 흔들리지 않는 기준 하나를 내 안에 남겼다. 그리고 성과는 눈에 보였고 주민에게 체감이 되었다. 무언가를 선택해야 할 때, 나는 지금도 스스로에게 묻는다. 이 선택은 일회성인가, 아니면 지속가능한 것인가. 당장의 문제를 해결하기 위한 낭비적 행정인가. 그 질문을 놓치지 않는 한, 나는 적어도 누군가의 하루를 가볍게 다루지는 않게 될 것이다.

서울시의원에 도전하다

군대에서 생활은 하루의 리듬이 정해져 있다. 그중 하나가 매일 밤 아홉 시가 되면 각 소대별로 생활관에 모여 앉아 9시 뉴스를 보는 시간이다. 뉴스를 좋아하지 않는 병사도 분명 있었지만, 선택권은 없었다. 어느새 다들 그 시간에 맞춰 자리에 앉았고, 화면을 정면으로 바라본 채 말없이 뉴스를 흘려보내는 법에 익숙해졌다. 웃음도 반응도 없이, TV 불빛만 생활관 벽을 스쳤다.

입대하고 처음 맞는 겨울 무렵이었다. 그날도 별다를 것 없는 뉴스 시간이었고, 나는 평소처럼 화면을 멍하니 보고 있었다. 그런데 자막 한 줄이 시선을 붙잡았다.

'최재천 국회의원 탈당, 총선 불출마, 정계 은퇴.'

순간, 머릿속에서 무언가가 멈췄다. 그동안 군 생활을 하며 적의 포격 도발이 발생하여 실제상황으로 출동한 날도 있었고, 쭈뼛쭈뼛했던 신병의 긴장감이 최고조에 이르렀던 순간들도 있었다. 그때의 공포는 분명 물리적인 위협이었다. 몸이 먼저 반응하는 종류의 두려움이었다. 그런데 이 뉴스는 달랐다. 설명하기 어려운 무력감이 밀려왔다. 어디를 향해야 할지 모르는 공허함에 가까웠다. 뉴스가 끝나고 아무런 생각 없이 내가 지내는 생활관으로 발을 옮겼다.

생활관에는 나와 가장 가까웠던 두 동기가 있었다. 군 생활을 하며 가장 많은 이야기를 나눴던 장규인 형과 김희준이었다. 그들은 내가 평소 최재천 의원 밑에서 공부하고 곁에서 모셨던 시간을 잘 알고 있었다. 취침 준비를 하고 눕자마자, 늘 옆자리에 있던 규인이 형이 먼저 말을 꺼냈다.

"이 무슨 일이고?"

나보다 한 살 많고 진주 출신인 규인이 형의 목소리는 낮았지만, 조심스러웠다. 그 옆자리에 있던 세 살 어린 희준이가 말을 보탰다.

"그니까 형, 최재천 의원님이 형이 모시던 분 아니야?"

나는 군 생활관 천장에 붙어 있던 초록색 취침등만 바라본 채 짧게 대답했다.

"모르겠다."

정말로 할 말이 없었다. 내가 그분의 결정을 바꿀 수 있는 위치에 있었던 것도 아니었고, 은퇴를 왜 결정했는지 이야기를 들은 것도 아니었다. 왜 그런 선택을 하셨는지에 대한 짐작은 있었지만, 번복하지 않을 분이라는 걸 알기에 더 침울했다. 막막했다. 군대는 대한민국에서 태어난 남자라면 사회로 나가기 전에 반드시 통과해야 하는 시간이었다. 그 시간을 끝내야 정치도, 다음 삶도 가능하다고 생각했다.

그런 의미에서 최재천 의원은 나에게 단순한 정치인이 아니었다. 스승이었고, 학교에 가까운 존재였다. 그런데 그 학교가 갑자기 사라진 기분이었다. 대학 4학년 때 휴학하고 군 입대를 했기에 전역 후 대학으로 돌아갈 수 있었지만, 마음속에서는 돌아갈 곳이 없어진 것처럼 느껴졌다. 그날 이후로, 내가 서 있던 자리와 앞으로 가야 할 방향이 동시에 흐려져 있었다.

최재천 의원을 곁에서 보며 가장 먼저 느꼈던 것은, 그가 법을 공부한 사람이 아니라 살아온 사람에 가깝다는 점이었다. 법 이야기를 할 때도 조문부터 꺼내지 않았다. 늘 사람 이야기가 먼저였다. 이 사람이 어떤 상황에 놓여 있는지, 왜 그 선택을 할 수밖에 없었는지. 설명은 그다음이었다. 그래서 그의 말은 법률 자문이라기보다, 오래된 경험담처럼 들렸다. 그의 기준은 늘 단순했다. 법은 누구 편이어야 하는가. 그 질문에서 벗어난 적이 거의 없었다. 제도가 앞서야 할 때도 있었지만, 그 제도가 사람을 짓누르기 시작하면 그는 불편해했다.

"제도적 통제, 그게 흐름을 부정한다."

회의 중에 그가 자주 던지던 말이었다. 그 한 문장에 그 사람이 지나온 시간과 시대의 변화들이 겹쳐 보였다. 변호사 시절 이야기를 들을 때면, 그의 선택이 늘 같은 방향을 향하고 있다는 느낌을 받았다. 이길 가능성이 높은 사건보다, 그냥 지나치면 아무도 대신 말해 주지 않을 사건. 설명하기 어려운 억울함을 안고 있는 사람들의 이야기. 그는 그런 사건들을 오래 붙들었다. 법무법인을 운영하면서도 "이길 수 있느냐"보다 "이 사건을 누가 맡아야 하느냐"를 먼저 물었다.

김대중 대통령의 재심 사건을 맡았었다는 이야기를 들었을 때, 나는 그가 왜 결국 정치를 택했는지 조금은 알 것 같았다. 법정 안에서 할 수 있는 말과 법정 밖에서 해야만 하는 말이 분명히 갈라지는 순간이 있었을 것이다. 그는 그 경계 앞에서 머뭇거리는 사람이 아니었다. 법으로 충분하지 않다면, 다른 방식으로라도 말해야 한다고 믿는 사람이었다.

그래서 그의 정치는 계산보다 태도에 가까웠다. 유리한 선택보다 버티는 선택을 했고, 편한 길보다 설명해야 하는 길을 택했다. 그 선택들이 늘 성공으로 이어진 것은 아니었지만, 최소한 스스로를 속이지는 않는다는 인상을 주었다. 나는 그 점을 가장 많이 배웠다. 그가 정치를 떠난다는 소식을 들었을 때 충격이 컸던 이유도 아마 그 때문이었을 것이다. 한 정치인의 은퇴라기보다, 내가 배워왔던 정치의 방식 하나가 통째로 사라지는 느낌에 가까웠다. 그 사람의 이름보다 그가 보여주었던 태도와 기준이 먼저 떠올랐다.

그날의 무력감은 정치 뉴스를 접했기 때문이 아니었다. 아무것도 할 수 없는 위치에 있다는 사실, 그게 나를 붙잡고 있었다. 나는 이미 한 번, 정치에서 물러서는 장면을 본 적이 있었다. 학생회장 불출마를 결정했던 때였다. 그때도 이유는 실력이나 의지의 문제가 아니었다. 내가 부족해서도,

준비가 덜 돼서도 아니었다. 문제는 구조였고, 조건이었다. 명문화되지 않은 모호한 기준들이 존재했고, 그것들은 언제나 누군가는 시작조차 할 수 없도록 벽을 세우는 방식으로 작동했다. 그때 나는 싸우지 않았다. 이길 수 없는 싸움이라고 판단했기 때문이다. 정치를 배워 오며 몸에 밴 습관이 거기서 만들어졌는지도 모른다.

그날 밤 거의 잠을 자지 못했다. 근무의 특성상 거의 매일 야간에 초소 경계근무가 있었는데 뜬눈으로 나갔던 것 같다. 그날 달이 유난히 밝았던 기억이 있다. 가로등도 없는 곳에서 달빛은 과장 없이 모든 것을 드러냈다. 철책의 윤곽, 모래주머니 위에 얹힌 그림자, 초소 바닥에 길게 늘어진 내 발끝까지. 총은 몸의 일부처럼 어깨에 걸려 있었다. 그 밤의 풍경은 너무 조용해서 작은 무전기 신호 소리 하나에도 신경이 곤두섰다.

초소 밖으로 고개를 돌렸을 때, 달빛이 철책 위에 걸려 있었다. 철책은 언제나 거기 있었고, 달빛은 그날따라 더 또렷했다. 선명한 빛 아래에서 철책은 경계이자 선처럼 보였다. 넘어가면 안 되는 선, 누군가는 반드시 지켜야 하는 선. 그 순간 이상하리만큼 생각이 단순해졌다. 누군가가 자리를 비운다면 누군가는 그 자리를 채워야 한다. 그것은 결심이라기보다, 오래 미뤄 두었던 문장이 제자리를 찾는 느낌에 가까웠다. 정치적 독립이 필요하다고 느낀 건 그날이었다. 누군가의 이름 뒤에 서서 배우는 정치가 아니라, 누군가의 이름 앞에 서서 책임지는 정치. 호출되기를 기다리는 위치가 아니라, 스스로 호출되는 위치.

다음 날, 나는 일부러 지역 보좌관이나 당직자들에게 전화를 걸지 않았다. 누가 먼저 확인해 주지 않아도, 최재천 의원의 결정은 이상할 게 없었다. 오래 고민했겠구나, 그저 그렇게 받아들였다. 마음속엔 '휴가 나가면 인사라도 드려야겠다'는 생각 하나만 자리 잡았다. 그게 예의라고도, 지금 내가 할 수 있는 유일한 일이라고도 느껴졌다.

저녁 식사를 마친 뒤에도 평소처럼 전화방으로 향하지 않았다. 대신 규인이 형과 희준이를 불러 PX로 갔다. 무언가 확인받고 싶은 마음이 있었다. PX 특유의 형광등 아래에서 각자 냉동만두, 삼각김밥, 컵라면을 챙기고, 음료수를 몇 개 골라 들었다. 평소 같았으면 부대 이야기나 선임 험담 같은 가벼운 농담으로 자리가 금세 채워졌을 텐데, 그날만큼은 괜히 말투부터 달라졌다.

"나는 전역하고 서울시의원에 출마할 거야."

입 밖으로 나온 순간, 나조차도 놀랐다. 그 말이 허공에 떴다가 두 사람에게 닿기까지 짧은 시간이 있었는데, 두 동기의 표정에는 의아함보다 묘한 확신이 먼저 스쳤다.

"해야지, 해야지."

규인이 형이 먼저 웃으며 말했다.

"이 형은 선택이 참 빨라."

희준이가 뒤이어 농담처럼 얹었다. 앉자마자 대뜸 시의원을 나가겠다는 나의 말에 두 동기는 의아하다기보다는 당연한 선택이었다는 듯이 답했다. 출마를 대뜸 정한 것은 아니었다. 사실 출마라는 생각은 갑작스러운 선택이 아니었다. 마음속 깊은 곳에서 오래 움직이고 있었고, 다만 언제 어떤 순간에 꺼내야 할지만 남아 있었다.

최재천 의원의 정계 은퇴 소식은 예상 밖이었다. 내 계획 어디에도 없던 '변수'였다. 그날 뉴스를 보고부터 머릿속이 바빠졌다. 경계 근무를 서면서도, 종일 일과를 보내면서도 같은 결론만 계속 떠올랐다. '지금이다.' 결정은 빨랐지만 가벼운 판단은 아니었다. 그럼에도 혹시 주변에서 엉뚱하게 보지 않을까, 누군가의 눈으로 한 번쯤 점검받고 싶었던 건 사실이다. 그래서 PX에서 두 동기의 얼굴을 보며 그 말을 꺼냈던 것 같다. 돌아보면 그 순간이 내 첫 번째 '정무적 판단'이었다.

다음 날에는 어린 시절부터 내가 정치인 밑에서 자라고 있는 걸 알고 있던 친구와 지인들에게 전화를 걸었다. 출마 결심을 말했고, 해야 할 일들을 하나둘 정리해 나갔다. 전역을 앞둔 군인이 취업을 준비하거나 복학 계획을 세우듯, 내게는 선거 준비가 곧 인생을 준비하는 일처럼 느껴졌다.

그리고 바로 움직였다. 배운 게 정치였고, 정당 생활을 거의 5년 가까이 해 온 데다, 8년을 정치인 견습생처럼 보냈으니 몸에 익은 감각도 있었다. 지지 기반을 어떻게 만들고, 어떤 경로로 출마까지 이어지는지 웬만큼 알고 있었다. 그렇게 내 첫 선거는 PX의 작은 책상 위에서 시작된 셈이었다.

가족들에게는 전역 후에 내 결심을 이야기하기로 했다. 군대 안에서 말을 꺼내면 오히려 진심이 가벼워 보일까, 괜한 걱정을 할까 두려웠다. 2016년 12월, 전역을 하자마자 군 생활 내내 써 내려갔던 메모장들을 다시 펼쳐 봤다. 종이 위에 남은 문장들은 아무도 보지 않았지만, 이미 내게는 일종의 출마 선언처럼 느껴졌다.

그다음은 가족이었다. 전역한 지 얼마 지나지 않아, 나는 가장 먼저 할머니에게 출마 이야기를 꺼냈다.

"할머니, 저 다음번 시의원 선거에 나가 보려고요."

선거에 나가겠다는 손자의 말에 할머니는 아무 말도 하지 않았다. 그냥 앞에 있는 식사만 하셨다. 그러더니 아주 낮은 목소리로 한마디 하셨다.

"쓸데없는 소리 하지 마라."

말은 짧았고, 단정적이었다. 이유를 묻지 않아도 될 것 같은 어조였다. 할머니는 정치를 싫어하지도, 잘 알지도 않았다. 오히려 선거 때만 되면 젊은 사람을 밀어줘야 한다고 늘 주장하셨다. 유난히 선거마다 젊은 사람은 꼭 돼야 한다고 하셨던 분이, 젊은 사람인 손자가 나가는 것은 왜 쓸데없는 소리냐며 되물었다. 잠시 뒤, 할머니는 다시 말을 이었다.

"사람 망가진다."

할머니는 내가 오래전부터 정당 생활을 해 온 것을 잘 알고 있었다. 하지만 내가 직접 후보가 되는 일만큼은 바라지 않으셨다. 동네에서 십수 년을 살며, 이웃 아저씨들이 구의원·시의원에 나갔다가 어떻게 이기고, 또 어떻게 무너지는지 바로 옆에서 지켜본 분이었다. 선거가 어떤 일인지 굳이 설명하지 않아도 되는 사람이었다.

"그냥 국회의원 옆에서 말 잘 듣고 있으면 되지 않겠냐."

그 말 뒤에는 늘 같은 움직임이 따라왔다. 밥을 한 숟가락 더 담아 주고, 반찬 접시를 조용히 내 쪽으로 밀어 놓았다. 말보다 손이 먼저 움직일 때 그게 할머니가 반대할 때 쓰는 방식이라는 걸 나는 오래전부터 알고 있었다.

며칠 뒤에도 비슷한 대화가 이어졌다. 나는 출마 준비를 하며 일정표를 정리하고 있었고, 할머니는 시장에서 사 온 물건을 봉지에서 꺼내고 계셨다. 그때 할머니가 고개도 들지 않은 채 단호하게 말씀하셨다.

"너 정치가 얼마나 힘든 건지 알고 하는 소리냐?"

그 말은 다그침이 아니라, 이미 여러 번 같은 장면을 본 사람의 결론에 가까웠다. 걱정이 단단하게 굳어진 형태였다. 나는 바로 대답하지 못했다. 할머니가 더 말하지 않은 이유를 알고 있었기 때문이다.

그날 밤, 할머니의 짧은 문장들이 머릿속에서 계속 맴돌았다. 반대는 설득해야 할 대상이라기보다, 넘어가야 할 조건처럼 남았다. 그 조건을 안고도 가야 하는지, 아니면 멈춰야 하는지. 그 질문은 쉽게 사라지지 않았다. 하지만 결심은 흔들리지 않았다. 할머니의 반대를 모른 체한 것도 아니고, 무시한 것도 아니었다. 다만 그 말을 품은 채로도 갈 수 있는 길을 내 안에 찾아야 했다. 그게 내가 할머니에게 할 수 있는 유일한 방식이었다.

아버지에게는 조금 더 늦게 말을 꺼냈다. 경비 일을 하시며 24시간 교대로 근무하시던 터라, 집에 오면 늘 기진맥진하셨다. 그런 아버지를 붙잡고 조심스럽게 말했다.

"아빠⋯ 후년에 있을 시의원 선거에 나가 보려고요."

아버지는 "시의원?" 하고 짧게 되묻더니, 그대로 이불에 누우셨다. 바로 잠들 것 같은 얼굴이었다. 나는 그 표정을 멍하니 바라봤다. 잠시 뒤, 아버지가 눈을 뜨고 나를 향해 말했다.

"그래."

그 한마디가 끝이었다. 뒤이어 "할머니는 안 된다고 하시던데요"라고 말하고 싶었지만, 입을 다물었다. 아버지가 말을 아끼고 있다는 걸 느꼈기 때문이다. 그 침묵이 무관심이 아니라는 것도 알고 있었다. 아버지는 그 뒤로 일정이나 준비 과정에 대해 묻지 않았다. 선거 이야기는 더 나오지 않았다. 하지만 그 침묵에 실린 마음만큼은 누구보다 분명했다.

머릿속에서 선거 출마라는 단어가 스치자마자 결단이 내려졌다. 하지만 현실은 가차 없었다. 주머니에는 돈 한 푼 없었고, 조직의 뼈대조차 세우지 못한 상태였다. 여덟 해 동안 정치 현장의 험난한 길을 걸으며 쌓아 온 경험은 있었지만, 그것을 공식적으로 증명해 줄 간판이나 명함, 추천서 같은 건 없었다. 정치를 움직이는 세 가지 축인 자금, 네트워크, 신뢰의 증표. 이 모든 결정을 오롯이 감당해야 했던 내 손 위로, 세상을 바꿀 기회보다 어깨를 짓누르는 압박의 무게가 더 무겁게 내려앉았다.

선거 출마를 선언했을 때, 손에 쥔 건 아무것도 없었다. 캠프라고 부를 만한 사무실 공간은커녕, 인력을 배치할 조직표조차 없었다. 유일한 후보자는 나 혼자였고, 사무실을 맡길 수 있는 사람은 오랜 친구 한 명뿐이었다. 스물일곱 살의 젊은 나이, 딱 두 명. 그게 우리의 전부였고, 햄버거집에 앉아 계획한 우리의 캠프는 아직 꿈같은 이야기였다. 친구와 함께 앉아 노트북 하나 켜 놓고 미래를 그려 보지만, 현실의 벽은 두껍기만 했다. 전화기 속의 청소년기의 추억처럼, 연락처 목록을 훑으며 누구에게 먼저 손 내밀까 고민하는 나날이 이어졌다.

그러나 여덟 해 동안 정치 현장에서 배운 게 하나 있었다. 내 편을 만들어 달라고 애걸복걸하는 대신, 스스로 조건을 만들어가는 법이었다. 수많은 선배의 실패를 지켜보며 깨달은 바였다. 정치는 겉으로는 사람 중심으로 돌아가는 듯 보이지만, 실상은 냉정한 조건들이 사람을 가른다. 출마 자격을 검증받는 순간부터 경선과 최종 본선에 이르기까지, 모든 단계에는 냉혹한 조건들이 버티고 있었다. 아무리 실력이 뛰어나고 진심이 간절해도, 이 조건을 충족하지 못하면 기회조차 얻지 못한 채 외면당했다. 언론의 조명, 당내 지지 기반, 자금력. 이 모든 것이 실력보다 앞서 평가받는 비정한 '자격'의 일부였다. 누군가의 선택을 기다리는 위치에 서기보다는, 선택할 수 있는 조건 자체를 직접 만들 수 있다고 믿었다. 그 믿음은 낙관이라기보다 계산에 가까웠다. 정치에서 조건이 중요하다면, 조건을 바꾸는 것 또한 정치의 일부라고 생각했기 때문이다. 방법은 하나뿐이었다. 당원을 모으는 것이었다.

선거 출마까지 1년이란 시간이 남았기에 시장 골목마다, 오래된 인연들에게 다가갔다. 아침 일찍 열린 시장의 활기찬 소음 속에서 상점 주인들의 얼굴에 새겨진 피로와 미소를 보며 먼저 안부를 물었다. 생선 비린내와 과일 향이 뒤섞인 공기 속, "잘 지내셨어요?"라는 말로 시작했다. 군에 있는 동안 못 뵈었던 상인들에게 잘 지내셨느냐며 다시 돌아왔으니 더 자주 찾아뵙겠다고 인사를 드리며 시작했다. 장사 이야기와 자녀 소식, 최근의 근심을 나누며 시간을 쌓아갔다. 그러면 자연스레 나의 근황을 묻는 주변인들이 생기곤 했다.

"대학 졸업하면 뭐 하려고?"

단순하지만 기다렸던 질문이었다. 이미 우리 지역의 국회의원은 우리 당이 아니었고, 나보다 더 오래 지역의 정치를 바라본 상인들과 주변인들은 나 역시 정치 백수 그 이상 그 이하가 아니었기 때문이다.

"저한테 커피 세 잔 값 투자해 주실래요?"

그 금액은 우연히 정해진 숫자가 아니었다. 돈을 빌려 달라는 것도 아니었다. 몇 년을 알고 지낸 청년의 부탁에 완전히 무심하게 넘길 수는 없는 액수였다.

"뭐, 사업하려고? 지금 줘?"

웃으며 주머니 속에 손을 넣는 아저씨의 위트가 지금도 기억이 난다.

"제가 직접 선거에 나가려고요. 그런데 후원은 받을 수 없으니, 당원이 되어 주세요. 아저씨가 이미 당원이시면 주변에 당원이 아닌 사람을 소개해 주세요."

그러면서 내민 입당 신청서에 아저씨는 웃으며 쓱쓱 써 내려갔다. 매월 나를 믿고 당원이 되어 천 원의 마음과 희망과 기대를 보내준 사람들은 정치에 투자한 것이 아니었다. 나에게 마음을 맡긴 사람들이었다. 시장의 습기 찬 공기 속에서, 골목의 좁은 계단에서, 편의점 앞 벤치에서 그런 만남이 하루하루 쌓여갔다. 어떤 이는 바로 당원이 되겠다며 나와의 동행을 약속했고, 어떤 이는 생각해 본다며 다음 만남을 약속했다.

하루아침에 이뤄진 게 아니었다. 인사 나누고, 재회하고, 설명하고, 기다리는 나날들이 필요했다. 비가 내리는 날에도 우산 아래 모여 이야기를 나누었고, 추운 겨울바람이 불어도 따뜻한 차 한 잔으로 시간을 메웠다. 거절당하는 날도 많았다. "너무 젊어", "돈이 없어"라는 말에 웃으며 물러서야 했다. 하지만 그 과정에서 쌓인 신뢰가 보였다. 동네 주부들은 아이 학교 이야기 끝에 "당신 같은 사람이 필요해"라고 속내를 드러냈다.

그렇게 계절이 한 바퀴 돌고, 1년이 흘렀다. 모은 권리당원은 나를 포함해 501명이 되었다. 일일이 내가 만드는 연락처에 그 이름을 하나하나 적으며, 피로가 몰려왔지만 동시에 벅찬 감동이 밀려왔다. 그 숫자를 확인하는 순간, 가슴이 뜨거워지며 선명하게 깨달았다. 정치는 숫자로 시작되는 듯보이지만, 실은 마음에서 비롯된다는 사실을. 수많은 대화, 눈빛 교환, 작은 신뢰의 누적이 만들어낸 숫자였다. 그리고 그 마음은 돈보다 훨씬 오래 지속되며, 어떤 풍파에도 흔들리지 않는 진정한 힘의 원천이 된다는 진리를 알게 해 준 숫자였다.

공식 후보자가 되기 전, 예비후보자 등록을 하고 일찍 집을 나섰다. 창밖으로 스며드는 새벽빛이 희미하게 방을 밝히는 가운데, 거울 앞에서 셔츠를 입고 어깨띠를 걸쳤다. 시계바늘은 아직 6시를 가리키고 있었지만, 발걸음은 이미 선거운동의 리듬을 타고 있었다.

지하철역으로 향하는 길, 아침 안개가 도시를 감싸고, 거리는 아직 잠에서 덜 깬 듯 고요했다. 선거운동은 바로 이른아침부터 시작됐다. 해가 완전히 올라오기 전, 지하철역 출구앞에 섰다. 이미 자리를 잡은 다른 예비후보들이 있었고, 나는 그 옆에서 한 발 물러나 인사를 건넸다. 손에는 명함 뭉치가 쥐어져 있었지만, 꺼내는 타이밍을 쉽게 정하지 못했다.

출근길 사람들은 대부분 발걸음을 멈추지 않고 흘러갔고, 바쁜 표정으로 스마트폰을 들여다보거나 커피잔을 들고 서둘렀다. 몇몇은 명함을 받아 들었고, 몇몇은 손을 살짝 흔들며 지나갔다. 반응은 일정하지 않았다. 무표정한 시선, 가벼운 미소, 혹은 서둘러 피하는 어깨. 그 아침 공기의 차가움이 뺨을 스치며, 하루의 시작을 알렸다.

: 서울시의원 출마를 본격화했던 첫 선거 선거사무소.

시장은 생각보다 조용했다. 그날 시장은 내가 군에 가기 전 자주 오던 전통시장과는 조금 달랐다. 늘 북적일 것이라 생각했던 골목은 예상보다 조용했고, 오후 늦은 시간의 공기는 이미 하루 장사를 마무리하는 쪽으로 기울어 있었다. 좌판 위에 놓인 채소들은 한 차례 손을 거친 흔적이 있었고, 비닐봉지 속 물기는 바닥에 얇게 남아 있었다. 튀김기름 냄새와 생선 비린내, 오래된 가게에서 풍기는 먼지 섞인 냄새가 겹쳐져 있었다. 그 냄새들은 강하지 않았지만, 쉽게 사라지지도 않았다. 오래 그 자리에 머문 공간의 냄새였다.

나는 시장 입구에서 잠시 멈췄다. 마치 어디부터 들어가야 할지 고민하는 사람처럼 보였다. 그러나 곧 특별한 기준 없이, 가장 가까운 가게부터 발을 옮겼다. "안녕하세요"라는 인사는 크지 않았고, 일부러 또렷하게 발음하지도 않았다. 지나치게 친근한 톤도 아니었다. 그저 이 공간에 들어온 사람으로서의 인사였다. 나는 가게 앞에 놓인 물건들을 잠시 바라보고, 가격표를 읽고, 그날 날씨 이야기를 건넸다. 말의 시작은 언제나 가벼웠다.

"오늘 장사는 좀 어떠세요.""다시 장사가 잘되겠죠?"

상인들의 대답은 짧았다.

"뭐, 그냥 그래요."

"예전 같지는 않죠."

　그 짧은 문장 뒤에는 굳이 길게 설명하지 않아도 되는 많은 이야기가 붙어 있었다. 침묵이 생기면, 그 침묵을 채우려 하지도 않았다. 오히려 그 침묵이 불편하지 않도록, 옆에 그대로 서 있었다. 골목 안쪽으로 들어갈수록, 가게들은 조금 더 작아졌고, 간판의 글씨는 바래 있었다. 한 가게 앞에서는 상인이 계산기를 두드리다 말고 손을 멈췄다. 나는 그 모습을 보고 아무 말 없이 계산기 옆을 잠시 바라보다가, 아주 조심스럽게 물었다.

　"카드로 결제하면 조금 그러시죠?"

　질문을 던지자, 상인의 표정이 그 순간 조금 바뀌었다. 이야기가 시작될 수 있는 질문이라는 것을 알아본 듯했다. 상인은 계산기 위에 손을 얹은 채 수수료 이야기를 꺼냈고, 임대료 이야기로 넘어갔다가, 결국에는 '이 동네가 어떻게 변했는지'까지 말을 이어갔다. 나는 그들의 이야기를 듣고 고개를 끄덕이거나, "그렇군요"라고 짧게 응답할 뿐이었다.

　시장에 자주 오던 국회의원 사무소 당직자가 아닌 시의

원 예비후보였던 나에게 상인들은 이것저것 해 줘야 한다고 강하게 이야기했다. 그렇지만 나는 무조건 해결하겠다고 대답하지 않았다. 대신 그동안의 경험을 빌려 분명히 말했다.

"제가 기억해 두고 있을게요."
"서울시가 무슨 일을 할 수 있는지 알아볼게요."

그 말들은 듣기에 실망감을 줄 수 있었지만, 이상하게도 상인들은 그 말 앞에서 고개를 끄덕였다. 기대를 키우지 않았기 때문이다. 문제를 덮지 않았고, 동시에 희망을 남발하지도 않았다. 그 태도가 시장 상인들에게는 조금 더 솔직해 보였다. 이곳은 하루아침에 달라질 수 있는 공간이 아니었다. 오래 버텨 온 곳이었고, 그래서 더 쉽게 속지 않는 곳이었다.

시장 한 바퀴를 다 돌고 나왔을 때, 해는 이미 많이 기울어 있었다. 아까보다 골목은 더 조용해졌고, 몇몇 가게는 불을 끄고 있었다. 나는 마지막까지 인사를 놓치지 않았다. 그저 "수고 많으셨습니다"라는 말이 그날 하루를 정리하는 문장처럼 들리길 바랐다.

같은 자리에 며칠째 서 있다 보니 얼굴이 익어갔다. 처음엔 고개만 끄덕이던 직장인들이 어느 날 잠시 멈췄고, "엄청

젊으시네요"라며 말을 걸었다. 나는 "네, 젊어서 더 열심히
합니다."라고 답했고, 그 대화는 그걸로 끝이었다. 다음 날,
그 사람은 전날에 이어 또 명함을 받아서 그대로 주머니에 집
어넣었다. 지하철역 앞의 콘크리트 바닥은 발밑에서 차갑게
느껴졌고, 지나가는 사람들의 구두 소리가 리듬처럼 울렸다.

시장에는 거의 매일 찾아갔다. 오후 4시면 장을 보러 오
는 주민들이 꽤 있었다. 팔딱이는 생선의 몸짓과 채소 상자
부딪히는 소리, 저녁 밥상에 올라갈 음식을 준비하는 움직임
속에서 가게 앞을 막지 않도록 한쪽으로 비켜서서 인사를 건
넸다. 상인들은 지나가는 손님들에게 구매를 유도하다가도
서서 인사하는 나를 보고 말을 걸곤 했다.

"매일 오네?"
"네 그럼요, 내일도 올 거예요."
"오늘은 인사만 하고 가지 말고 내 얘기 좀 듣고 가."

그 말 뒤에 이어지는 설명으로 그동안 정치인들이 했던
약속, 지자체의 시장 지원 사업에 대한 불만 등 나에게 쏟아
내는 말들은 왜 상인들이 정치인을 불신하는지 알 것만 같은
생각이 들었다.

주민들이 오가는 거리에서 눈을 맞추고,
말을 건네는 일은 내게 매우 소중한 시간이었다.
짧은 대화 속에서 정치가 어디에서 시작돼야 하는지
더욱 선명해졌다.

나는 서울시의원이 되면 거창한 약속부터 하지 않겠다고
마음먹었다. 대신, 내가 살아오며 가장 먼저 부딪혔던 순간
들에서 정치를 시작하겠다고 다짐했다. 무엇을 바꾸고 싶은
가가 아니라, 어디에서부터 덜 불안하게 만들고 싶은가였다.
나는 늘 정치가 너무 멀리서 시작된다고 느꼈다. 국가, 미
래, 비전 같은 말들은 많았지만, 정작 하루를 살아내는 사람

의 동선과 일정, 숨 고르는 순간은 잘 보이지 않았다.

그래서 서울시의원 출마를 준비하며, 나는 일부러 큰 말을 피했다. 대신 사람의 나이와 하루의 순서, 아이에서 청년으로, 중장년에서 노년으로 이어지는 그 흐름 위에 정책을 얹어 보고 싶었다. 그리고 작은 골목길에서 내가 처음 삶을 배웠던 것처럼 동네 아주머니가 챙겨 주던 간식, 학교 수업이 끝나면 자연스럽게 이어지던 어른들의 시선과 관심 같은 것이 내가 할 수 있는 일이자, 내가 해야만 하는 일들이라는 것을 생각하고 또 생각했다.

공천 경쟁은 경선으로 이어졌고 나는 치열한 경선 끝에 최종 민주당 시의원 후보자가 되었다. 본격적인 선거운동에 돌입하던 시기, 성동구는 묘하게 들떠 있었다. 지난 스무 해를 돌아보면, 이 지역의 변화는 언제나 젊은 정치인의 등장과 함께 시작되었다는 말을 종종 들었다. 임종석이라는 이름이 떠올랐고, 정원오 구청장의 얼굴도 자연스럽게 겹쳐졌다. 사람들은 그 이름들을 말할 때, '젊었다'는 사실보다 '달랐다'는 점을 먼저 떠올렸다. 기존의 방식과 다른 언어, 다른 속도, 그리고 실패를 두려워하지 않는 태도 거리에서 명함을 건네다 보면, 그런 기대가 은근히 묻어나는 시선을 느낄 수 있었다.

"젊은 사람이 일해야지."

그 말은 응원이기도 했고, 시험이기도 했다.

6월 13일 지방 선거를 앞두고 모든 정당이 '젊은 정치인'을 이야기하고 있었다. 젊은 후보들이 전면에 배치되었다. 그러나 거리에서 만난 사람들에게 중요한 건 시대의 흐름이 아니었다. 후보자가 이 동네의 숙원 사업들을 어떻게 해결할 것인지가 핵심이었다.

"어린 후보라면서요? 동네 일 해결할 수 있겠어요?"
"젊은 건 좋은데, 해 본 건 있나?"

시비 섞인 목소리로 질문이 와도 나는 고개를 끄덕이되 거기서 멈추지 않으려 했다. 나이가 아니라 경험과 방법을 말하고 싶었다. 국회에서, 지역 정당에서 배운 절차와 서울시와 자치구 주민참여예산위원으로 회의실에 앉아 예산 항목 하나하나를 들여다보던 시간을 설명했다. 특히 서울시 참여예산위원으로 활동하며 자치구 예산을 확보했던 경험은 내가 살고 있는 동네에 대한 책임감이라는 것을 보여 주고 싶었다.

나에게 질문을 하는 모든 사람들은 오직 나이에 대한 질

문이었다. 나는 그 질문이 정당하다고 느꼈다. 그래서 길게 설명하지 않았다. 대신 어떤 회의에 있었는지, 어떤 안건을 다뤘는지, 어떤 자리에서 예산을 두고 싸웠는지를 차분히 이야기했다. 정치가 처음인 사람처럼 보이고 싶지 않았고, 그렇다고 모든 걸 안다는 얼굴로 서고 싶지도 않았다.

내 선거구에 아주 오래된 숙원 사업이 있었다. 인도조차 제대로 확보되지 않은 금호역부터 금남시장으로 이어지는 장터길, 재개발이 이어졌는데도 도로가 넓어지지 않아 병목

구간이 되어 버린 금호로, 공원이라고 하기엔 어두웠던 한강변. 그것은 뉴스에 잘 나오지 않는 문제였지만, 매일 그곳을 지나고 경험하는 사람들에게는 너무나 구체적인 현실이었다. 나는 메모를 꺼내 들었고, 몇몇 주민은 그 모습을 오래 지켜보았다.

"말로만 듣는 게 아니라, 진짜 적네."

아이 손을 잡고 지나던 젊은 부모들은 보육 이야기를 했다. 금호고 개교 이후 교육에 대한 기대가 커졌다는 말도 들었다. 옥수동에서는 재개발 이후 아이를 키우는 가구가 늘어나고 있었다. 그들에게 필요한 건 거창한 공약이 아니라, 아이를 맡길 수 있는 시간과 공간이었다. 선거 전, 어린이날 행사에서는 아이들보다 부모들의 얼굴을 더 오래 보게 되었다. 사진을 찍고, 인사를 나누고, 짧은 말을 건네는 동안에도 그들의 질문은 비슷했다.

"이 동네에서 아이 키우기, 더 나아질 수 있나요?"

선거운동 막바지에 가까워질수록, 나는 무엇을 가장 먼저 하고 싶은지 스스로에게 자주 물었다. 답은 늘 같았다. 사람을 만나는 일이었다. 그중에서도 청년들이었다. 앞으로의 세상을 함께 만들어 갈 청년들과 대화하고 싶었다. 그래서 서울시의원이 된다면 가장 먼저 서울 지역의 대학 총학생회와 만나겠다고, 청년들이 직접 말할 수 있는 창구를 만들겠다고 여러 번 생각했다. 정서 지원과 취업 지원을 따로 떼어놓지 않고, 하나의 삶으로 바라보는 정책을 만들고 싶었다.

선거운동의 마지막 즈음, 나는 투표 이야기를 자주 꺼냈다. 투표는 정치인에게 주는 선물이 아니라, 주민이 자신에게 주는 권리라고 생각했기 때문이다. 작은 한 표가 쌓여야 이 동네의 방향이 정해진다. 거리에서 만난 사람들에게 나는 늘 같은 말을 남겼다.

"이번 선거, 꼭 투표해 주세요."

그 말에는 부탁보다 다짐이 더 많이 섞여 있었다. 성동구의 변화를 말로 설득하기보다, 같은 길을 걸으며 증명하고 싶었던 시간이었기 때문이다. 선거 기간 동안 나는 많은 약속을 하지 않았다. 화려한 공약 대신, 듣는 데 집중했다. 설명해야 할 순간에도 말을 길게 하지 않았고, 듣고 싶은 이야기가 나와도 중간에 끼어들지 않았다. 대신 같은 질문을 반복했다.

"언제 이 문제가 시작되었을까요? 구청이나 시청에는 민원을 제기해 보셨을까요?"

그 질문들은 화려하지 않았고, 즉각적인 박수를 불러오지도 않았다. 다만 대화의 속도를 조금 늦췄다. 한 상인은 "몇 번을 이야기했지. 그냥 예예 하고 끝이야." 하며 한숨을 쉬었고, 나는 고개만 끄덕였다. 주부들은 아이들 학교 이야기 끝에 "학교 노후화가 심한데 교육청은 관심이 없어요"라고 덧붙였다.

서울시의회의원선거 출마 당시, 정치는 보여주기보다 먼저 낮아지는 일이라는 것을 몸으로 배울 수 있었던 기회였다.

거리 곳곳, 공원 벤치, 아파트 단지 입구 어디서든 같은 패턴이었다. 비 오는 날엔 우산을 쓰고, 더운 날엔 물통을 들고 버텼다. 피로가 쌓일수록 사람들의 얼굴 하나하나가 기억에 새겨졌다. 누군가는 명함을 버리듯 던졌고, 누군가는 "화이팅" 한마디를 남겼다. 그 모든 순간이 쌓여 익숙함이 생겼다.

결과를 기다리는 마음은 초조해져만 갔다. 투표함을 개함하기 전까지 어떻게 될까 하는 걱정과 기대, 설렘이 한데 어우러졌다. 개표가 시작된 순간, 나는 비로소 잠에서 깨었다. 투표일에는 선거운동을 할 수 없어 하루 종일 잤다. 휴대폰에는 친구들과 지인들의 응원 메시지가 쏟아졌지만, 답할 수가 없었다.

그렇게 몇 시간 뒤 개표 참관인으로 갔던 선거 사무장으로부터 당선 확실이라는 전화를 받는 순간 가슴이 쿵 내려앉는 듯했다. 축하 전화가 울리기 시작했지만, 환호보다는 머릿속에 선거 기간 동안 지나쳤던, 짧게 인사를 나누고 헤어졌던 직장인들과 말을 아끼던 상인들의 얼굴이 먼저 떠올랐다.

당선 이후 며칠 동안은 일정이 빠르게 채워졌다. 당선에 대한 감사 인사를 주민들에게 드리고 싶었다. 나는 이전과 같은 시간에 같은 장소를 지나갔다. 지하철역 앞, 시장 입구, 선거운동 때 서 있던 자리였다. 그곳에서 인사를 건네던 방식은 달라지지 않았다. 다만 상대의 반응이 조금 달라졌다. "의원님!"이라는 호칭이 붙었고, 명함을 받지 않아도 말을 먼저 꺼내는 경우가 생겼다. 한 상인은 손을 잡으며 "축하해요, 이제 제대로 해 줘요"라고 웃었다. 그 변화가 어색하면서도 뿌듯했다. 선거는 끝났지만, 그 자리의 의미는 여전했다. 사람들의 얼굴이 여전히 그곳에 있었기 때문이다.

PART 3

도시와 사람을 잇다

정치는 거창한 약속이 아니라,
오늘을 살아가는 사람들의 숨을 지키는 일이다.
도시의 문제 앞에서 혼자 설 수는 없었다.
함께 살기 위해 책임을 나누는 것,
그것이 내가 꿈꾸는 '모두의 중구'이다.

주민 곁에 힘이 되는

서울시의원이 되고 난 후, 일상은 급변했다. 이전의 선거운동처럼 거리에서 홀로 서 있던 나날에서 벗어나, 서울시의회 의원회관 사무실로 발걸음을 옮겼다. 만 26세 최연소 광역의원으로서의 무게가 어깨를 짓누르는 동시에, 새로운 책임이 기다리고 있었다.

그때만큼 스물여섯이라는 숫자가 그렇게 크게 느껴진 적은 없었다. 선거 결과가 확정되고, 사람들이 나를 "전국 최연소 광역의원"이라고 불렀을 때도 실감은 잘 나지 않았다. 축하 인사가 이어졌고, 인터뷰 요청이 쇄도했다. 웃으며 악수를 나눴지만 마음 한편은 이상하게 가라앉아 있었다. 기쁨보다 먼저 떠오른 것은 압박이었다. '정말 잘해야 한다.'

서울시의원이 되었다는 사실보다, 앞으로 마주하게 될 사람들의 얼굴이 먼저 떠올랐다. 투표소 앞에서 망설이던 어르신들, 유모차를 끌고 지나가다 "꼭 잘해 줘요"라고 말하던 젊은 엄마, 선거운동 기간 내내 말없이 손을 흔들어 주던 상인들. 내가 잘해서 이 자리에 왔다기보다는, 그들이 나를 한 번 더 믿어 준 결과라는 생각이 더 컸다.

그래서 다짐했다. 최연소라는 말에 기대지 않겠다고. 패기라는 단어 뒤에 숨지 않겠다고. 대신, 가장 먼저 외면받아 온 사람들의 편에 서겠다고 되뇌었다. 나는 늘 '큰 정치'보다 '생활 정치'를 먼저 떠올려 왔다. 정치란 거창한 구호보다, 오늘 하루를 버텨내는 사람들의 삶을 조금 덜 불안하게 만드는 일이라고 믿었다. 동네에서 가장 먼저 밀려나는 사람, 가장 늦게 불리는 사람, 가장 쉽게 잊히는 사람부터 끌어안는 것. 그것이 내가 생각하는 정치의 출발점이었다.

이 다짐에는 어릴 때의 기억들이 겹쳐 있다. 편부 가정에서 자라며 겪었던 설명하기 어려운 시선들, 제도 앞에서 늘 한 발 뒤로 밀려났던 순간들. 누군가 악의를 가지고 차별하지 않아도, 시스템은 충분히 사람을 소외시킬 수 있다는 사실을 나는 어릴 때부터 몸으로 배웠다. 그래서 정치는 누군가를 '선별'하는 일이 아니라, 빠져나간 사람을 다시 불러들이는 일이어야 한다고 생각하게 됐다.

고등학생 시절, 학생회장 선거에 나섰다가 가정환경을 이유로 좌절을 겪었을 때도 같은 생각을 했다. 그때 마음속에 남은 감정은 분노보다 다짐에 가까웠다. 정의롭고 공평한 세상은 누가 만들어 주는 게 아니라, 누군가는 직접 나서야 만들어진다. 그 다짐이 여기까지 나를 데려왔다. 서울시의원이 되었을 때에도 생각은 크게 달라지지 않았다.

청년 문제, 보육과 교육, 지역의 격차와 불균형. 어느 하나도 단기간에 해결할 수 있는 문제는 아니다. 하지만 해결되지 않는 이유가 늘 '어렵기 때문'이어서는 안 된다고 생각한다. 지속가능한 일자리를 고민하고, 당사자의 목소리가 정책으로 이어지는 구조를 만들고, 주민이 예산과 행정의 주체로 참여할 수 있는 통로를 넓히는 것. 느리더라도 그 방향만은 분명히 가고 싶었다.

나는 완벽한 사람이 아니다. 사회적 경험이 부족했고, 모르는 것도 많았다. 그래서 더 많이 듣고, 더 자주 현장에 서려고 했다. 회의실보다 골목에서, 보고서보다 사람의 말에서 답을 찾는 시의원이 되고 싶었다. 누군가에게는 처음 만나는 정치인이자, 누군가에게는 마지막으로 기대를 걸어 보는 정치인일지도 모른다는 사실을 잊지 않으려고 했다. 서울시 최

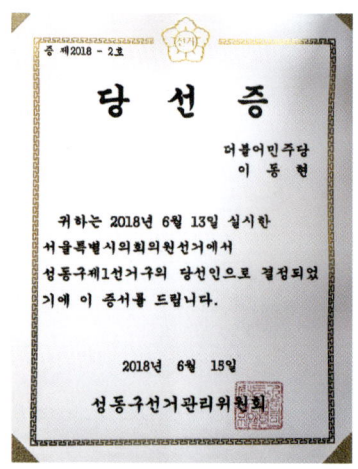

2018년 6월, 서울시의회의원선거에서
성동구 제1구 선거구의 당선인이 되어
당선증을 교부 받았다.
최연소 의원으로 활동을 시작했던
이 순간의 설렘과 긴장을 잊지 못한다.

당선증을 교부 받던 날, 나는 언제나 주민 곁에서 주민들의 조금 더 나은 삶을 위해
돕겠노라고 다짐했다.

연소 의원이라는 타이틀은 언젠가 사라질 것이지만, 내가 어떤 선택을 했는지는 오래 남을 것이라고 생각했다. 나는 그 선택이, 언제나 주민 곁에 있었기를 바랐고, 그것이 내가 서울시의원이 된 곳에서 가장 먼저 한 다짐이었다.

덕수궁 인근 서울시의회 건물에 처음 들어갔을 때, 나는 생각보다 조용하다고 느꼈다. 뉴스에서 보던 풍경과는 달리 복도는 넓었고, 발소리는 울리지 않았다. 출입증을 찍는 소리, 문이 닫히는 소리, 엘리베이터가 멈출 때 나는 짧은 알림음 같은 것들이 일정한 간격으로 반복될 뿐이었다. 사람들은 바쁘게 움직였지만 서두르는 느낌은 없었다. 대부분 자신이 가야 할 방향을 이미 알고 있는 사람들처럼 보였다.

처음 참석하는 상임위원회 회의실 문 앞에서 잠시 멈췄다. 문을 열자 여러 시선이 동시에 움직였고, 그중 몇 개는 금세 다시 서류로 내려갔다. 누군가의 발언이 이어지고 있었고, 그 발언은 높지도 낮지도 않은 목소리로 일정한 속도로 흘러갔다. 감정을 실은 말투는 아니었고, 그렇다고 건조하지도 않았다. 회의실 안의 공기는 생각보다 안정되어 있었다.

나는 자리에 앉아 주변을 살폈다. 책상 위에는 자료집이 놓여 있었고, 형광펜으로 표시된 흔적들이 눈에 들어왔다. 어떤 페이지는 접혀 있었고, 어떤 페이지는 이미 여러 번 넘겨진 것처럼 가장자리가 닳아 있었다. 이곳에서는 발언보다 준비된 문장이 먼저 움직이고 있다는 인상을 받았다.

그날 회의에서 다뤄진 안건은 새로운 것이 아니었다. 이미 여러 차례 보고된 사안이었고, 문제의 구조 역시 대부분 공유되어 있었다. 그럼에도 발언은 계속 이어졌다. 누군가는 같은 내용을 다른 표현으로 다시 설명했고, 누군가는 이미 나온 질문을 다시 꺼냈다. 나는 그 반복이 처음에는 낯설었다. 이미 알고 있는 이야기를 왜 이렇게 오래 하는지 이해되지 않았다.

회의가 끝난 뒤, 나는 그 이유를 조금 알게 되었다. 회의실을 나서며 들은 건 결론이 아니라, 추가로 확인해야 할 목록이었다. 다음 회의 전까지 점검할 사항, 다시 현장에 내려가 확인할 내용, 숫자로 정리되지 않은 부분들. 이곳에서는 결론보다 보류된 판단이 더 중요하게 다뤄지고 있었다.

서울시의회에서의 시간은 대부분 그렇게 흘러갔다. 회의가 끝나면 다시 확인할 목록이 남았고, 그 확인은 수정으로 이어졌다. 수정된 문장은 다음 회의에서 다시 검토되었고, 그 과정은 여러 차례 반복되었다. 겉으로 보기에는 같은 논의가 제자리에서 맴도는 것처럼 보였지만, 문장은 그 사이 조금씩 다른 형태를 갖추고 있었다. 어떤 단어는 빠졌고, 어떤 문장은 순서가 바뀌었으며, 어떤 경우에는 조건 하나가 조심스럽게 덧붙여졌다. 변화의 폭은 크지 않았지만, 그 문장이 실제로 적용되는 순간에는 그만큼의 무게를 고스란히 떠안기 때문에 더욱 신중했다.

특히 예산안 편성을 앞두고는 회의가 밤낮없이 이어졌으며, 논쟁이 꼬리에 꼬리를 물었다. 숫자가 화면에 띄워졌고, 항목별로 설명이 이어졌다. 누군가는 그 숫자를 "현실적인 조정"이라고 불렀고, 누군가는 "불가피한 선택"이라고 말했다. 나는 그 말들이 어떤 삶의 조건으로 이어질지 머릿속으로 그려 보려 했다. 숫자 자체는 중립적으로 보였지만, 그 숫자가 적용되는 장소와 사람을 떠올리면 이야기는 달라졌다.

회의 중간, 한 의원이 질문을 던졌다.

"이렇게 예산이 조정되면, 현장에서는 어떤 변화가 생긴다고 예측하는지요?"

질문은 길지 않았고, 특별히 공격적이지도 않았다. 그러나 그 질문 이후 회의의 흐름이 조금 달라졌다. 설명은 다시 현장으로 돌아갔고, 보고서에 없던 이야기들이 추가되기 시작했다. 누군가는 잠시 말을 멈췄고, 누군가는 자료를 다시 넘겼다.

회의가 몇 번 반복되면서, 나는 점점 이 공간의 언어를 이해하기 시작했다. 이곳에서는 말을 던지는 것보다 그 말이 어디까지 닿는지 확인하는 과정이 더 중요했다. 쉽게 결론을 내리지 않는 이유도, 판단을 미루는 이유도 그 안에 있었다. 출마를 결심했던 날도 비슷한 감각 속에 있었다. 확신이 있어서라기보다는, 이미 여러 번 현장을 오가며 판단의 끝에 서 있었기 때문이다. 밖에서 문제를 지적하는 역할은 익숙했지만, 그 문제의 결과를 끝까지 떠안는 자리에 서는 건 다른 종류의 일이었다.

서울시 정책의 화두로 '스마트 시티'가 부상하던 시기였다. '4차 산업혁명'이라는 구호 또한 도처에 가득했다. 그러나 회의실 안에서 오가는 문장들은 기술의 화려함보다, 그 기술이 가닿을 대상과 범위를 더 세밀하고 조심스럽게 살피고 있었다. 변화는 구호처럼 빠르지 않았고, 혁신은 선언만으로 완성되지 않았다.

회의실에서 기술 이야기가 나올 때면, 나는 종종 화면보다 사람을 먼저 떠올렸다. 스마트 시티, 블록체인, 엠보팅, 제로페이. 단어들은 빠르게 바뀌었고, 정책 이름은 점점 세련되어 갔다. 그러나 그 기술들이 실제로 닿게 될 사람들의 얼굴은 회의 자료 속에서 쉽게 보이지 않았다.

스마트 시티 구축과 관련된 안건들이 올라올 때마다, 한 가지 불편함이 반복됐다. 집행부는 기술에 익숙해 보였지만, 의회는 그만큼 준비되어 있지 않았다. 질문은 있었지만 깊이는 일정 선에서 멈췄고, 설명은 전문 용어 뒤로 숨었다. 의원들의 전문성이 부족하다는 흠을 볼 수 있지만, 의원 역시 의원이기 전에 일반 시민의 한 사람인 것을 강조했다. 특히 지방의회에서는 더더욱 이런 점에 집중해야 한다고 했다.

대표자 자격으로 정보를 가장 먼저 접하는 나조차 정책이 어렵게 느껴졌다. 하물며 대다수 시민은 제도가 있는지도 모른 채 세금이 쓰이는 과정을 지켜보고만 있을 터였다. 나는 적정 기술로 정보를 알기 쉽게 제공해 정보 약자의 소외를 막는 것이 스마트 시티의 시작이라 믿었다. 결국 정책 설계의 중심은 철저히 '당사자'여야 한다.

청년 정책을 다룰 때, 그 문제의식은 더 분명해졌다. 회의실에서 청년은 늘 '대상'으로 등장했지만, 주체로 불리는 일은 드물었다. 정책은 많았지만, 청년의 언어는 그 안에 충분히 들어오지 못했다. 특히 청년 정책을 논의할 때, 그 간극은 더 또렷하게 보였다. 회의 자료에는 수치와 사업명이 정리되어 있었지만, 그 문장들 사이에서 실제 청년의 목소리는 쉽게 찾기 어려웠다. 나는 그 공백이 의도라기보다는, 구

: 선거과정에서 받았던 청소년 정책제안은 내게는 사명감과도 같았다.

조의 결과에 가깝다고 느꼈다. 그동안 청년 정책은 대부분 기성세대의 과거 경험으로만 설계되어 왔기 때문이다. 그래서 청년 정책의 보완이 필요하다고 생각했다.

청년특별위원회는 진짜 청년이 참여하여 목소리를 갖고, 삶을 변화시킬 수 있는 계기가 될 수 있다고 확신했다. 그리고 폭을 넓히고 싶었다. 당시만 해도 청년이란, 대개 20대 대학생이거나, 결혼적령기의 나이로 인식하곤 했다. 그러나 그건 시대착오적인 발상이라고 생각했다. 대학생을 넘어 취업 준비생, 직장인, 신혼부부, 어린 자녀를 둔 30대 중반 역시 청년의 범주 안에 들고 이들이 도시를 살아가는 데 있어서 필요한 부분들을 설계해야 한다고 생각했다.

단순히 특별위원회를 하나 더 만들어 감투를 쓰고 싶어서가 아니라, 의회 안에 하나의 질문을 고정시키고 싶었다. 청년 정책이 논의될 때마다, '청년은 어디에 있는가'라는 질문이 자동으로 따라붙도록. 정치나 언론에 익숙한 일부 청년이 아니라, 그동안 한 번도 회의장에 불려 본 적 없는 대학생, 신혼부부, 워킹 부모, 1인 가구 청년들의 이야기가 문장 안으로 들어오게 하고 싶었다.

그래서 제10대 서울시의회에서 청년특별위원회를 만들었고, 나는 위원장을 맡았다. 서울시의 청년 정책은 일자리, 주거, 여가, 설자리까지 포괄적으로 뒷받침되고 있었지만, 기성세대 경험 중심으로 설계된 한계를 분명히 느꼈다. 위원회에서는 제도권 청년뿐 아니라 대학생, 취약계층 청년들의 목소리를 모아 정책에 반영했다. 청년 실업과 고용 불안이 가속화되는 상황에서, 나는 청년 당사자들과의 소통과 협의를 통해 실실적인 정책 방안을 도출하겠다고 여러 차례 밝혔다.

나는 청년 창업의 3년 내 폐업률이 80%에 이르는 현실을 지적하며, 소셜 벤처 모델을 대안으로 제시했다. '창업=이윤 창출'이라는 공식을 넘어, 사회적 가치와 이윤이 함께 순환하는 구조가 필요하다고 보았다. 그 과정에서 대표 발의한 것이 「서울특별시 청년참여 활성화 지원조례」였다. 이 조례는 단순한 선언이 아니었다. 청년 참여 기구의 법적 지위를 명확히 하고, 예산 편성 과정에 청년이 직접 참여할 수 있도록 하는 청년 자율 예산제의 근거를 담고 있었다. 청년을 '의견 수렴의 대상'이 아니라, 정책 결정 과정의 일부로 끌어들이는 구조였다.

조례는 하루아침에 만들어지지 않았다. 서울청년정책네트워크, 청년청, 시의회 관계자들과의 논의는 길었고, 때로는 답답했다. 같은 문장을 여러 번 고치고, 조건 하나를 덧붙였다가 다시 지우는 일이 반복됐다. 그러나 그 숙의의 시간이 있었기에, 조례는 본회의를 통과할 수 있었다. 심도 있게 고민하고 치열하게 토론하여 조례가 만들어졌지만, 도시가 갑자기 변하지도 않았고, 현장의 문제가 즉각 사라지지도 않았다. 다만 문서 한 줄이 바뀌었고, 그 문서는 이제 되돌릴 수 없는 기록이 되었다.

그날 퇴근길에 나는 건물 앞에서 잠시 멈췄다. 낮에 보던 건물과는 다른 표정이었다. 불이 켜진 창과 꺼진 창이 섞여 있었고, 늦게까지 남아 있는 사무실도 보였다. 그 안에서 누군가는 아직 판단을 정리하고 있을 것이고, 누군가는 다음 회의를 준비하고 있을 것이었다.

시의원에 당선된 지 어느새 2년이 지나고 전반기가 끝났다. 나는 전반기에 있었던 행정자치위원회에서 교육위원회로 자리를 옮겼다. 교육위원회는 꽤 인기 있는 위원회였다. 아무래도 시청이 아닌 교육청을 관할하는 위원회이다 보니 학교의 문제를 더 다룰 수 있었고, 학교 시설 등의 민원이 꽤 많기에 의원들에게는 선호하는 위원회였다.

교육위원회 위원으로서 첫 공식 일정은 지역의 한 초등학교였다. 학교 정문을 들어서며 나는 의정 활동의 시작이라는 말보다도 '아이들이 하루 대부분을 보내는 공간을 직접 본다'는 사실이 더 크게 다가왔다. 책상 위 보고서나 회의실에서 듣는 설명이 아니라, 교실과 복도, 계단 하나하나를 눈으로 확인하고 싶었다.

학교장을 비롯해 학교운영위원회 위원장, 학부모회 회장과 함께한 간담회에서는 학교가 안고 있는 현실적인 고민들이 조심스럽지만 분명한 목소리로 전해졌다. 오래된 시설로 인한 불편, 안전에 대한 우려, 그리고 "아이들이 이곳에서 공부하고, 뛰어노는 것을 걱정하지 않아도 되는 학교가 되었으면 좋겠다"는 바람이었다. 그 말 한마디 한마디가 가볍게 들리지 않았다. 그 당시, 내가 방문했던 학교는 한눈에 드러나는 큰 사고 위험보다는 오래된 시간들이 켜켜이 남아 있는 공간이었다.

간담회가 끝난 뒤 나는 교실과 복도를 직접 걸으며 학교를 둘러보았다. 새로 고친 흔적과 그렇지 못한 부분이 섞여 있었고, 그 사이사이에 방치된 시간들이 보였다. 교실 바닥은 부분적으로 마모가 심했다. 아이들이 가장 많이 오가는 동선만 유독 색이 옅어져 있었고, 바닥재의 이음새는 들떠 있었다. 겉으로 보기엔 멀쩡해 보였지만, 발을 디딜 때마다 미세하게 미끌리는 느낌이 있었다. 아이들에겐 별일 아닌 일일지도 모르지만, 뛰다가 발이 미끄러지면 충분히 넘어질 수 있는 정도였다.

몇몇 교실에서는 낡아진 사물함 등이 눈에 보였고 의자를 밀 때마다 삐걱거리는 소리가 났다. 복도로 나오자 손잡이들이 눈에 들어왔다. 손때가 오래 묻은 손잡이들은 표면이 매끄럽지 않았고, 부분적으로 코팅이 벗겨져 있었다. 어떤 손잡이는 나사를 조여 놓은 자국이 남아 있었고, 문을 여닫을 때마다 손잡이가 살짝 흔들렸다. 아이들이 급하게 뛰어나오다 손을 짚으면 불안할 수 있겠다는 생각이 들었다.

계단은 더 조심스러웠다. 아이들이 하루에도 몇 번씩 오르내리는 공간이었지만, 계단 모서리의 미끄럼 방지 고무는

주민의 삶 속에 걸어들어간다는 것, 그것은 문제 해결을 위한 첫 걸음이었다.
현장을 보고, 듣고, 느낀 뒤 비로소 진심이 묻어나는 정치가 될 수 있다.

이미 많이 닳아 있었다. 교장 선생님을 비롯하여 학교 선생님들이 부족한 학교 재정에도 불구하고 힘을 모아 애써 학교를 다시 가꾸고 정비를 해 두었지만, 아이들의 안전에 있어서는 역부족인 것이 눈에 띄게 보였다.

나는 그 공간들을 어른의 기준이 아니라, 아이들의 눈높이에서 보려 애썼다. 뛰다가, 가방을 멘 채로, 친구와 장난을 치며 지나갈 때 이 공간이 어떤 느낌일지를 상상했다. 큰 결함은 아니지만, 매일 반복되면 결국 사고로 이어질 수 있는 요소들. 누군가는 '이 정도면 괜찮다'고 말할 수 있지만, 매일 그 공간을 사용하는 아이들에겐 충분히 다른 이야기일 수 있는 부분들이었다.

그날 학교를 돌며 든 생각은 단순했다. 노후화란 한 번에 무너지는 것이 아니라, 이렇게 조금씩 쌓여 아이들의 일상 속에 스며든다는 것. 그래서 더 늦기 전에 손을 봐야 한다는 것이었다. 시설의 노후화는 단순한 불편을 넘어, 방치될 경우 안전을 넘어 교육 환경의 격차까지 이어질 수 있다는 점을 현장에서 다시 한 번 실감했다.

학교 관계자들과 학부모들은 노후 시설 개선의 필요성에 대해 공감대를 형성하고 있었고, 나 역시 같은 문제의식을 공유했다. 이 문제는 한 학교만의 문제가 아니라, 지역 전체의 교육 환경과 직결된 사안이라는 생각이 들었다. 나는 그 자리에서 다짐했다. 지역구 내 모든 학교를 직접 찾아가 현장의 목소리를 듣겠다고. 아이들에게 학교는 가장 안전한 배움터이자 놀이터가 되어야 하기에 안전하고 쾌적한 환경을 만들어야 한다고, 단순히 민원 처리를 위한 의정 활동이 아닌 교육위원회 차원에서 실질적인 개선 방안을 적극적으로 논의하고 추진해야겠다고 생각했다.

남은 임기 동안 노후 시설 개선에 있어서는 한 발도 물러서지 않겠다는 다짐이기도 했다. 문제의 해결은 말로만 이야기해서는 바뀌지 않는다. 현장을 보고, 듣고, 느낀 뒤에야 비로소 해결이 시작된다고 믿는다. 교육위원으로서 첫 현장 방문은 내게 그 사실을 다시 한 번 분명하게 확인시켜 준 시간이었다.

정당 활동에 뛰어들어 눈코 뜰 새 없는 시간을 보냈다. 지역의 주민참여예산위원으로 현장을 누비고, 국회 입법보조원으로서 정책의 이면을 오가며 나는 비로소 정치의 또 다른 얼굴들을 목격했다. 가톨릭대학교 행정학과에서 들었던 정책 형성과 평가 수업들은 지금도 회의실에서 문장을 고칠 때마다 떠오른다. 교재 속 이론은 책에 남았지만, 그 논리는 의정 활동의 밑바탕이 되었다.

청년 마음 상담소 설립을 이야기하고, 학생 참여 예산 확대를 말하는 이유도 그 연장선에 있다. 시민이 정책의 수혜자가 아니라, 정책의 주인이 되는 도시. '시민이 주인 된 서울'이라는 말은 구호에 가깝지만, 나는 그 문장을 가능한 한 제도에 가까이 두고 싶었다.

그러나 지방의회, 지방자치단체 등 지방정치는 시민들에게 그다지 관심 사안이 아니었고, 일부 지방정치인들의 일탈로 부정적 인식이 강했다. 그럼에도 불구하고 나는 지방자치가 중요하다고 생각한다. 삶을 바꾸는 일은 거창한 결심에서 시작되지 않는다. 투표 한 번, 질문 하나, 참여 한 번이 쌓여야 변화가 만들어진다.

주민의 관심 한 번이 내 집 앞을 바꾸고 골목을 바꾸고 광장을 바꾼다. 중앙에서 행정은 광장을 지나 골목까지 닿는 행정을 펼칠 수 있게 만든다. 그래서 나는 오늘도 초심을 잃지 않으려 애쓴다. 정치인과 행정가의 기본인 주민 뜻대로의 의정 활동을 계속하겠다는 다짐은 여전히 현재 진행형이다.

그러나 주민 뜻대로의 정치는 결코 쉽지 않았다. 회의실을 나서는 순간, 정치는 종종 전혀 다른 얼굴을 드러내곤 했다. 주민의 뜻과 이해관계가 서로 충돌하는 장면 – 의정 활동을 하면서 가장 어렵고 고된 순간들이었다. 민원인을 만날 때마다 나는 한 문장을 마음속에서 반복했다.

"그럴 만한 이유가 있겠지."

정치인은 신념을 가져야 하지만, 편견은 내려놓아야 한다. 그러나 현실에서는 고집과 편견을 신념으로 둔갑시키는 정치인이 적지 않았다. 나는 그 오류를 범하고 싶지 않았다. 그래서 어떤 민원인을 만나더라도 항상 그 문장을 되새기며,

정책의 주인이 되는 도시, 시민이 주인 된 서울은 주민들의 관심과 정치인과 행정가의
실천과 노력에 의해 만들어질 수 있다.
제기된 민원을 바탕으로 현장에서 주민 및 관계 부서와 즉석 간담회를 진행했다.
문서보다 현장을 먼저 보고, 문제를 구체화하는 과정이었다.

먼저 이유를 들으려 했다. 하지만 이상과 현실의 간격이 너무 크게 벌어질 때도 많았다. 민원의 전체 맥락을 말하지 않은 채 자신에게만 불리했다고 주장하는 경우, 상대방을 향한 근거 없는 음해, 공무원에 대한 무조건적 불신 등이 이어질 때면, 마음속에서 되뇌던 "그럴 만한 이유가 있겠지"라는 문장이 흔들리는 것을 느꼈다.

늦은 저녁, 새벽, 주말을 가리지 않고 걸려오는 전화에도 가능한 한 모두 응답했고, 직접 만나 설명하고 다녔다. 그럼에도 해결되지 않는 민원들은 결국 "왜 해결이 안 되느냐", "무책임하다"는 항의로 돌아왔다. 어떤 때는 "오히려 상황을 악화시켰으니 책임을 지라"는 전화까지 받아야 했다. 의원으로 일한 4년 동안, 동전보다 큰 원형탈모가 세 번이나 찾아왔다는 사실이 그 시간을 대신 말해 주었다. 정치가 가진 '도움을 주고 싶다는 마음'과 '감당해야 하는 요구의 무게'라는 두 얼굴 사이에 나는 서 있었다. 그럼에도 불구하고 나는 신념을 꺾을 수 없었다.

"그럴 만한 이유가 있겠지."

나는 그 문장을 놓치지 않기 위해, 오늘도 다시 마음속에서 조용히 되뇌었다.

서울시의회에서 일한다는 것은 늘 완벽하지 않은 선택을 기록으로 남기는 일에 가까웠다. 그래서 이곳에서는 말이 쉽게 나오지 않았고, 결론은 늘 여러 겹의 문장을 거쳐야 했다. 나는 그 과정을 겪으며, 정치가 드러나는 직업이 아니라 남는 직업이라는 생각을 하게 되었다. 박수는 금방 사라지지만, 기록은 오래 남는다. 이곳에서는 그 사실을 모두가 알고 있는 것처럼 보였다.

그렇게 나는 서울시의회라는 공간에 조금씩 익숙해졌다. 속도를 늦추는 법, 판단을 보류하는 법, 그리고 결정이 남긴 흔적을 끝까지 바라보는 법을 배워 가면서. 이 장면들이 쌓여, 어느새 나 역시 이 공간의 시간에 발을 맞추고 있다는 걸 나중에서야 알게 되었다.

나의 도시

나와 내 가족이 지금 살고 있는 중구는 천천히 그 모습을 바꾸어 왔다. 마치 흑백 영화에서 화려한 컬러가 덧입혀진 영화처럼, 색깔도 냄새도 모두 조금씩 바뀌었다.

아버지는 어린 시절 나와 형에게 영화를 자주 보여주곤했다. 명보극장과 대한극장은 아버지 손을 잡고 처음 영화를 봤던 곳들이다. 극장 앞에는 늘 가판대가 있었고, 아버지는 그 모습을 볼 때마다 당신의 어린 시절 이야기를 들려주었다.

1970년대는 내가 태어나기 전이었는데, 할머니는 청계천 근처 아세아극장 앞에서 오래도록 신문을 파셨다고 했다. 아버지는 학교가 끝나면 할머니 일을 도우러 종종 극장 앞에서 있었다고 했다. 하지만 극장 앞에서 시간을 보냈어도, 정작 영화는 거의 보지 못했다고 했다. 그 시절의 극장은 일터였지 놀이 공간은 아니었다. 아버지는 그래서인지 나와 형에게만큼은 극장이 일터가 아니라 풍경이 되어 주길 바랐던 것 같다. 신작 영화가 개봉하면 아버지는 우리를 데리고 충무로 골목을 천천히 걸었다. 그리고 매점에서 파는 팝콘과 콜라 대신, 극장 앞 가판대에서 우유를 하나씩 사 주었다. 아버지에게는 그 우유가 어린 시절 자신이 누리지 못했던 여유의 또 다른 형태였는지도 모른다.

지금의 영화관은 너무 커서 오히려 텅 빈 느낌이 들지만, 그때의 극장은 사람들로 북적였다. 상영관 입구부터 매점 앞까지 늘 긴 줄이 이어졌고, 누구에게나 '영화 한 편'은 하루의 가장 확실한 이벤트였다. 아버지와 형의 손을 잡고 다니던 그 영화관을 처음으로 친구와 단둘이 간 날도 잊을 수 없다. 그때 느낀 조그만 해방감과 설렘은 지금도 생생하다. 중구라는 공간이 내게 처음으로 남긴 감각은 아마 그 무렵 이미 형성되고 있었다. 사람들이 모였다가 흩어지는 곳, 하루의 리듬이 분명하게 느껴지는 곳. 나에게 중구는 단순한 동네가 아니라, 세상의 움직임을 가장 먼저 배운 무대였다.

아버지와 함께 걷던 충무로의 골목, 극장 앞 가판대에서 우유를 하나씩 들고 나오던 그 기억이 중구의 첫 풍경을 만들었다면, 시간이 지나면서 그 풍경은 다른 모습들로 천천히 확장되었다. 그 변화 속에는 아버지의 손만 있었던 것이 아니라 형의 손도 있었다. 아버지가 내게 중구를 보여 준 사람이라면, 형은 중구의 맛과 냄새를 들고 돌아오던 사람이었다.

그 시절 형이 들고 오던 치킨 상자 하나가 나에게는 이 동네의 또 다른 풍경이었다. 집에 들어오는 형의 손에 종이 상자가 들려 있으면 그날의 공기가 조금 달라졌다. 평소와 같은 저녁인데도 문을 여는 순간부터 알 수 있었다. 오늘은 그냥 지나가는 날은 아니겠구나 하는 감각이 먼저 왔다.

GFC라는 이름의 치킨집이었다. 형이 다니던 성동고등학교 앞에 있었다. 학교 앞을 지나갈 때면 늘 기름 냄새와 튀김 냄새가 섞여 있었다. 수업이 끝난 시간대에는 교복 입은 학생들이 무리를 지어 서 있었고, 가게 안에서는 계속해서 닭을 튀기는 소리가 났다. KFC에서 일하던 아저씨가 그만두고 나와 차린 가게라고 했다. 그 이야기는 여러 번 들었는데, 그때마다 괜히 중요한 정보처럼 느껴졌다. '어디에서 왔는지'가 맛을 설명해 주는 것 같았기 때문이다.

GFC는 KFC식 크리스피 치킨을 팔았다. 겉이 바삭했고, 한 입 베어 물면 껍질이 먼저 부서졌다. 안쪽은 약간 염지된 것처럼 매콤하고 짭짤했다. 마늘과 후추 맛이 분명했다. 한 마리에 5,500원. 그 숫자는 정확하게 기억난다. KFC가 너무 비쌌던 시절이었다. 메뉴판을 보지도 못하고 돌아서야 했던 기억이 아직 남아 있던 때였다. 우리에게 GFC는 유일하게 치킨을 먹을 수 있는 곳이었다.

형이 치킨 상자를 들고 집에 오면 그날은 조금 특별한 날이 되었다. 거창한 이유는 없었다. 시험을 잘 봤다거나 무슨 기념일이 있어서도 아니었다. 그냥 그런 날이었다. 상자를 식탁 위에 올려 두면 뚜껑 사이로 김이 새어 나왔다. 뜨거운 김 사이로 기름 냄새와 후추 냄새가 섞여 나왔다. 그 냄새는 집 안에 오래 남았다. 환기를 시켜도 쉽게 빠지지 않았다.

우리는 말없이 상자를 열었다. 치킨을 먹을 때는 대화가 필요 없었다. 뼈를 발라내고, 다음 조각을 집고, 입에 넣고, 씹는 일에 집중했다. 겉껍질이 부서지는 소리가 작게 났고, 안쪽에서는 육즙이 흘렀다. 뜨거워서 한 번에 많이 먹을 수는 없었다. 한 입 베어 물고 잠깐 내려놓았다가 다시 집었다. 손끝에 기름이 묻었고, 종이 상자는 점점 투명해졌다.

형과 나는 마주 앉아 먹었다. 눈을 마주치지 않아도 괜찮았다. 말을 하지 않아도 불편하지 않았다. 치킨을 먹는 동안에는 각자의 하루를 굳이 설명하지 않아도 됐다. 학교에서 무슨 일이 있었는지, 왜 늦었는지, 무엇이 마음에 걸렸는지 같은 것들은 모두 다음으로 미뤄졌다. 그 시간에는 씹는 일과 삼키는 일만 있으면 충분했다.

상자 안에서 점점 치킨이 줄어들었다. 어느새 뼈만 남았고, 종이 위에는 기름 자국이 겹겹이 남아 있었다. 한 마리를 다 먹고 나면 손가락에 기름기가 남아 있었고, 입술은 얼얼했다. 물을 한 컵 마시고 나서야 비로소 배가 부르다는 걸 느꼈다. 배가 찬다는 감각이 늦게 왔다. 먼저 오는 건 늘 손의 감각이었다.

첫 가족사진. 가족사진이 없던 우리 집 사정을 알던 친구가 군에서는 가족이 가장 보고 싶을거라며 가족 사진으로 쓸 만한 사진을 찍어주었다.

그날 밤도 여느 날과 크게 다르지 않았다. TV를 켜둔 채 우리는 각자의 방으로 흩어졌다. 형은 내일 학교에서 있을 일을 말하지 않았고, 나도 굳이 묻지 않았다. 치킨에 대한 이야기는 거기서 끝이었다. 다음 날이 되면 삶은 어김없이 평소의 궤도로 돌아갔다. 우리는 치킨을 먹은 날과 먹지 않은 날 사이에 대단한 차이라도 있는 양 행동하지 않았다.

그날들을 돌아보면, 나는 도움을 받았다는 기억보다 그냥 지나갈 수 있었다는 감각을 더 많이 기억한다. 특별하지 않게, 들키지 않게, 설명되지 않은 채. 중구와 성동의 골목들, 동사무소 앞, 학교 앞 치킨집 같은 장소들 속에서 나는 그렇게 자랐다. 누군가가 나를 끌어올려 준 건 아니었지만, 넘어지지 않게 옆으로 살짝 밀어 준 순간들이 있었다. 그 덕분에 나는 계속 걸을 수 있었다.

정치를 처음 배운 곳은 의회도, 정당도 아니었다. 성동청소년문화의집이었다. 방과 후가 되면 자연스럽게 모여들던 공간이었다. 이름은 '문화의 집'이었지만, 그곳을 문화 시설로만 기억하는 사람은 많지 않을 것이다. 우리에게 그곳은 학교와 집 사이에 놓인 또 하나의 장소였고, 정해진 답이 없는 질문들이 오가는 곳이었다.

건물은 크지 않았다. 복도는 짧았고, 한쪽 끝에 회의실이 있었다. 문을 열고 들어가면 회의실 한쪽에는 늘 접이식 책상이 있었고, 벽에는 우리가 직접 붙인 일정표와 메모들이 남아 있었다. 그 공간은 우리에게 아지트 같았다. 어른의 시선에서 잠시 벗어나 하고 싶은 말을 하고, 계획을 세우고, 괜히 웃고 떠들 수 있는 장소였다. 지난 활동 사진들이 테이프로 덧붙여져 있었고, 어느 모서리는 조금씩 말려 올라가 있었다. 그걸 다시 눌러 붙이는 사람은 없었다. 그렇게 흘러가도 되는 공간이었기 때문이다.

회의는 늘 정해진 시간에 시작되지 않았다. 누군가는 늦게 왔고, 누군가는 먼저 와서 책상 위를 정리했다. 누군가는 가방을 내려놓고 바로 앉았고, 누군가는 한참을 서 있다가 자리를 찾았다. 회의가 시작되면 물병이 돌아다녔고, 누군가는 중간에 화장실을 다녀왔다. 누군가는 휴대전화를 들여다보다가 다시 고개를 들었다. 그 모든 움직임이 방해처럼 느껴지지 않았다. 그 자체가 회의의 일부였다.

우리는 봉사 동아리를 만들었고, 운영위원회에 참여했다. 청소년 참여기구라는 이름으로 모여 예산과 일정, 행사 운영을 두고 이야기를 나눴다. 처음에는 말하는 방식부터 서툴렀다. 하고 싶은 말은 많았지만, 어디서부터 꺼내야 할지 몰랐다. 회의는 늘 매끄럽지 않았지만 틀린 것은 없었다. 서로 다른 생각을 가진 탓에 회의는 느려졌다. 일정 하나를 정하는 데에도 시간이 오래 걸렸다. 날짜를 정하면 장소가 문제였고, 장소를 정하면 예산이 걸렸다. 예산 이야기가 나오면 다시 처음으로 돌아갔다.

누군가는 답답해했고, 누군가는 고개를 숙였다. 그때마다 회의실 안의 공기가 조금씩 달라졌다. 웃음이 사라지고, 의자가 삐걱거리는 소리가 더 크게 들렸다. 창밖으로 어둠이 내려앉는 걸 보면서도 회의는 끝나지 않았다. 나는 그 자리에 앉아, 사람들이 각자 다른 이유로 같은 공간에 모여 있다는 사실을 보았다. 모두가 같은 목표를 말하고 있었지만, 출발점은 제각각이었다. 누군가는 시간 여유가 있었고, 누군가는 집에 빨리 돌아가야 했다. 누군가는 앞에 나서 말하는 데 익숙했고, 누군가는 말을 꺼내기까지 오래 망설였다.

그 차이들은 회의 중간중간 드러났다. 그곳에서 나는 '결정'이라는 것이 단번에 만들어지지 않는다는 걸 처음으로 체감했다. 누군가의 말이 끝나면 또 다른 말이 이어졌고, 그 말은 다시 수정되거나 보류되었다. 한 번 나온 안이 그대로 통과되는 경우는 드물었다. 대부분은 고쳐졌고, 줄어들었고, 다음 회의로 미뤄졌다. 그 과정이 답답했지만 동시에 현실적이었다.

학생회장 불출마를 결정했을 때의 기억은 아직도 또렷하다. 하고 싶지 않아서가 아니라, 해도 결과가 바뀌지 않을 것이라는 걸 이미 알고 있었기 때문이다. 그 싸움은 시작하기도 전에 방향이 정해져 있었다. 의지나 능력의 문제가 아니라, 구조의 문제라는 걸 그때는 이미 어렴풋이 이해하고 있었다. 그 사실이 나를 더 오래 망설이게 했다.

그 선택 이후, 나는 회의실에 앉아 있으면서도 말을 아끼는 쪽이 되었다. 먼저 나서기보다 흐름을 더 많이 보려고 했다. 누가 언제 말을 하는지, 어떤 말이 쉽게 통과되고 어떤 말이 자주 밀리는지. 회의가 끝난 뒤에도 그 관찰은 이어졌다. 회의실을 나서며 각자 다른 방향으로 흩어지는 사람들의 뒷모습을 보면서, 말이 끝난 뒤에도 결정은 계속 움직이고 있다는 생각이 들었다.

회의가 길어지면 어느 순간부터 모두의 집중력이 조금씩 흐트러졌다. 누군가는 시계를 봤고, 누군가는 의자에 등을 깊게 기댔다. 그때쯤 사무실에 계시던 선생님은 회의장에 들어와서 말했다.

"배고프겠다. 먹고 하자!"

그 말이 나오면 회의는 자연스럽게 멈췄다. 선생님이 메뉴판을 하나 툭 올려 주었는데 '춘발원'이라는 곳이었다. 동네에서 본 기억은 없었고, 메뉴판이 꽤 오래되어 보여 당시 가격과 맞지도 않았지만, 애들이 먹는 곳이라며 유난히 양을 더 얹어 주셔서 우린 춘발원을 찾곤 했다. 무엇보다 이름이 특이해서 한 번 들으면 쉽게 잊히지 않았다.

주문은 늘 비슷했다. 짜장면 몇 개, 때로는 곱빼기 하나. 전화를 끊고 나면 우리는 다시 이야기를 이어갔다. 봉사 계획을 어떻게 짤지, 다음 활동에는 누가 빠질지, 별것 아닌 농담까지 섞여 있었다. 대략 삼십 분쯤 지나면 배달이 도착했다. 계단을 올라오는 발소리가 들렸고, 문을 열면 배달원은 익숙한 얼굴로 고개를 끄덕였다.

비닐을 여는 순간 김이 확 올라왔다. 그 김 속에서 춘장 냄새가 먼저 퍼졌다. 짜장면은 늘 뜨거웠고 면은 굵직했다. 춘장은 달지 않았다. 약간 짠 편이었는데, 그래서인지 자꾸 젓가락이 갔다. 단무지를 몇 개 집어 먹고 다시 면을 말아 올렸다. 급하게 먹다 보면 입천장이 얼얼해졌다. 뜨거운 걸 알면서도 멈추지 못한 탓이었다.

아이들도 마찬가지였다. 배가 고프면 춘발원에 주문을 했고, 배달이 오면 다 같이 둘러앉아 먹었다. 먹는 속도는 빨랐다. 그릇을 들고 후루룩 소리를 내며 비웠다. 입 주변에

검은 춘장이 묻은 채로 서로를 보고 웃었다.

"야, 너 입 봐."

그런 말들이 오갔다. 누군가는 휴지로 대충 닦았고, 누군가는 그냥 웃고 말았다. 그 웃음 속에서 하루가 흘러갔다. 우리는 그때 무엇이 될지 몰랐고 어디까지 갈지도 몰랐다. 다만 같은 공간에 있었고, 같은 음식을 먹었고, 같은 테이블에서 이야기를 나눴다. 춘발원의 짜장면은 배를 채우는 음식이었지만, 동시에 그 시절을 버티게 해 준 시간이기도 했다. 지금 돌아보면 우리는 그곳에서 이미 누군가를 기다리는 일, 같은 것을 나누는 일, 말하지 않아도 통하는 감각같이 함께하는 법을 배우고 있었던 것 같다.

아이들과 둘러앉아 춘발원의 짜장면을 먹던 그날들의 공기는 오래 지나도 쉽게 지워지지 않았다. 그래서였을까. 훗날 신당 5동 백학시장을 지나던 어느 날, 익숙한 간판 하나가 눈에 들어왔다. 오래전 그 자리에서 배달 음식을 받아 들고 뛰어가던 기억만 있던 춘발원이 그대로 있었다. 무심코 발걸음을 멈추고 올라가 사장님께 조심스레 물었다.

"혹시, 예전에 청소년문화의집 기억하시나요?"

사장님은 한참을 바라보더니 웃으며 고개를 끄덕였다.

"기억나죠. 벌써 십몇 년이 지났네 그건 왜요?"

그 말에 순간 시간이 둥글게 이어지는 느낌이 들었다. 내가 떠나온 줄 알았던 장소가 나를 기억하고 있다는 사실, 그리고 그 기억이 여전히 따뜻하게 남아 있다는 사실이 이상하게 마음을 붙들었다. 만약 그때 우리가 웃음 속에서 배우던 함께 버티는 방법이 있었다면, 아마 그 씨앗이 지금의 나를 여기까지 데려온 것인지도 모르겠다.

보좌관, 나의 또 다른 시작

국회의원 박성준을 처음 떠올리면 여전히 화면 속 장면이 먼저 떠오르곤 한다. 국회 본회의장보다도 스튜디오 조명이 먼저 떠오른다. 박성준 의원은 원래 말을 다루던 사람이었다. 마이크 앞에서 시간을 재며 문장을 다듬던 사람, 화면 안에서 한 박자 늦춰 말해도 전체 흐름이 무너지지 않게 조율하던 사람.

KBS에서 시작해 JTBC로 옮기기까지 그는 오랫동안 전달하는 자리에 서 있었다. 사건을 먼저 말하지 않고 사건이 놓인 맥락부터 꺼내던 아나운서였다. 질문을 던질 때도 감정을 앞세우기보다 왜 이 질문이 지금 필요한지부터 계산하는 방식. 그래서 그의 말은 빠르지 않았고 대신 오래 남았다.

JTBC에서 아나운서 팀장을 맡았다는 사실은 함께 일해 보면 굳이 설명하지 않아도 느껴졌다. 그는 늘 말의 앞뒤를 동시에 보고 있었다. 카메라 앞에 서는 사람의 긴장도, 그 말을 받아 적는 제작진의 속도도 함께 감안하는 태도. 말 한 줄이 어떻게 헤드라인이 되고 어떤 문장이 왜곡 없이 전달되는지에 대한 감각이 몸에 배어 있었다. 정치에 들어와서도 그 감각은 사라지지 않았다. 오히려 국회라는 공간에서 더 선명해졌다.

화면 속에서 늘 보던 표정과 크게 다르지 않았지만, 가까이서 보면 그 차이가 분명했다. 웃고 있는 얼굴인데도 눈가에는 늘 한 겹의 거리감이 남아 있었다. 사람을 밀어낸다기보다 상황을 한 번 더 보려는 여백에 가까운 표정이었다. 상대의 말을 기다릴 줄 아는 사람에게서만 보이는 얼굴이었다.

단정한 머리, 흐트러지지 않은 셔츠 깃, 넥타이는 늘 과하지 않은 색으로 매여 있었다. 어긋나는 부분 하나 없는 모습이 가끔은 차갑게도 느껴졌다. 손을 모아 테이블 위에 올려 두는 모습을 볼 때면, 화면 속 앵커 데스크에서나 국회 회의실에서나 크게 다르지 않았다. 말보다 먼저 몸이 질서를 기억하는 사람처럼 보였다.

안경 너머의 눈빛은 쉽게 흔들리지 않았다. 상대가 말을 높이든 상황이 급해지든 그의 눈은 먼저 반응하지 않았다. 감정이 얼굴을 앞서 나가는 일이 거의 없었다. 그 대신 눈동자가 아주 짧게 움직일 때가 있었는데, 그때가 보통 판단이 시작되는 순간이었다. 말을 꺼내기 전 이미 머릿속에서 몇 번은 정리가 끝난 뒤였다.

목소리는 크지 않았고 낮았다. 회의실에서 그가 말을 시작하면 주변 소리가 한 박자 늦게 가라앉았다. 억지로 주의를 끄는 방식이 아니라 자연스럽게 귀를 열게 만드는 톤이었다. 아나운서 시절을 오래 보낸 사람 특유의 호흡이 있었다. 문장을 끝까지 끌고 가지 않고 중간에서 한 번 숨을 고르며 다음 말을 준비하는 방식. 그 짧은 멈춤이 오히려 말을 더 또렷하게 만들었다.

가끔 웃을 때가 있었다. 대체로 짧았고 오래 남기지 않는 웃음이었다. 농담을 해도 상대를 웃기기보다 분위기를 풀기 위한 정도였다. 그 웃음 뒤에는 늘 다시 판단의 얼굴이 돌아왔다. 정치판에서 감정이 얼마나 쉽게 오해로 번지는지 이미 너무 잘 아는 사람의 표정이었다.

그의 외모는 신뢰를 축적하기에 충분했다. 처음 보는 사람에게도 낯설지 않지만, 그렇다고 쉽게 허물어지지도 않는 얼굴. 언론인의 시간을 통과해 정치인의 자리에 선 사람에게

서만 나오는 균형감이 있었다. 화면 속에서 단정하게 앉아 있던 그 모습이 실제 국회 복도에서도 크게 다르지 않았다는 사실이 오히려 인상 깊었다.

2020년, 박성준 의원은 마이크를 내려놓고 정치의 현장으로 들어섰다. 직업이 바뀌는 순간이었으나, 그 모습은 오히려 생경함 없이 자연스러웠다. 민주당 입당식에서 마주한 그의 모습은 비장한 '도전'이라기보다, 마치 예정된 곳으로 자리를 옮기는 인사이동처럼 보였다. 말을 하던 자리에서 말을 책임지는 자리로 옮겨 가는 이동. 그는 정치에 들어와서도 무엇을 주장하기 전, 왜 이 상황에 이르렀는지를 먼저 묻는 방식을 고수했다. 속도를 올리기보다 구조를 확인했고, 결론을 내리기 전에 조건을 점검했다. 언론인 시절 몸에 밴 질문의 습관이 정치의 판단 방식으로 옮겨간 셈이었다.

박성준 후보로서 첫 회의를 열었을 때, 그는 자신을 돕기 위해 모인 모든 이의 이야기를 찬찬히 듣고 있었다. 듣는 것에서부터 정치를 시작하는 그의 태도를 보며, 나는 그가 왜 그토록 자연스럽게 정착할 수 있었는지 다시 한번 확인했다. 그 습관은 여전히 지역 주민들과 간담회를 하거나 회의를 할 때면 모든 사람들의 이야기를 들은 후 맥락을 짚어 질문하는 모습으로 나타나곤 하신다. 그 질문 하나로 회의의 방향이 바뀌는 경우가 많았다. 그는 감정으로 공간을 장악하지 않았고, 구조로 흐름을 정리했다. 언론인 출신이라는 수식어가 아니라, 판단의 방식이 그를 설명하고 있었다.

정면을 보지 않고도 상황을 읽는 사람의 시선, 말을 고르기 전에 이미 결론의 윤곽을 그려 놓은 듯한 표정. 사건을 설명하기보다 사건이 놓인 자리를 정리하던 목소리였다. 감정을 앞세우지 않으면서도 핵심을 비껴가지 않는 태도. 말을 세게 하지 않아도 흐름을 고쳐 놓는 방식만으로 공기를 바꾸는 사람이었다. 오래 언론에 몸담은 사람 특유의 거리감과 집중력이 그 안에 있었다.

그러면 누군가는 말을 고쳐야 했고, 누군가는 서류를 다시 넘겼다. 결론을 서두르지 않았지만 느리지도 않았다. 정리된 흐름 속에서 우리가 선택해야 할 지점만 남게 만들고, 그 지점을 선택하게끔 만들었다. 나는 그 반복 속에서 박성준 의원에게 또 하나의 일하는 법을 배웠다. 정치에서 말은 언제든 바뀔 수 있지만, 판단의 방식은 쉽게 바뀌지 않는다는 걸 그는 늘 같은 방식으로 보여 주고 있었다.

2022년 6월, 새로운 대통령이 취임한 지 몇 주 지나지 않아 치러진 지방선거였다. 당시 민주당은 매우 불리한 구도에 놓여 있었다. 그럼에도 나는 현역 시의원으로서 끝까지 최선을 다했다. 한 명의 유권자라도 더 만나고 싶어 누구보다 이른 새벽에 나와 가장 늦은 밤까지 동네를 돌았다. 전화로, 거리에서, 유세차 위에서 하루 종일 말을 이어가다 보니 잠들어 있는 시간을 제외하고는 목이 쉴 틈이 없었다. 그렇게 달렸지만 결국 선거에서 낙선했다. 누구를 탓하고 싶지 않았다. 모든 책임은 내게 있었다.

낙선의 밤 이후, 시도 때도 없이 울리던 전화기는 금세 고요해졌다. 어떤 위로도 온전히 위로가 되지 않는다는 사실, 그리고 이제는 '끈 떨어진 정치인'에게 먼저 전화를 걸 이유가 없다는 현실을 알기에 전화기 너머 침묵은 더 크게 느껴졌다. 그때 조용한 전화가 울렸다. 지역위원장 박성준 의원이었다.

"네, 의원님."

침대에서 몸을 일으켜 목소리를 가다듬어 보았지만, 가라앉은 톤을 숨길 수는 없었다.

"아, 쉬고 있었어요? 위로 전화가 늦었죠. 미안해요."

그 전화는 그날 내가 받은 첫 번째 위로였다. 사실 지역위원장이 지방의원의 낙선을 두고 미안하다고 말하기란 쉽지 않은 일이다. 정치 역시 사람이 하는 일이고, 결국 '신뢰'의 문제라고 생각한다. 의정 활동 동안 같은 지역위원회에서 함께한 선출직 공직자로서 나를 믿어 주고 인정해 주시는 마음이 통화 한 통으로도 전해져 있었다. 오히려 "전화가 늦었다"고 미안해하는 말에 내가 더 죄송스러웠다. 선거 이야기와 앞으로의 진로에 대해 한참을 나눈 뒤, 박성준 의원은 통화 말미에 이렇게 말했다.

"조금 쉬고, 보좌관으로 나와 같이 일합시다. 우리 새롭게 미래를 함께 설계해 봐요."

보좌관으로 함께 일하자는 제안이었다. 그 말은 내게 낙선이 끝이 아니라 새로운 시작이라는 신호처럼 들렸다. 그렇게 나는 다시, 그리고 더 깊게 중구로 들어오게 되었다.

지역구 국회의원과 지역 시의원이 아닌, 국회의원과 보좌관으로 함께 일하기 시작했을 때 가장 먼저 느낀 것은 정치의 온도 차였다. 국회는 언제나 뜨겁고 빨랐다. 전국 단위의 사안이 쏟아졌고, 발언은 즉각 기사 제목이 되었다. 회의실 문을 나서기도 전에 속보가 떴고, 누군가는 이미 다음 논평을 준비하고 있었다.

반면 지역 주민의 말은 곧바로 문장으로 정리되지 않았

고, 문제는 하루 이틀 안에 매듭지어지지 않았다. 골목에서 들은 한마디, 전화기 너머에서 끊긴 문장이 다시 이어지기까지는 시간이 필요했다. 나는 중앙의 언어가 지역에서 공허해지지 않도록, 지역의 감각이 중앙에서 왜곡되지 않도록 그 둘 사이를 오갔다. 빠른 말과 느린 삶의 사이에서 속도를 맞추는 일이 내 역할이 되었다.

박성준 의원과 같은 당의 이름으로 같은 현장에 섰던 날. 정치는 혼자가 아니라, 책임을 나누는 동료와 함께 만들어진다는 걸 실감하던 순간이다.

박성준 의원은 "정치인의 언어는 국가의 기본이며 기초 질서를 형성한다."(『정치언어의 품격』)고 늘 강조해 왔다. 그 문장을 떠올릴 때면 나는 책보다 발언 장면들이 먼저 떠오른다. 회의가 길어질수록 사람들의 말투가 거칠어지곤 했지만 그는 다르다. 메모지 위에서 펜 끝이 잠시 멈추고, 손가락이 종이를 한 번 더 넘긴 뒤에야 그는 비로소 입을 열었다. 단어를 고르는 데 오래 걸리지는 않았지만, 그렇다고 결코 서두르는 법도 없었다. 그 짧은 침묵 속에서 나는 그가 상대의 말을 얼마나 무겁게 받아들이고 있는지 느낄 수 있었다.

박성준 의원의 말투와 선택은 그 문장을 그대로 증명했다. 어떤 표현을 쓰고 어떤 문장은 끝내 쓰지 않는지, 그 기준은 늘 분명했다. 말을 잘하는 것과 말을 함부로 하지 않는 것의 차이를 누구보다 잘 아는 태도였다. 그는 말의 무게를 알고 있었다. 문장 하나가 어떤 파장을 낳는지, 단어 하나가 얼마나 오래 남는지. 그래서 정치에 들어온 뒤에도 말이 먼저가 아니었다. 맥락을 보고 상황을 읽은 뒤에야 문장을 골랐다. 말은 언제나 그 다음이었다.

국회의원 당선과 함께 그는 자연스럽게 대변인의 자리를 맡았다. 원내대변인, 중앙당 대변인, 중앙당 수석대변인으로 당의 얼굴이자 입이 되는 역할이었다. 하루에도 수십 개의 질문이 쏟아지고 말 한 줄이 다음 날의 기사 제목이 되는 자리. 그곳은 화려해서가 아니라 버텨야 해서 오래 머물러야 하는 자리였다. 대변인으로서 그는 창과 방패를 넘나들었다. 언제 강하게 비판하고 언제 단단히 방어할지, 짧은 시간 안에 스스로 결정을 내려야 했다.

선거 때도 그는 말의 중심에 있었다. 20대 대통령 선거에서 이재명 후보의 선임대변인으로 캠프의 언어를 정리했고, 이후 이재명 당대표 시절에는 대변인과 수석대변인을 거치며 당의 입장을 다듬었다. 그러나 새로 출범한 원내대표의 요청을 받아 원내운영수석부대표로 자리를 옮기자, 그의 역할은 말보다 구조를 다루는 쪽으로 옮겨 갔다. 회의의 순서, 협상의 조건, 발언이 나오기까지의 과정. 그는 정치가 결국 말 이전에 '시스템'이라는 사실을 누구보다 정확히 이해하고 있었다.

그와 함께 일하면서 느낀 것은 그의 업적이 단일한 사건이나 성과로 정리되지 않는다는 점이었다. 그의 일은 대부분 기록의 바깥에서 이루어졌다. 발언이 정리되기 전의 망설임, 논평이 나오기 전 지워진 문장, 회의에서 결국 입 밖으로 내지 않은 판단들. 그런 선택들의 축적이 그의 정치였다.

특히 박성준 의원이 원내운영수석부대표를 맡았던 시기는 지금도 생생하다. 많은 이들이 '품격 있는 언어'의 사람이 거친 협상 국면에서 어떻게 균형을 잡을지 주목했지만, 그가 원내수석으로 보여 준 건 품격과 속도의 공존이었다. 그가 가장 빛났던 순간은 역설적이게도 현대 정치사에서 가장 어두웠던 밤 – 2024년 12월 3일 윤석열 대통령의 비상계엄 선포 순간이었다.

평소 흔들림 없던 그의 눈빛은 그날 밤만큼은 짧고 강하게 빛났다. 밤 10시 27분, 생중계로 비상계엄 소식이 전해지자 그는 즉각 형세를 읽어냈다. 이것은 단순한 정치적 선언이 아니라 헌정질서를 통째로 뒤집으려는 치명적인 '수'라는 것. 감정에 휩쓸리기보다 그는 가장 먼저 판을 수습할 묘수를 찾았다.

밤 10시 42분, 민주당 국회의원 단체 텔레그램 방에 올린 국회 본회의장 긴급 소집 메시지는 무너져 가는 민주주의를 붙잡기 위한 첫 번째 정수였다. 그리고 윤석열의 수는 결과적으로 패착이 되었다. 교통이 마비된 상황에서 그는 여의도로 향했고, 굳게 닫힌 정문 대신 담장을 넘어 국회로 진입했다. 그 순간조차 그의 머릿속에는 이미 다음 수가 계산되어 있었다. 보좌진에게 남긴 "다시 돌아오지 못할 수 있다"

는 말은 이 거대한 대국에 모든 것을 걸었다는 결연의 표현이었다.

계엄군이 국회 경내로 진입하며 긴박함이 고조되는 가운데서도 그는 낮은 목소리를 잃지 않았다. 오히려 그 차분함이 동료 의원들에게 확신을 주었다. 새벽 1시 1분, 비상계엄 해제 요구 결의안이 재석 의원 190명 전원 찬성으로 가결되었다. 무리수를 남발하던 권력의 허를 찌른 묘수였고, 민주주의와 헌정질서를 지켜낸 결정적 승리였다.

비상계엄이 해제되었지만 싸움은 끝나지 않았다. 그는 윤석열 정권을 '유사 파시즘'으로 명확히 규정했고, 내란 세력에 대한 단죄를 주장했다. 그 발언은 강경했지만 시기적절했고, 문장은 단호했지만 품격을 잃지 않았다. 그 태도는 탄핵안 가결과 정권 교체, 대선 승리라는 거대한 변곡점의 기반이 되었다. 보좌관으로서 나는 그의 본능적 감각과 정무적 판단력, 그리고 품격 있는 언어를 가까이에서 지켜보며 닮고자 했다. 앞으로 마주할 도전과 결정적 순간들 속에서 그의 단단한 모습이 내게도 오래 남기를 바랐다.

보좌관이라는 자리는 겉으로 드러나지 않는다. 이름이 기록에 남는 경우도 드물다. 특히 지역구 보좌관은 더욱 그렇다. 그러나 실제로는 정치의 가장 기본적인 자리에서 가장 많은 시간을 쓰는 역할이다. 회의보다 먼저 현장을 보고, 보고서보다 먼저 사람의 얼굴을 기억해야 했다. 민원은 늘 급했고 설명은 길었다. 문제는 터진 뒤보다 터지기 직전이 더 어렵다는 걸 그때 처음 알았다. 작은 이상 신호를 그냥 넘기지 않는 일. 말투 하나, 방문 횟수 하나가 달라질 때 그 변화를 놓치지 않는 일. 그 반복 속에서 나는 정치가 결국 사람의 생활 반경 안에서 작동하는 선택의 연속이라는 사실을 다시 확인하고 있었다.

국회의원이 국회에서 구조와 제도를 다룬다면, 보좌관은 지역에서 그 제도가 닿는 자리를 확인한다. 한쪽에서 방향을 잡으면, 다른 한쪽에서는 그 방향이 현실에서 어떻게 작동하는지를 살폈다. 서류 위에서는 문제 없던 안이 현장에서 전혀 다른 얼굴을 하고 있는 경우도 많았다. 그럴 때마다 우리는 같은 질문으로 돌아갔다. 이 선택의 결과를 누가 감당하게 되는가. 누구에게 가장 먼저 닿는가. 판단이 완벽할 수는 없었지만 질문만큼은 늘 공유했다. 그 점이 관계를 단단하게 만들었다.

그 관계가 가장 또렷하게 드러난 순간은 예상치 못한 위기 속에서였다. 밤이 깊어질수록 전화는 잦아지고 사안은 빠르게 커졌다. 판단은 몇 분 안에 내려져야 했다. 누군가는 말을 아꼈고 누군가는 결정을 미뤘다. 그는 오래 고민하지 않았다. 짧게 몇 가지를 확인하고 곧장 방향을 잡았다. 그날 밤의 공기, 노트북 화면에 비친 불빛, 서류를 넘기던 손의 속도는 아직도 생생하다.

정치가 얼마나 쉽게 혼란으로 기울 수 있는지, 그리고 그 혼란을 막는 일이 얼마나 많은 사람의 즉각적 판단 위에 놓여 있는지를 처음으로 체감한 시간이었다. 기록에는 한 사람의 이름만 남지만, 실제로는 여러 사람의 결단과 움직임이 동시에 작동하고 있었다. 그 시간을 지나며 나는 확신했다. 이 관계는 단순히 상하 관계나 역할 분담으로 설명될 수 없다는 것을. 서로 다른 위치에서 같은 책임을 나누고 있었기 때문이다. 국회에서 던져진 질문이 지역에서 허공으로 흩어지지 않도록 붙잡아 두는 일은 혼자서는 할 수 없다. 누군가는 구조를 보고, 누군가는 바닥을 봐야 했다.

정치는 혼자 완성되지 않는다. 특히 지역을 품은 정치는 더 그렇다. 중앙에서 얼마나 선명한 말을 하든, 그 말이 지역의 삶에 닿지 않으면 오래 남지 않는다. 반대로 지역의 요구가 아무리 절실해도, 제도의 언어로 번역되지 않으면 다음 단계로 넘어갈 수 없다.

나는 그 사이에서 정치가 어떻게 움직이는지 다시 배웠

다. 말보다 먼저 방향을 잡고, 속도보다 먼저 책임을 생각하는 방식. 그 시간은 나를 단번에 바꾸지는 않았지만, 어떤 정치 옆에 서고 싶은지는 분명히 남겨 주었다.

황학동 중앙시장. 박성준 의원과 함께 시장을 돌며 주민들 한 분 한 분과 인사를 나눴다. 정치는 이렇게 일상의 공간에서, 사람의 얼굴을 마주하는 일에서 시작된다고 느꼈다.

더 나은 내일을 위한 질문

편의점에서 아르바이트를 하던 때가 있었다. 밤 근무가 잦았다. 낮에 보던 얼굴들은 밤이 되면 사라졌고, 다른 얼굴들이 들어왔다. 퇴근길의 사람들, 막차 버스를 놓친 사람들, 술이 조금 오른 사람들, 그리고 아무 말 없이 들어와 진열대를 한번 훑고 나가는 사람들. 계산대 안쪽은 작았지만, 그 안에서 보는 밤은 이상하게 길었다. 전자레인지가 "띵" 하고 울리고, 냉장고 문이 열렸다 닫히는 소리가 반복되었다. 진열대에 상품을 진열하기 위해 박스를 뜯던 손끝은 자주 마르고, 동전에서 묻어나는 금속 냄새가 한동안 손에 남았다.

도시락 진열대와 계산대 사이의 거리는 몇 걸음에 불과했지만, 그 짧은 공간을 오가는 표정은 제각각이었다. 도시락을 고르는 사람들은 대개 말이 없었다. 뚜껑을 열어 보지도 못한 채, 손가락으로 유통기한만 확인하고 다시 제자리에 놓았다. 어떤 사람은 도시락을 들고 전자레인지 앞에서 기다리면서도 휴대전화를 내려다보지 않았다. 마치 그 뜨거워지는 1분이 자기 하루의 전부인 것처럼 그냥 멍하니 서 있는 시간이 있었다.

결제는 대개 매끄럽게 흘러갔다. 바코드를 찍고, 카드가 올라가고, "삑" 소리가 나고, 영수증이 찢겨 나오는 일. 그 순서가 너무 익숙해서, 나는 어느 순간부터 손님을 보지 않고도 결제를 할 수 있었다. 손이 먼저 움직였고, 눈은 다음 손님을 확인했다. 편의점의 흐름은 그렇게 이어졌다. 끊기지 않는 것이 원칙이었다. 가끔, 그 흐름이 멈추는 순간이 있었다. 아주 짧게, 그러나 누구나 알아차릴 만큼 분명하게. 카드가 다른 방식으로 작동할 때였다. 꿈나무카드였다.

나는 그 카드가 무엇인지 알고 있었다. 어울리지 않는 메뉴의 조합, 샌드위치 몇 개와 큰 우유 혹은 삼각김밥 여러 개와 큰 우유. 정해진 항목으로만 배를 채워야 하는 아이들은 항상 비슷한 메뉴를 가져왔고, 나는 혹시 아이들이 친구라도 마주칠까 빠르게 결제를 해 줬다. 그 잠깐이 계산대 앞의 아이에게는 길게 남는다는 걸 나는 알았기 때문이다.

아이들은 카드부터 내밀지 않았다. 대개는 도시락을 먼저 올려 두고, 손을 주머니에 넣었다 뺐다 하다가, 행여나 친구라도 편의점 안에서 마주친다면 괜히 진열대를 몇 번이나 더 돌고 와선 편의점에 혼자 남았을 때가 돼서야 카드를 꺼냈다. 플라스틱 카드가 손가락 사이에서 한 번 미끄러지기도 했다. 그때 아이들은 내 얼굴을 보지 않았다. 바닥이나 진열대 쪽을 보고 있었다. 나는 '괜찮다'는 말을 먼저 꺼내지 않았다. 그 말이 오히려 더 크게 들릴 때가 있었기 때문이다. 대신 나는 가능한 한 빨리, 가능한 한 아무렇지 않게 절차를 끝내려고 했다. 단말기의 버튼을 누르는 손가락에 힘이 들어갔다.

그럼에도 소리는 남았다. 단말기에서 카드를 꺼낼 때 나는 소리, 버튼을 누르는 소리, 화면이 넘어가는 소리. 무엇보다 흐름이 바뀌었다는 느낌 자체가 남았다. 손님들의 시선은 오래 머물지 않았지만, 아이들은 그 시선이 '오래 머문 것처럼' 움직였다. 계산대 앞에서 아주 조금 작아졌다. 도시락 봉지를 들고 나갈 때, 아이들은 마치 누가 따라오는지 확인하듯 문 쪽으로 똑바로 걷지 않고 한 번 방향을 틀었다가 나갔다. 아이들은 영수증을 받자마자 도시락 봉지를 집어 들었다.

그 장면은 거의 매일 반복됐다. 아이는 매일 반복되는 순간을 마주했고 나는 가끔 눈치를 보는 아이를 마주할 때 가장 괴로웠다. 그 아이의 민망함이 혹시나 나의 무의식적인 행동 때문에 일어난 것일까 겁났다. 가끔 두고 가거나 아이들의 부모님이 편의점에 꿈나무카드를 맡겨 두고 가서 그 카드를 오랜 시간 바라본 적이 있었다. 과거에 비하면 정부가 아이들의 밥을 걱정하는 모습이 조금은 덜 폭력적이라고 생각했다. 그래도 조금은 아쉬운 마음이 들었다. 가격이 터무니없이 낮아서 일반 음식점에서는 상인이 호혜를 베풀지 않는 한 쓰기가 어려웠고, 편의점에서는 지극히 한정된 메뉴만을 구매할 수 있었다.

어쩌면 그 카드가 누군가에게는 밥을 먹는 순간마저 설명해야 하는 표식이 되었다는 것이다. 꽤 시간이 지나고 나서의 결정이었지만, 서울시는 이 문제를 제도의 핵심 결함으로 인정했다. 그래서 카드 자체를 바꾸는 방식으로 접근했다. 꿈나무카드를 일반 체크카드와 동일한 디자인으로 전환하고, 기존 카드 결제 단말기에서 그대로 사용할 수 있도록 했다. 더 이상 별도의 기계도, 설명도 필요하지 않도록 만들었다.

카드는 눈에 띄지 않게 되었고, 식사 한 번에 먹을 수 있는 금액 상한선을 올렸고, 잔액 확인은 QR코드로 가능해졌다. 가맹점의 카드 수수료는 낮아졌고, 그만큼 사용할 수 있는 가게는 늘어났다. 무엇보다 중요한 변화는 이것이었다. 아이들이 밥을 먹는 순간, 자신을 증명하지 않아도 되는 환경이 만들어졌다는 점이다.

계산대 앞에서 도시락을 들고 서 있던 아이는, 내가 알고 있던 수많은 장면들과 자연스럽게 포개졌다. 집 열쇠가 없어 골목을 빙빙 돌던 어린 날의 나, 종이 한 장만 쥔 채 폐품함 앞에 서 있던 나, 어느 날부터 아무 말 없이 학원에서 멀어져 갔던 나. 어린 나는 늘 설명을 생략해도 되는 자리들 안에 있었다. 묻지 않는 어른들, 괜히 시선을 돌려주는 손길, 아무렇지 않은 척 건네는 배려가 그 시절의 나를 간신히 균형 잡히게 했다.

그래서 나는 안다. 사람을 지탱하는 힘은 거창한 제도보다, 먼저 흔들리지 않게 받쳐 주는 '바닥'에서 시작된다는 것을. 그 든든한 바닥은 때로 아주 작은 손의 형태로 다가왔다. 대도미니슈퍼 할아버지, 양만열 아저씨, 폐품 딱지를 공정하게 교환해주던 아주머니, 그리고 학원 원장님. 이름조차 온전히 남지 않은 그 투박한 손들이 모여 나의 바닥을 지탱해주고 있었다. 그들은 여기서 넘어지지 않게, 기댈 곳을 만들어 주겠다는 태도로 아이들을 지켜주는 사람들이었다.

그 작은 손들이 모여 하나의 마을이 되었다. 그 마을이 있었기에 나는 버틸 수 있었고, 혼자라고 느끼는 순간마다 다시 일어설 수 있었다. 그리고 그 마을이 사라지지 않도록 하는 것이 지금의 내가 정치에서 해야 할 일이다.

안전도 비슷했다. 안전이라는 말은 내게 뉴스보다 먼저, 아버지의 몸으로 들어왔다. 공사장에서 다친 아버지의 다리는 뼈 대신 금속이 자리를 잡았고, 걸음은 조금씩 느려졌다. 계단을 오를 때마다 숨을 먼저 고르고, 겨울이 오면 무릎이 먼저 날씨를 알아챘다. 매년 같은 계절, 같은 시간대에 이불 아래에서 다리가 떨리는 소리를 들으며 나는 몸은 사고를 잊지 않는다는 것을, 안전은 한순간의 불운이 아니라 누적된 조건의 결과라는 것을 알게 되었다.

그 사고 이후로, 나는 '사고가 났다'는 말보다 '왜 그전에 막지 못했을까'라는 생각이 더 오래 남았다. 안전장치는 형식적으로 걸려 있었고 위험은 모두가 알고 있었지만, 아무도 그날을 사고의 날로 부르지 않았다. 사고가 없었기 때문에 점검하지 않았고, 문제가 드러나지 않았기 때문에 미뤘다. 안전은 늘 결과로만 이야기되었다.

그러나 내 기억 속에서 안전은 과정이었다. 그 과정이 무시되는 순간, 사고는 이미 소리 없이 시작되고 있었다. 대개 안전이라는 말은 붕괴나 화재, 재난 같은 비극이 휩쓸고 간 뒤에야 뒤늦게 호출되곤 한다. 뉴스 속에서 박제된 단어로 반복되는 안전. 그러나 일상을 살아가는 이들에게 안전은 훨씬 작고 사소한 감각에서부터 시작되는 것이다. 밤길의 어두운 구간, 오래된 건물의 균열, 방치된 공간, 아무렇지 않게 흘러가는 담배 연기. 누군가는 불편을 피하기 위해 길을 바꾸고, 누군가는 그 불편을 당연한 것으로 받아들인다. 그 차이가 쌓여 안전의 격차가 된다.

나는 안전을 단속의 문제로만 보지 않게 되었다. 그것은 환경의 문제에 가까웠다. 누군가는 아무 제약 없이 행동하고, 누군가는 그 행동을 피해 다녀야 하는 구조. 비흡연자가 담배 연기를 피해 걷는 일, 그 자체가 이미 하나의 선택을 강요받는 상황이라는 사실. 사고는 갑자기 일어나는 것처럼 보이지만, 대부분의 경우 그 이전에 충분한 신호들이 있었다. 다만 우리는 그 신호를 보지 않기로 선택했을 뿐이다. 사고가 없었다는 이유로 점검하지 않고, 문제가 드러나지 않았다는 이유로 미루는 일들. 안전은 결과가 아니라 과정이라는 말이 그때부터는 추상적으로 들리지 않았다. 일상에서 느끼는 불안의 밀도를 낮추는 것, 그것이 안전의 시작이라는 감각이 몸에 남았다.

어릴 적 내가 알던 중구도 비슷했다. 극장 앞은 사람들이 모였다가 흩어지는 장소였고, 골목 안쪽은 해가 지면 조용해졌다. 가판대가 앞으로 나왔다 밀려나기를 반복하는 사이, 상영 시간은 흘러갔다. 할머니의 침묵 속에서 신문은 팔리거나 남았고, 하루는 그렇게 매일 같은 모양으로 접혔다. 기록 어디에도 남지 않은 시간이었지만, 내 기억 속엔 그 반복된 동선이 세상 그 어떤 역사보다도 선명하게 남아 있다.

지금의 중구에서도 나는 오래 살아온 풍경을 본다. 사람들이 몰리는 시간과 비는 시간이 분명한 자리들, 낮과 밤이 서로 다른 얼굴로 드러나는 거리들. 누군가는 이곳에 머물고, 누군가는 지나가며, 또 누군가는 이곳을 삶의 자리로 붙들고 있다.

그래서 나는 이 동네를 걸을 때 속도를 앞세우지 않게 되었다. 말을 먼저 꺼내기보다 장면을 한 번 더 보고, 문 앞에서 잠시 멈추고, 사람들이 지나가는 방향을 확인한다. 누군가의 하루가 시작되는 지점과 끝나는 지점이 겹치는 자리에 오래 서 있는다. 그 자리는 늘 눈에 띄지 않았고 특별히 불리지도 않았다. 다만 오래 버텨 온 자리였다.

중구는 나에게 정답을 건네준 적이 없다. 대신 어디에서 걸음을 멈춰야 하는지, 어느 길목에서 묵묵히 기다려야 하는지를 반복해서 가르쳐 주었을 뿐이다. 사람들이 밀물처럼 밀려왔다 썰물처럼 흩어지는 순간들, 소란스러운 말들이 쏟아지다 이내 정적으로 가라앉는 찰나들. 그 간극을 오가는 감각이 이제는 내 몸의 일부가 되었다.

나는 지금도 그 감각을 이정표 삼아 걷는다. 인적 드문 골목 안쪽을 한 번 더 들여다보고, 영업 종료를 앞둔 가게의 희미한 불빛 앞에 잠시 머문다. 충분한 삶의 장면들이 내 안에 층층이 쌓인 뒤에야 비로소 조심스레 첫 문장을 떠올린다. 이 동네는 여전히 숨 가쁘게 빠르면서도 동시에 지독하리만큼 오래되었다. 나는 그 이질적인 시간의 틈바구니에서 중구와 함께 기꺼이 나이를 먹어간다.

중구에 들어선다는 건, 두 개의 시차(時差)를 마주하는 일과 같다. 한쪽엔 식지 않은 어제의 열기가 남아있고, 다른 한쪽엔 내일로 향하는 조급한 발걸음이 공존한다. 서울의 중심이라 불리는 이곳은 단일한 행정구역이라는 말로는 설명하기 어려운, 다채로운 결을 품고 있다. 불과 몇 걸음 사이로 공기의 밀도가 변하고, 시대의 풍경이 순식간에 뒤바뀐다.

마천루가 숲을 이룬 서울의 심장부, 그 거대한 빌딩 숲의 뒤켠에는 시간이 비껴간 듯한 골목이 숨어 있다. 낮은 지붕들이 서로 어깨를 맞대고, 세월의 더께가 내려앉은 노포들이 이어진다. 을지로4가에서 퇴계로로 이어지는 길 위, 말끔한 정장과 땀에 젖은 작업복은 같은 보폭으로 아침을 연다. 높음과 낮음, 우열이 아닌 서로 다른 세상을 바라보는 이들이 하나의 리듬으로 섞여 흐르는 곳, 이것이 중구의 본질이다.

을지로를 기점으로 중구의 풍경은 다시 한번 뚜렷이 갈라진다. 서쪽이 시청과 명동, 숭례문으로 이어지는 현대의 세련된 모습이라면, 동쪽은 한 세대 전의 역사를 고스란히 간직하고 있다. 외국인 관광객과 직장인이 뒤섞이고, 호텔 로비에서는 수 많은 언어가 동시에 공명한다. 반면 동쪽으로 걸음을 옮기면 서울의 시계바늘은 한 세대쯤 느리게 흐르는 듯하다. 쇠와 기름 내음이 밴 공업사 골목, 묵직하게 쌓인 종이 뭉치의 기척, 낡은 간판과 새 간판이 엉켜 있는 모습은 마치 다채로운 시간의 지층을 마주하는 듯한 인상을 준다.

중구는 서울에서 가장 인구가 적은 자치구다. '도심'이라는 이름이 지닌 무게 탓일까. 이곳에 뿌리내리고 사는 이들은 해마다 줄고 있다. 고층 아파트가 드물고, 남산의 고도 제한과 높은 지가는 주거 공간을 쉽게 내어주지 않는다. 학교들이 하나 둘 다른 지역으로 옮겨 가는 이유도 그 때문이다. 지금은 주차장이 된 명동성당 뒷편, 본래는 계성초등학교가 있었다. 2006년, 계성초등학교는 중구를 떠나 강남으로 이전했다. 덕분에 도심의 가득 찬 자동차들은 주차장이란 쉼터를 얻었지만, 아이들의 웃음소리와 발걸음이 떠난 옛 계성초등학교 터는 다소 쓸쓸하다.

그럼에도 중구는 늘 사람으로 가득 차 있다. 다만 그들 중 상당수는 이곳을 스쳐 지나가거나, 이곳의 낮을 만들어 내는 사람들이다. 그리고 높이 솟은 빌딩 숲 사이, 관광객이 지나친 도시의 깊은 곡절에는 쪽방촌이 있다. 남대문5가, 신당동 광희문 일대 개미골목, 장충동 작은마을. 서울의 가장 중심부에, 가장 취약한 삶의 공간들이 흩어져 있다. 화려한 네온사인 뒤편에는 전혀 다른 삶의 결이 살아 숨 쉬고 있다.

중구의 진정한 얼굴은 무엇일까. 마천루와 쪽방촌이 한데 뒤엉켜 존재하는 곳. 여러 겹의 세월이 공존하는 곳. 황학동 중앙시장을 비롯해 중부건어물시장, 방산시장, 인현시장까지 이어지는 오래된 상권의 숨결이 배어 있고, 평화시장과 동대문 일대의 장터는 새벽부터 움직이는 손들의 리듬으로 가득하다. 약수동 언덕길에서는 가파른 숨이 도시의 박동처럼 이어지고, 청구동 저녁 골목에서는 갓 지은 반찬 내음이 하루의 끝을 따뜻하게 감싼다. 다산동의 성곽길은 600년 도성을 품은 채 고요히 도시를 내려다보고, 신당동은 여전히 떡볶이의 대명사다. 동화동 어린이집 앞에서는 아이들

웃음이 바람에 실려 지나간다. 필동 한옥마을의 기와지붕은 도시의 기억을 품고, 장충동 골목에서는 오래된 집들의 사연과 족발집의 연기가 나란히 피어오르고 그 옆 광희동은 동대문야구장의 함성을 여전히 기다리는 듯하다. 신당5동은 과거 백학동이라 불리던 이름처럼 골목을 스치는 작은 날갯짓의 흔적을 간직했고, 명동은 여전히 밤이면 불야성을 밝히며 사람들의 꿈을 끌어모은다. 남대문시장이 있는 회현동은 삶이 움직이는 진짜 서울의 몸짓을 보여주고, 소공동은 태종의 둘째 딸 경정공주의 거처가 있던 '작은공주골'이라는 이름 속에 오랜 역사를 고이 품고 있다. 을지로는 오래된 은행권과 공방, 산업의 소음이 뒤섞여 일하는 서울의 표정을 만든다. 이렇듯 동마다 다른 숨결과, 소리와 냄새들이 한데 어우러져 겹겹이 시간을 쌓으며 중구의 결을 만들어가고 있다. 그래서인지 어쩌면 중구는 이 모든 삶을 품어 안는 따스한 볕 같은 곳인지도 모른다. 그래서 중구는 결국 '모두를 위한 중구'다.

가끔 걷기 위해 나와 중구를 걸으면, 그 감각은 여전히 남아 있었다. 관광객이 몰리는 몇몇 구역을 벗어나면 골목은 빠르게 제 속도를 되찾았다. 가게 문은 늘 비슷한 시간에 열렸고 비슷한 시간에 닫혔다. 셔터를 올리는 소리와 내리는 소리가 하루의 경계를 나누는 신호처럼 들렸다. 그 규칙은 어디에도 적혀 있지 않았지만, 오래 반복되며 자연스럽게 만들어진 것처럼 보였다. 나는 그 리듬을 건드리지 않으려 속도를 늦추고 사람들을 만났다.

분명 그 리듬만의 매력은 존재한다. 그 리듬이 지금의 중구를, 더 나아가 지금의 서울과 대한민국을 만들었을 것이라고 확신한다. 그러나 이제는 조금은 바뀌어야 한다. 중구의 잠재력을 끌어올려야 한다. 새로운 시대에 맞는 새로운 도시로 재탄생되어야 한다. 서울의 가장 중심인 도시, 외국인이 대한민국을 여행할 때 반드시 거쳐야 하는 도시, 재정자립도가 높아 기회와 가능성이 많은 도시, 거주하는 통계적인 인구수는 적지만 생활 인구는 높은 도시. 중구가 가진 이 매력이야말로 경제와 문화·관광을 동시에 이끄는 힘이라고 생각한다. 도시가 스스로의 매력을 지니고 있고 좋은 행정이 그 매력을 발굴해 드러낼 때, 사람들은 이곳에 머물고, 배우고, 일하고, 자리를 잡는다. 좋은 도시는 결국 머물 자리, 배울 자리, 일할 자리, 설 자리, 이 네 가지가 자연스럽게 이어지는 공간이 된다.

중구는 그 가능성을 이미 품은 도시다. 문제는 그 가능성을 어떻게 켜켜이 살려내어 앞으로의 시간을 창작하느냐에 달려 있다. 도시는 우리가 어떻게 쓰느냐에 따라 한 장의 지도이기도 하고, 한 편의 이야기이기도 하다. 중구는 그 이야기의 다음 장을 열 준비가 되어 있다고, 나는 믿는다.

도시를 바라보는 방식이 달라진 뒤로, 나는 중구를 걸을 때마다 그 변화가 내 안에서 어떻게 자라나는지 다시 확인하게 되었다. 화려한 간판 뒤 몇 걸음 안쪽에서는 전혀 다른 삶이 이어지고, 같은 동네 안에서도 서로 다른 속도의 시간이 흐른다. 기업 본사와 쪽방촌, 글로벌 호텔과 재래시장이 한 공간에 겹쳐 있는 풍경은 도시가 품은 결의 복잡함을 그대로 드러낸다.

이곳에서 행정은 늘 선택의 문제였다. 무엇을 새로 짓고 무엇을 남길 것인지, 그리고 그 선택을 누가 감당하게 되는지. 이런 장면을 마주할수록 도시가 스스로 설 수 있는 힘, 그 기초가 무엇인지 생각하게 되었다. 외부 지원과 일회성 개발 사업에만 기대서는 도시의 삶이 오래 유지되지 않는다. 재정은 단순한 숫자가 아니라, 도시가 자신의 우선순위를 스스로 결정하고 책임질 수 있는 능력이다. 상권을 살리고 일자리를 만들고 세수를 확보하는 노력은 결국 도시가 자기 삶을 책임지기 위해 갖춰야 할 최소한의 조건이다. 그러나 그 재원이 주민의 삶 속에서 체감되지 않는다면, 그것은 또 다른 방식의 단절일 뿐이다.

또 한편으로는 도시가 점점 서로를 닮아가고 있다는 생각도 들었다. 각기 다른 역사와 조건을 가진 동네들이 비슷한 정책, 비슷한 공간, 비슷한 표정을 갖게 되는 풍경. 좋은 제도는 나눌 수 있지만 삶은 복사할 수 없다. 지역마다 축적된 시간과 리듬을 읽어내지 못한 채 따라 하기만 하는 행정은 결국 도시의 얼굴을 흐릿하게 만든다. 중구의 골목과 시장, 사람들의 생활 반경을 떠올릴수록 '이곳에 맞는 방식'이 따로 있어야 한다는 생각은 더 분명해졌다.

행정을 대하는 태도에 대해서도 같은 질문이 남았다. 도시에 사는 사람들은 행정의 대상이 아니라, 매일의 삶을 통해 도시를 완성해 가는 존재들이다. 기술은 이미 충분히 발전했지만 행정은 여전히 주민의 눈높이에 맞지 않다. 한 번 처리하고 끝나는 방식으로는 삶의 불안을 덜어줄 수 없다. 필요한 것을 먼저 묻고, 다시 돌아보고, 함께 책임지는 구조가 만들어질 때 행정은 비로소 삶 가까이로 내려온다.

국회에서 구조를 보고, 지역에서 삶을 보고, 다시 나 자신의 생활로 돌아왔을 때 남는 질문들은 놀라울 만큼 닮아 있었다. 돌봄, 안전, 도시. 모두 다른 주제처럼 보이지만 결국 같은 방향을 가리키고 있었다. 누군가의 오늘이 얼마나 불안한지, 그 불안을 사회가 어디까지 함께 감당할 것인지에 대한 질문이다. 그 질문을 피할수록 문제는 더 개인의 몫으로 밀려났고, 도시는 점점 더 견디기 어려운 공간이 되어 갔다.

그래서 나는 이제 더 커지는 도시보다 버틸 수 있는 도시를 생각한다. 사람이 남아 있을 수 있는 도시, 삶이 밀려나지 않는 도시. 중구에서 마주한 풍경들은 나에게 그 방향을 분명하게 가리키고 있다. 정치는 거대한 이념에서 시작되지 않았다. 적어도 나에게는 그렇다. 정치란, 선택하지 않았다면 전혀 다른 오늘을 살았을 가능성과 맞닿아 있는 일이다. 민원실의 한 문장, 교탁 앞에서 들은 말, 공사장의 사고, 밤마다 떨리던 다리, 설명해야 했던 돌봄의 시간들. 그 모든 선택과 비선택의 순간들이 쌓여 지금의 나를 만들었다. 정치가 있었기에 가능한 오늘이 있었고, 그 오늘은 다시 누군가의 내일로 이어진다. 나는 정치를 흔들림 없이 선택해 왔다기보다, 매번 다시 확인해 왔다고 말하고 싶다. 이 길 누군가의 오늘을 조금이라도 덜 불안하게 만들 수 있는지, 설명하지 않아도 되는 환경을 하나라도 더 늘릴 수 있는지. 그 질문을 놓치지 않으려 애써 왔다.

이 장의 끝에서 나는 하나의 장면을 떠올린다. 중구의 골목을 천천히 걷는 사람들, 각자의 속도로 하루를 건너는 얼굴들. 그 얼굴들이 더 이상 설명하지 않아도 되는 도시. 떠나지 않아도 되는 동네. 돌봄과 안전이 조건이 아니라 기본이 되는 공간. 그 장면을 상상하는 일에서 정치는 시작된다고 나는 믿는다. 그리고 그 질문을 외면하지 않는 태도에서 정치는 계속된다고 생각한다.

언젠가 퇴근길 라디오 DJ가 된다면

"지금까지 이동현이었습니다. 감사합니다."

제 책을 끝까지 읽어 주신 분께 어떻게 감사 인사를 드려야 할지 수십 번을 썼다 지웠습니다. 긴 문장을 써 보기도 하고, 격언을 써 보기도 했습니다. 그런데 와 닿지 않았습니다. 정확히는 저답지 않았습니다. 그래서 지우고 다시 저답게 썼습니다.

누군가에게는 아주 재미있었고, 누군가에게는 지루했던 저의 프레젠테이션이 끝났습니다. 잘 썼다고 혹은 열심히 살았다고 칭찬을 받고 싶은 욕심도 있습니다. 그러나 저는 지금 이 글을 읽고 있는 당신의 이야기도 듣고 싶습니다. 그게 저의 진심입니다.

이 책은 저의 자서전이지만 많은 분의 도움이 있었습니다. 저의 경험을 정확한 글로 풀어내기 위해 확인이 필요했습니다. 확인을 위해 시도 때도 없이 전화해도 받아 주었던 가족들과 책에 등장한 선생님, 친구들에게 감사합니다. 그분들이 있기에 책을 쓸 수 있었습니다.

책에 등장하지 않는 제 가족이 있습니다. 아내와 딸입니다. 가뜩이나 바쁜 일정으로 가족들과 보내는 시간이 많지 않은데, 책까지 쓴다고 집에 들어오면 곧장 서재로 들어가는 모습이 못마땅했을 겁니다. 그래도 '멋진 남편, 최고 아빠'라며 제 길을 응원해 주는 아내 박솔비와 딸 이지우에게도 고맙고 사랑한다는 말을 전하고 싶습니다.

이야기들이 모인다고 책이 되지는 않습니다. 책이 책다운 역할을 하려면 많은 분의 수고로움이 녹아들어야 한다는 것을 이번에 깨달았습니다. 출판에 대한 메커니즘조차 모른 채 덥석 책을 내고 싶다는 전화에도 흔쾌히 받아 주고 출판을 책임져 주신 명인문화사 박선영 대표님과 전수연 디자이너님께 특별히 감사드립니다.

책을 쓰면서 제 꿈 중 하나였던 '작가'는 이뤘습니다. 이제는 다시 본업인 정치인으로 돌아갑니다. 현장에서, 골목에서, 거리에서 다시 저의 일에 집중합니다. 혹시라도 이 책을 보신 분이 저를 마주한다면 반갑게 말씀해 주시길 소원합니다. 그리고 희망합니다. 당신의 이야기를 들려주시기를.

2026년 2월 중구 동화동에서
이동현 올림